도서관에는 마녀가 필요하다

fiore t

도서관에는 마녀가 필요하다 1

초판 1쇄 인쇄 2017년 12월 12일
초판 1쇄 발행 2017년 12월 19일

지은이 이청
발행인 오영배
기획 박성인
책임편집 김보나
디자인 권지연
제작 조하늬

펴낸 곳 (주)삼양출판사 · 피오렛
주소 서울시 강북구 도봉로 173
대표 전화 02-980-2112 **팩스** / 02-983-0660
편집부 전화 02-980-2116 **팩스** / 02-983-8201
출판등록 1999년 3월 11일 제9-00046호

ISBN 979-11-283-9312-9 (04810) / 979-11-283-9311-2 (세트)

+ 이 도서의 국립중앙도서관 출판시도서목록(CIP)은 서지정보유통지원시스템홈페이지(http://seoji.nl.go.kr)와 국가자료공동목록시스템(http://www.nl.go.kr/kolisnet)에서 이용하실 수 있습니다. (CIP제어번호: 2017032877)

fiøret 은 (주)삼양출판사의 로맨스 판타지 문학 브랜드입니다.

도서관에는 마녀가 필요하다

1

이청 장편소설

fioret

Contants

0.

모든 만남에는 이유가 존재한다

사람은 누구나 아주 사소한 선택으로 인해 삶이 완전히 달라지는, 그런 갈림길 앞에 설 때가 있다.

10살 소녀, 베시 에일은 지금 바로 그런 갈림길 앞에 서 있었다.

"……."

그녀의 눈앞에 포대 자루가 하나 놓여 있다.

입구가 단단히 봉해져 있는 자루는 때때로 꿈틀거렸고 안에서 짐승의 웅얼거림 같은 것이 들려왔다.

하지만 들짐승 같은 게 안에 들어 있을 리는 없다. 아마도 사람이리라.

그것도 자신처럼 납치당해 온 어린 아이.

베시가 질 나쁜 인신매매단에게 붙잡혀 온 지 오늘로써 이틀째였다.

그녀는 오늘밤 불법 어선에 실려 물건처럼 팔려 나갈 예정이었지만, 운 좋게도 감시를 피해 탈출을 시도할 수 있었다. 이미 숱하게 죽을 고비를 넘겨온 소녀이기에, 그리고 남들과는 조금 다른 베시이기에 가능한 일이었다.

무사히 밧줄을 풀었으니 남은 일은 하나였다. 이대로 소리 죽여 문을 빠져나간 후, 어둠을 틈타 최대한 빠르게 이곳에서 멀어진다. 그러면 자유를 손에 넣을 수 있고, 베시는 다시 자신이 향하던 목적지를 찾아 떠날 수 있을 것이다.

그러면 된다. 그냥 이대로 떠나면 된다.

하지만, 베시의 발걸음이 쉽게 떨어지지 않았다.

"……."

그녀의 시선은 여전히 꿈틀거리는 자루에 고정되어 있었다.

이럴 때가 아니라는 걸 안다. 남을 도울 만큼 여유가 있는 것도 아니다. 머리로는 분명 알고 있었다. 지금 이 상황에서 필요한 것이 냉정함이라는 것, 자신을 우선 챙겨야 하는 것임을.

그런데 발이 도저히 떨어지지 않았다.

'어쩌면 저 아이는 무사히 돌아오길 기다리는 가족이 있을지도 몰라.'

그렇게 생각하니 도저히 혼자 이 문밖을 벗어날 수 없었다.

베시가 천천히 자루 앞으로 다가갔다. 입구를 묶어 둔 줄의 매듭이 단단하여 상처투성이인 손으로는 도저히 풀어낼 수 없었다.

주변을 살피던 베시의 눈에 날이 무딘 단도 하나가 들어왔다. 아이들을 감시하던 감시역이 사과를 깎아먹을 때 쓰던 칼이었다. 그것을 쥐어 든 베시는 줄을 잘라 내기 시작하였다.

서걱, 서걱.

숨소리보다 크게 들리는 칼질 소리에 간담이 서늘해졌다. 빨리, 더 빨리. 서둘러서 줄을 끊어 내자며 베시가 이를 악물었다. 어디선가 발걸음 소리가 들려오지만, 매듭을 잘라 내는 일에 열중한 베시는 그것을 알아차리지 못한다.

"아!"

짧은 외침과 함께 마침내, 줄이 끊어졌다. 표정이 밝아진 베시가 작은 손을 부지런히 움직여 자루 입구를 풀어헤치는 순간이었다.

갑작스러운 통증에 베시는 소리도 지르지 못한 채, 옆으로 고꾸라졌다. 이마를 차가운 돌바닥에 문지르는 그녀의 귀로 남자들의 목소리가 들려왔다. 이틀 동안 베시를 감시하고, 학대하던 자들의 목소리였다.

"이 꼬마 계집이 어떻게 여기까지 온 거야?"

"쥐새끼 같은 게!"

퍽—

발길질이 이어졌다. 베시가 짧게 비명을 질렀다. 곧 숨이 턱

막혀 온다. 남자 중 한 명이 베시의 목덜미를 움켜쥐더니 그녀의 몸을 마치 인형처럼 휘둘렀다.

쿵—! 쿵—! 쿵—!

벽에 연달아 이마를 찧자 불붙은 것처럼 머리가 아팠다. 무언가 툭, 터지는 소리가 들리더니 비릿한 피 냄새가 난다.

어느새 베시의 몸이 다시 차가운 돌바닥 위로 떨어져 있었다.

"이게 어디서 잔꾀를 부려? 진짜 죽고 싶어, 어? 너 같은 고아 계집 하나 죽이는 건 일도 아니야!"

입에서 싸구려 독주 냄새를 풍기는 남자가 베시의 목을 졸랐다.

"커, 헉……."

진즉 빨리 도망칠 걸 그랬다고 후회할 틈조차 없었다.

드는 생각은 오로지 하나 뿐이었다.

여기까지구나.

그동안 무수하게 했던 시도들, 살아남기 위해 했던 일은 모두 덧없는 것이었다. 이럴 거면 역시 '그날' 죽은 건, 그들이 아니라 내가 되었어야 했는데. 산소가 부족한 탓인지 생각이 마치 고장 난 마차 바퀴처럼 빙글빙글 돌았다.

머릿속에 피범벅이 된 길바닥이 떠오른다. 비명 소리, 거친 말의 숨소리, 자신의 눈을 가리는 오빠 빅터의 작은 손바닥. 그리고 그 틈새 사이로 실낱같은 빛과 함께 쏟아져 들어왔던—

부모님의 마지막 모습.

모든 것을 포기한 것처럼 베시가 스르르 눈을 감았다. 저항할 힘도, 희망도 더는 남질 않았다.

그때였다.

불현듯 눈앞으로 새하얀 것이 날아들었다.

새일까. 아니다. 베시는 태어나서 단 한 번도 저렇게 커다란 새를 본 적이 없었다.

그렇다면 사람? 어른이라기에는 지나치게 작다. 베시 또래의 아이만큼이나. 하지만 저 하얀 존재가 아이일 리는 없었다. 그는 도저히 아이의 것이라고는 생각할 수 없을 만큼 빠르고, 완벽했다.

그렇다면— 대체 저건 뭐지?

하얀 그것이 움직일 때마다 남자들이 비명을 지르며 쓰러진다.

방금 전까지 베시의 목덜미를 졸라 대던 남자가 바닥을 구르고 있었다. 베시의 머리를 연신 벽에 찍어 내리던 남자는 소리 없이 기절해 버렸다.

'아아— 천사구나.'

베시는 나풀거리는 그것이 천사라고 생각하였다. 옛날이야기 속에서 읽은 적이 있었다. 어려움에 빠진 사람을 도와주는 신의 사자. 커다란 하얀 날개를 가진 아름다운 사람들이었다.

〈아니야, 천사 같은 건 없어.〉

지나친 공복과 폭력에 시달린 탓일까. 베시의 머릿속은 엉망진창이었다. 그리고 그 와중에도 그녀의 안에 남아 있는 이성적인 목소리가 속삭였다.

〈정말 천사가 있었다면 부모님이 죽었을 리 없어.〉

그래, 맞아. 네 말이 맞아.

베시는 움직여지지 않는 고개를 끄덕이며 그 목소리에 동의하려고 하였다. 하지만 몸이 무거웠다. 눈앞에서 하얀 천사, 아니 천사가 아닌 그것은 계속 움직이고 있었다. 그가 움직일 때마다 짧은— 꼭 베시가 포대자루를 열 때 썼던 단도만한 크기의 무언가가 번뜩거렸다. 베시의 눈에는 그것이 마치 천사의 빛처럼 보였다.

저것을 잡기만 하면 모든 게 다 좋아질 것만 같았다. 안전해지고, 행복해질 것만 같았다. 베시는 손을 뻗었다.

네가 정말 천사라면 차라리 날 데려가 줘. 부모님이 계신 곳으로.

퍽—!

그 순간, 그녀의 이마에 강한 충격이 느껴졌다. 이번에는 억눌릴 비명조차 나오질 않았다. 뒤를 이어 발광하듯 악다구니를 질러 대는 남자의 목소리가 들려왔다. 죽인다는, 시체를 짐승밥으로 주겠다는, 폭언이 이어졌다. 그것이 자신을 이곳으로 끌고 온 남자의 목소리라는 걸 깨닫기 전에 베시의 의식이 멀어졌다. 통증이 두려움을 집어삼켰다. 베시는 안심하였다. 이제 정말 이 지긋지긋한 여정을 끝낼 수 있을 것만 같았다.

베시, 괜찮니?

멀리서 그녀의 이름을 부르는 다정한 목소리가 들려왔다. 엄마의 목소리 같기도 하고, 아빠의 부름처럼 들리기도 했다. 오랜만에 듣는 그 다정한 음성이 좋아 베시가 웃었다. 네. 나 여기 있어요. 괜찮아요.

"정말 괜찮니?"

그 순간, 베시가 번쩍 눈을 떴다. 내내 저를 걱정해주던 다정한 목소리는 환청이 아니었다. 낯선 남자가 그녀 앞에 있었다.

"정신이 들었나보구나. 여기가 어딘지 알겠니?"

베시는 필사적으로 눈을 깜빡이며 눈앞의 흐리고 둔한 이물감을 없애려고 노력하였다. 하지만 그럴 때마다 눈이 따끔거리며 아파 왔다.

"이런. 피가 아주 많이 나고 있구나."

목소리만큼 다정한 손길이 베시의 이마를 타고 흐르던 피와 눈가에 고인 눈물을 닦아 주었다. 하얀 손수건이 검고 붉게 물든 것이 보였다. 베시는 그제야 그것이 터진 제 이마에서 나온 피 때문이라는 것을 알아차렸다.

"이거 놔! 내가 뭘 어쨌다고 이러는 거야!"

요란한 목소리가 들려왔다. 베시는 고개를 돌려 조금 전까지 자신을 발로 걷어차던 뚱뚱한 사내의 모습을 물끄러미 보았다. 키가 큰 병사 여럿이 그를 밧줄로 묶고 있는 것이 보였다. 그 남자 외에도 베시를 납치했던 남자들이 모두 병사들에게 잡혀 있었다.

아, 살았구나.

그렇게 생각하는 순간 몸에서 힘이 주르륵 빠졌다. 조금 전까지도 베시는 어떻게 할 도리가 없다고 생각하였다. 아무리 자신이 다른 아이보다는 조금 '특별'하여도, 그녀는 고작해야 열 살짜리 아이였다.

그래서 포기하였다. 이번에야말로 죽을 거라고.

하지만 살고 말았다. 또 살고 말았다.

진절머리가 날 정도로 질긴 목숨이었다.

어째서 살아남은 걸까. 그렇게 스스로에게 묻던 베시는 한 가지를 깨달았다.

정신을 잃기 전 보았던, 하얀 천사가 보이지 않았다. 혹시나 싶어서 뻣뻣한 고개를 움직여 보았지만, 방 어디에도 하얀 옷을 입은 사람이 없었다.

내 환각이었던 걸까? 아니면 역시 정말 천사였던 걸까? 그렇다면 대체 왜 나를 데려가 주지 않은 걸까.

베시는 모든 게 원망스러웠다. 이 세상은 그녀에게는 감당하기 어려운 지옥이었다. 만일 그 작은 하얀 존재가 천사가 맞다면, 그는 베시를 데리고 갔어야만 했다.

"왜 그러니, 꼬마 아가씨? 무언가 찾는 게 있는 거니?"

부드러운 목소리가 다시 물어 왔다.

찾는 거? 찾는 게 있냐고? 베시는 울컥하였다. 그녀의 안에서 꾹꾹 참아 왔던 무언가가 터져 버렸다.

"……는데."

조그만 베시의 입에서 툭, 말이 튀어나왔다.

"응?"

어린 소녀의 얼굴을 열심히 살피며 심한 상처를 제 것처럼 안타까워하던 다정한 사내가 고개를 숙였다. 무슨 말을 한 것인지 되묻는 것처럼.

베시는 천천히 아까 전 자신이 했던 말을 되풀이하였다.

"도와주지 않아도 되었다고요, 나를. 이런 도움, 필요 없었는데."

베시의 말에 손수건을 쥔 남자가 놀란 듯 눈이 휘둥그레졌다. 누군가를 도와주고 이런 말을 들은 것은 처음이리라. 베시는 자신이 못되게 굴고 있다는 걸 알고 있었다.

누군가에게 도움을 받았을 때는 솔직하게 '고맙습니다.'라고 말하라고 가르쳐 주던 부모님은 이제 없었다. 베시 대신 사과와 감사를 해 주던 오빠 빅터도 옆에 없었다.

베시는 혼자였다.

앞으로도, 얼마가 될지 모르는 모든 삶을 혼자 살아가야 한다.

그래서 이렇게 누군가에게 도움을 받아 버렸다는 사실이 견딜 수 없었다.

자신의 목숨을 구해 준 채 사라진 환상 같은 하얀 천사도, 그리고 지금 자신에게 본 적 없는 온정을 베푸는 이 남자도 모두.

몸을 잔뜩 웅크린 베시를 물끄러미 보던 남자가 입을 열었다.

"꼬마 아가씨, 몇 살이지?"

"……열 살."

"열 살? 내 생각보다도 훨씬 어리구나. 이름은 뭐니?"

"베시."

"좋은 이름이구나, 베시. 베시는 부모님이나 다른 가족과 같이 여행 중이었니?"

이번 질문에는 아무 대답도 할 수 없었다. 베시가 입을 꾹 다물자 남자는 무언가를 짐작한 듯, 손수건의 깨끗한 면으로 베시의 얼굴을 다시 한 번 닦아 주었다.

"베시."

베시의 이름을 부르는 남자의 목소리는 조금 전보다 더욱 따뜻했다. 자신의 이름을 부르는 그 목소리에 눈물이 날 만큼.

어린 소녀는 분명 기억하고 있었다. 이제는 만날 수 없는 그녀의 아버지가 자신을 이렇게 다정하게 불러 주었다는 것을.

"이 세상에 필요 없는 건 없어. 그리고 이 세상의 모든 만남에는 이유가 있는 법이란다."

필요, 만남, 이유. 그 단어들이 베시의 가슴속에 묘한 울림을 만들어 냈기에 베시가 숙이고 있던 고개를 들어 올렸다.

그 순간, 밝은 빛이 비추어 왔기에 있기에 남자의 얼굴은 잘 보이지 않았다. 그저 목소리만큼, 손길만큼 다정한 입매가 부드럽게 호선을 그리고 있는 것이 보일 뿐.

"그러니 오늘 네가 이렇게 날 만난 것에도, 내가 널 도운 것도 분명 이유가 있겠지. 다음에는 네가 날 도울지도 모르잖니."

어째서일까. 자신에 대해 아무것도 모르는 남자가 하는 말이 베시의 가슴속을 잔잔하게 뒤흔들었다.

앞으로 남은 길은 아무 문제가 없을 거라고 일러 주는 것처럼.

"잊지 마렴, 베시."

아주 오랜만에, 다정한 손길이 베시를 꼭 감싸 주었다.

"모든 만남에는 반드시 이유가 있다는 것을."

베시가 스르르 눈을 감았다. 그녀의 붉은 속눈썹에 이슬 같은 한 방울의 눈물이 맺힌 것을, 그 다정한 남자는 모르는 척해 주었다.

1.
도서관에는 새 관장이 필요하다

세상에는 어쩔 수 없는 일들이 있다. 아무리 노력한들 바꿀 수 없는 일도 있다. 선택의 기회조차 주어지지 않는 때도 있었다.

빅터 에일이라는 사내는 그것을 잘 알고 있었다. 그는 남들보다 조금 더 검을 잘 다루고, 남들보다 조금 더 출세가 빠른 그런 청년이었다.

하지만 아무리 그런 그라도 고를 수 없는 것이 있었다.

"그러니까, 어떻게 좀 해 보라 이거지."

누군가가 그런 말을 한 적이 있었더랬다.

'상사랑 부모님은 자신이 고를 수가 없는 법이네.'

이름이 기억 안 나는 기사 동기가 했던 그 말은 명언이었다.

그 말처럼 상사와 부모님은 자신의 의사로 선택할 수가 없다.

그렇기에 빅터는 매번 터무니없는 요구를 강요하는 상사 밑에서 고통 받을 수밖에 없었다.

그래도 빅터는 자신이 할 수 있는 한 최대한 저항을 할 요량이었다. 인간은 언제나 불가능에 도전하는 존재가 아니던가.

빅터는 짐짓 자신의 상사가 내뱉은 부조리한 요구를 이해하지 못한 듯, 질문을 던졌다.

"전하, 어떻게 하라는 말씀은……."

"경은 입 아프게 뭘 그런 걸 다시 묻나? 정말 내 말의 진의를 파악하지 못해 묻는 것은 아닐 터인데?"

몰라서 물은 건 아니었다. 단지 이 상황을 부정하고 싶을 뿐이었다. 빅터는 어쩌면 제 눈앞에 있는 남자, 제국의 황태자인 크리스 반 듀벨이 자신을 다른 것과 착각하고 있는 것일지도 모른다고 진지하게 생각하였다.

"전하. 저는 전하의 호위 기사입니다."

빅터는 황태자의 잔심부름을 돕는 시동이나 황태자의 귀찮은 일을 해결하는 해결사가 아니었다. 물론 지금처럼 사람이 부족하니 어디서 적당한 사람 하나 낚아 오라는 말에 정말로 사람 하나를 낚아 데려올 수 있는 인신매매단도 아니었다.

그는 그저 주어진 일에 소임을 다하려는 선량한 한 명의 기사일 뿐이었다.

"물론 그런 건 알고 있네. 자네가 사직서라도 내고, 이 궁을 나가지 않는 한 자네는 아마 계속 내 호위 기사일 테지. 아! 물론 사직서를 내도 난 받아 줄 마음이 없네. 절대로."

크리스는 기분 좋아 보이는 얼굴로 빅터의 말을 싹둑 잘라 냈다. 그 말에 담겨 있는 것은 '하하하, 사직서라니. 요놈, 요놈, 요놈. 그런 헛된 꿈은 꾸지도 마려무나. 앞으로도 나는 널 세차게 괴롭힐 테지만 너는 절대 도망칠 수 없단다.'는 은근한 협박이었다.

"그럴…… 마음은 추호도 없습니다."

내일 세상이 끝난다는 말을 들은 것 같은 얼굴로 빅터가 자신의 가슴께에 손바닥을 문질렀다. 크리스의 호위 기사가 된 후로, 그는 자주 가슴이 답답하고 심장이 울렁거리는 이상 증세를 느꼈다.

기사들을 위해 마련되어 있는 의무실에 가서 물어보니 돌아온 답변은 "여자한테 그러는 거라면 상사병이고, 사내놈한테 그러는 거라면 화병일세."라는 것이었다.

화병. 이 나라 황태자 덕에 졸지에 화병이라는 불치병을 젊은 나이에 얻은 가여운 빅터는 속으로 신음 소리를 삼켰다.

그런 부하의 고충을 알 리 없는 황태자는 그저 제 즐거운 말만 하였다.

"자네가 내 호위 기사인 것도 알고, 지금 내가 내린 명령이 불만인 것도 잘 알고 있네. 뭐, 원래대로 하자면 이런 건 본디 기사의 임무가 아니긴 하지."

크리스가 고개를 끄덕이며 하는 말에 빅터의 가슴속이 다시 부글부글 끓었다. '알면서 대체 왜 이러시는 겁니까, 전하.'라는 말이 목구멍까지 올라왔다. 하지만 크리스에게 그런 항의를 해 봤자 먹히지도 않을 게 뻔했다. 그의 호위 기사가 된지 이제 고작해야 3년째였지만, 고생하는 정도로는 벌써 그를 30년째 모시고 있는 빅터였다. 그는 이제 크리스가 어떤 사람인지 아주 잘 알고 있었다.

"허나 어쩔 수 없지 않은가, 경. 이대로 가다가는 제국이 자랑하는 전통과 역사의 국립도서관이 폐관되고 말텐데."

언제부터 제국의 자랑이 국립도서관이었단 말인가. 그것은 베이론에서 나고 자란 스물아홉 청년인 빅터조차 처음 들어 보는 말이었다.

사실 크리스가 말하는 전통과 역사의 국립도서관이라는 것은 전 황제 대에 개관한, 이제 고작해야 50년 남짓한 시설에 지나지 않았다.

물론 일반적으로 생각했을 때는 그럭저럭 오래된 건물이기는 했으나 베이론 제국사 전체에서 통틀어 본다면 국립도서관은 큰 역할이나 비중을 차지한 적이 단 한 번도 없는 그런 시설이었다.

빅터는 크리스의 말에 딴죽을 걸까, 하는 생각을 일 초 정도 하였지만 곧 포기하였다. 크리스의 호위 기사가 된 이후로 그는 현명함이라는 것은 무자비한 상사 밑에서 길러지는 덕목일지도 모른다는 생각을 자주 하였다.

"……정말 관장직을 맡으려는 인물이 아무도 없습니까?"

빅터의 질문에 크리스는 드물게도 쓴웃음을 지었다.

"적어도 이 나라에서는 더 이상 구할 수 없겠지. 누구누구의 눈 밖에 날 우려가 있으니까."

반박할 수 없는 대답에 빅터는 한숨을 내쉬었다.

지금 베이론 제국에서 국립도서관의 관장 자리를 맡을 수 있는 사람은 거의 없다고 봐야 했다. 관장직을 맡을 만한 학력이나 연륜을 갖춘 자들이 손에 꼽을 만하기도 하였고, 그 몇 안 되는 이들은 관장직을 제안받자마자 모두 얼굴이 새파랗게 질려 고개를 내저은 상태였다.

도서관 폐관을 원하는 일부 귀족들이 눈을 퍼렇게 뜨고 있는 이 상황에서 관장 자리를 맡는다는 것이 어떤 의미인지, 잘 알고 있기 때문이었다.

"하지만 그렇다고 정말 폐관시킬 수도 없는 노릇이 아닌가."

현재의 국립도서관은 대부분의 사람들이 잊어버린 그런 곳이었다. 없어진다고 해서 누구 하나 불편해하지 않을 그런 곳.

그러나 빅터는 알고 있었다.

그곳이 없어지면 불편해하지는 않아도 슬퍼할 이들이 몇 있다는 것을.

그의 눈앞에 있는 주군 역시 그러하였다. 어느새 일어선 크리스는 어딘지 모르게 슬퍼 보이는 애틋한 눈으로 창밖, 그러니까 도서관이 있는 방향을 바라보고 있었다.

빅터는 한숨을 쉬었다. 자신은 어리석었다. 황태자의 제멋대로인 태도에 반발하면서도 결국 그가 이런 식으로 약한 모습을 보이면 그의 부탁에 고개를 끄덕일 수밖에 없었다. 자신의 어리석음을 탓하면서도 빅터는 그것이 크리스의 노림수라는 것을 알지 못하였다.

그는 결국 고개를 끄덕여 항복하였다.

"알겠습니다, 전하. 그렇다면 제가……."

"오! 역시 내가 믿을 사람은 경뿐이로군, 하하하하!"

아까 전까지 보여 주던 우수에 젖은 눈빛은 어디로 사라진 것인지, 크리스는 어느새 능구렁이 백 마리가 속에 들어앉아 있는 얼굴로 함박웃음을 지었다. 그제야 빅터는 자신이 당했다는 것을 깨달았다. 물론 알았다고 해서 무언가가 달라지는 것은 아니었다.

어쩌겠는가. 자신은 황태자라는 이름의 상사를 거역할 수 없는 한낱 기사 나부랭이에 불과할 뿐인데.

땅이 꺼져라 한숨을 내쉬는 우울한 빅터와는 대조적으로 신이 난 크리스는 들뜬 목소리로 말했다.

"사실 말일세, 내가 이미 적당한 인물을 하나 구상해 보기는 하였네."

"그렇다면 대체 왜 저한테 이 말을 꺼내신 겁니까."

이미 생각해 둔 인물이 있다면 아무런 문제가 없는 게 아니던가. 그 사람한테 후딱 임명장이나 보낼 것이지. 빅터가 불쾌함을 억누르며 대꾸하자 크리스는 빙그레 웃었다.

"그게 말일세. 그 사람에게 아무 의심을 받지 않고 접촉할 수 있는 건, 내 아무리 생각해 봐도 경밖에 없거든."

"전하? 그게 무슨 말씀이십니까? 의심을 안 받고 접촉할 수 있는 게 저밖에 없다……."

"빅터 경."

어느새 크리스는 진지한 얼굴을 하고 있었다. 이 양반이 대체 무슨 소리를 하려고 이러시나. 불안이 보드라운 땅 위에 떨어진 씨앗처럼 싹을 틔웠다. 그리고 크리스가 다음 말을 내뱉은 순간, 빅터의 불안은 절정이라는 이름의 열매를 피워 냈다.

"경의 누이동생을, 국립도서관 관장으로 추천하지."

쏴아아. 바람이 부는 소리가 어디선가 들렸다. 실내에서 그런 소리가 들릴 리 없었는데, 분명 자신의 귀에는 바람 소리가 들렸다.

한겨울 살갗을 후벼 파는 매서운 겨울바람이 마른 갈대를 후려치는 것 같은 그런 소리였다.

빅터는 침을 꿀꺽 삼켰다. 그는 의심할 수밖에 없었다. 황태자가 미친 것인가 아니면 자신의 귀가 맛이 간 것인가. 하지만 빅터는 자신의 귀가 맛이 간 것은 아닐 거라고 확신했기에 황태자를 향해 입을 열었다.

"제…… 진심이십니까?"

황태자에게 제정신이냐고 물어볼 필요가 없었기에 빅터는 말을 바꾸었다. 왜냐하면 황태자가 제정신이 아닌 것은 이미 알고 있기 때문이었다. 다만 그래도 빅터는 황태자가 분별력이 있는 미친 사람이라고 믿고 싶었다.

미친 사람에게 분별력이라는 게 어디 있겠냐 싶지만은, 적어도 그는 그렇게 믿고 싶었다. 그렇지 않고서야 이 상황은 빅터에게 너무 감당하기 어려운 것이었다.

"내가 언제 실없는 농담하는 거 본 적 있나? 싱겁게 뭘 그런 걸 묻나?"

당신은 늘 그런 실없는 말을 입에 달고 살지 않았느냐는 항의를 빅터는 다시 꾸역꾸역 집어삼켰다.

한동안 아무 말도 하지 못하고 서 있던 가여운 기사는 고개를 세차게 흔들었다.

있을 수 없는 일이었다. 아니, 있어서는 안 되는 일이었다.

자신의 여동생을 이 나라 국립도서관의 관장으로 앉히겠다니. 그게 어디 말이 되는 일이란 말인가.

"전하. 다시 한 번 생각해 주십시오. 제 여동생은 결코 그런 중직을 맡을 만한 인물이 못됩니다."

"중직이고 자시고가 어디 있나. 지금은 하루 이용객 0명이라 폐관 직전인 그런 도서관 관장직인데."

"허나……."

"게다가 자네 동생이라면 무언가, 침체되어 있는 도서관에 좋은 영향을 불러일으킬 것 같은 그런 생각이 든 단 말이지."

"그럴 리 없습니다! 전하, 제 누이는 악랄함과 포악함이라는 것을 잘 반죽하여 사람 모양으로 만들어 옷을 입혀 놓은 것 같은 그런 아이란 말입니다! 그 아이가 이곳에 온다고 한다면 도서관에 좋은 영향은커녕 도서관을 박살 내지나 않을지, 걱정하셔야 합니다!"

빅터는 부들부들 떨었다. 남들이 듣는다면 하나밖에 없는 동생에게 내리는 평가치고는 박하다 할 만하였다. 하지만 그것이 빅터의 솔직한 마음이기도 하였다.

그에게 있어서 자신의 여동생, 베시 에일은 걸어 다니는 재앙이었다.

어렸을 때부터 3살 어린 동생이 저지르고 다녔던 온갖 짓거리를 생각하면 아직도 자다가도 비명을 지르며 일어날 정도였다. 빅터는 무슨 일이 있어도 그 아이를 이곳으로 데려오는 것은 막아야 한다는 결심을 하였다.

그는 제 동생이 이 수도에 들어오는 것을 막는 것이 이 나라를 지켜야 하는 기사로서 자신이 취할 최대의 행동이라 믿어 의심치 않았다.

"하지만 자네 여동생은 세계 최고의 명문 아카데미를 차석으로 졸업한 수재잖나. 게다가 마녀이기도 하고."

그랬다.

빅터는 신이라는 초월적 존재는 대체 왜 이렇게 괴팍한 취향을 가진 건지 되새김질해 보았다.

걸어 다니는 재앙, 베시 에일은 그 거지같은 성질머리조차 눈감게 만드는 몇 가지 좋은 점을 가지고 있었다.

첫 번째, 세계 최고 아카데미인 이디아니움 아카데미를 차석으로 졸업했을 정도로 뛰어난 두뇌 능력을 가졌다는 점.

두 번째, 아주 강력한 마법을 쓸 수 있는 마녀라는 점.

이 세계에서 마법은 오로지 여자들만의 것이었다. 그것도 선택받은 여자, 즉 '마녀'만이 마법을 쓸 수 있었다.

때로는 천재지변을 일으키기도 하고, 때로는 사람의 마음을 조종하기도 하고, 때로는 짐승 떼를 부리기도 하고, 때로는 죽어가던 사람을 살리기도 하는 경외의 대상.

그리고 베시는 바로 그러한 마녀 중에서도 아주 특별한 힘을 인정받은 마녀였다.

오로지 소수의 마녀만이 얻을 수 있다는 이명(Another name)을 얻은 마녀.

"……분명 제 누이동생은 능력적인 면에 있어서는 부족함은 없다고 생각합니다. 하지만 제 동생은……."

"악랄함과 포악함이라는 것을 잘 반죽하여 사람 모양으로 만들어 옷을 입혀 놓았다고? 왜, 그렇다면 더 재미있지 않은가?"

황태자는 지금 궁으로 폭풍을 불러들이려고 하고 있었다. 그것도 반경 범위에 있는 모든 것을 파괴시킬지도 모르는 아주 위험한 폭풍을.

빅터는 결심했다. 목을 내놓고라도 황태자의 터무니없는 이 계획을 막아야만 한다고.

"전하, 아무리 그래도 제 누이동생만큼은 절대 이 자리에 적합하지 않다고 생각합니다. 부디 생각을 재고해 보심이……."

애절한 빅터의 애원에도 불구하고, 크리스는 작게 고개를 저었다.

"빅터 경. 기억하나? 지금 국립도서관에 남아 있는 사서가 총 몇 명인지?"

"네? 그것이…… 현재 사서는 1명만 있는 걸로 기억합니다. 올해 마흔다섯의 부인 한 분이 상근 사서직을 맡아 주고 계십니다."

갑작스러운 크리스의 질문에 일순 빅터는 당황하였다. 하지만 성실한 그는 곧 자신이 기억하는 정보를 순순히 입 밖으로 내었다. 빅터의 말을 들은 크리스는 고개를 들었다. 빨간 펜이 있었다면 당장이라도 크게 동그라미를 쳐 주었을 거야, 라는 시답잖은 농담을 하며.

"맞아, 그러네. 하지만 말이지. 사실 작년까지만 해도 도서관 사서는 그것보다는 훨씬 수가 많았어. 그랬던 것이 지금은 고작 달랑 1명만, 남은 이유를 알겠나?"

질문을 받은 빅터가 한숨을 푹 내쉬었다.

"……은빛 매 기사단, 때문이 아닙니까?"

현재 폐관의 위기에 처해 있는 국립도서관은 원래 뒤로는 커다란 정원이, 양옆으로는 부속 건물이 놓여 있는 근사한 미관을 자랑하였었다. 하지만 이용객이 차츰 줄어들면서 많은 이들이 국립도서관의 규모를 줄여야 한다는 목소리를 내었다.

특히 그중에서도 평소부터 전용 훈련장을 만들어 달라고 졸라 대던 은빛 매 기사단이 유독 열성적으로 도서관 폐관을 주장하였다.

그리고 그로부터 얼마 후, 은빛 매 기사단은 결국 국립도서관에 달려 있는 부속 건물 중 하나를 헐어버리고, 그곳에 훈련장을 짓는 데 성공하였다.

"그냥 거기서 멈추었으면 좋았을 것을."

진짜 문제는 그때부터 시작되었다.

국립도서관 옆에 훈련장을 지은 후, 은빛 매 기사단은 호시탐탐 국립도서관 본관 건물을 넘보았다. 자신들이 멋대로 경쟁 상대로 여기는 하얀 사자 기사단보다 훈련장이 작다는 것에서 자격지심을 느꼈기 때문이었다.

어쨌거나 그들은 큰 훈련장을 원하였고, 그래서 얕은 잔꾀를 부렸다.

그들은 도서관에 있는 젊은 여자 사서들을 꾀어내어 추문을 일으켜 그녀들이 일을 그만둘 수밖에 없게 만들었다.

그렇게 대부분의 여자 사서가 사라지자 다음에는 남자 사서들에게 은근한 압력과 위협을 가해 그들 역시 줄행랑을 치게 만들었다.

결국 도서관에는 나이가 지긋한 중년 부인 사서 한 명만이 남게 되었다.

그 후에도 그들의 악질적인 행위는 끝나지 않았다.

훈련을 마친 기사들은 땀내 나는 몸으로 도서관 열람실을 한참이나 차지하고 앉아 다른 선량한 이용객들이 모두 줄행랑을 치게 만들었다. 그들의 치졸한 방해 공작은 빛을 발해, 마침내 도서관을 찾는 이들은 아무도 없게 되었다.

그렇게 되자 일부 귀족이 '국립도서관 폐관'을 주장하고 나섰다.

"현재 도서관 폐관에 찬성하고 있는 이들은 누구누구 입니까?"

"시드라너스 백작과 아쉘 후작을 포함한 이런저런 떨거지들."

"……다들 은빛 매 기사단과 연이 닿아 있는 분들이군요."

빙그레 웃은 크리스가 의자에 기대앉은 몸에 힘을 조금 뺐었다.

"그들이 그러더군. 도서관 폐관을 하지 않을 거면 최근 문제를 일으킨 하이네 부단장을 파면하라고."

"……저스틴 하이네 경을 말입니까?"

크리스가 고개를 끄덕이자 빅터가 얼굴을 팍 찌푸렸다.

저스틴 하이네. 그는 타국의 왕조차 탐을 내는 뛰어난 검술실력 덕에 최연소로 하얀사자 기사단의 부단장이 된 인물이었다. 동시에 그는 베이론 제국의 2대 명문가 중 하나인 하이네 공작가의 막내아들이기도 하였다.

하이네 공작가는 반 듀벨 황가와 상당히 두둑한 친분을 갖고 있는 가문이기도 하였다. 그러니 귀한 신분과 높은 직위를 갖고 있는 저스틴에게 엄한 처벌을 내리는 건 크리스에게는 여러 가지로 어려운 일이었다.

아니, 애초에 저스틴은 엄한 처벌을 받을 만한 잘못을 저지른 적이 없었다. 적어도 빅터가 보기에는 그가 친구의 명예를 위해 싸운, 기사도에 충실한, 기사다운 기사에 지나지 않았다.

"내가 어느 것 하나 해 줄 수 없다는 걸 알면서 그러는 거지. 성가시게 말일세."

크리스는 이런저런 요구를 해 대는 귀족 무리를 떼쓰는 아이들처럼 말하며 고개를 저었다.

"하지만 그렇다고 해서 그들의 의견을 무시하실 수는 없잖습니까."

제 호위기사의 입바른 소리에 크리스는 픽 웃었다. 은빛 매 기사단은 다른 기사단에 비해 실력은 떨어지나 가문이 좋은 귀족의 자제들이 많이 소속되어 있는 아주 성가신 집단이었다.

황태자는 생각하였다.

제멋대로 날뛰는 은빛 매 기사단의 코를 납작하게 만들어 줄 패가 필요하다고.

아니, 그들을 휘어잡지 않아도 좋다. 단지 그 귀찮은 떨거지들의 상대를 해 줄, 만만치 않은 그런 파수꾼이 필요하였다.

"……그들의 요구 조건 중 그 어느 것도 들어줄 수는 없지."

단호한 어조. 차가운 눈빛으로 크리스가 말하였다. 이미 이것은 도서관의 문을 닫느냐 마느냐의 문제가 아니었다. 그렇다고 사적인 감정으로 저스틴을 보호하기 위함도 아니었다.

차기 황제로서, 하늘 높을 줄 모르는 은빛 매 기사단의 기세를 꺾어 내리기 위해 필요한 일이었다.

그의 의지는 굳건하였다.

자신의 힘으로는 이 사람을 막을 수 없다는 걸 잘 아는 빅터가 조용히 한숨을 쉬었다.

크리스의 마음속에선 이미 새 관장은 베시로 확정된 것이나 다름없었다. 그렇다면 이 문제는 지금 와서 빅터가 반대한들 아무 소용이 없었다.

문제는 오히려 다른 부분에 있다고 봐야 했다.

"……제 여동생은 남을 위해 무언가를 하려는 아이가 아닙니다. 그 제안을 거절할 게 분명합니다."

수많은 난관 중에 가장 먼저 닥친 난관은 과연 어떻게 하면 고집 세고 제멋대로인 제 여동생을 여기까지 끌고 와서 관장이라는 것을 맡기냐는 것이었다.

빅터가 고민에 빠져 있자 크리스 역시 턱을 괴고 잠시 생각에 잠겼다.

"……이 나라에는 다행스럽게도 아주 훌륭하고 뛰어난 디저트 가게들이 있지."

분명 크리스의 말대로 베이론 제국에는 훌륭하고 뛰어난 맛을 자랑하는 디저트 가게가 많이 있었다. 그것은 베이론의 각 지역 특산품이 대부분 디저트류라는 것만 보아도 알 수 있었다. 하지만 빅터는 크리스가 베시 이야기를 하다 말고 갑자기 왜 디저트에 대한 이야기를 꺼내는지 알 수 없었다.

크리스는 그런 빅터의 어리둥절한 심정을 알아챈 것처럼 웃었다.

"그것이라면 고매하신 마녀님의 혀를 충분히 사로잡을 수 있지 않겠나?"

"아! 분명 제 여동생은 달콤한 것이라면 사족을 못 쓰는 아이입니다만, 그것을 전하가 어떻게……."

"베시 에일에게 제안하게. 근무 조건은 원하는 대로, 도서관을 어떻게 운영하던 폐관만 막으면 그만. 그리고 앞으로 베이론 제국에 있는 한 그녀는 언제나 먹고 싶은 모든 디저트를 먹을 수 있다고. 어떤가? 이 정도면 심히 파격적인 조건 아닌가?"

황태자가 꺼낸 제안에 기사는 입을 떡 벌렸다. 제 아무리 대어를 낚기 위한 미끼라 하더라도 심히 파격적이다 못해 충격적인 조건이었다.

이거라면 틀림없이 제멋대로에, 변덕스러운 마녀를 사로잡을 수 있겠지. 크리스가 중얼거렸다.

이제 곧 폭풍이 닥쳐올 시간이었다.

아니, 폭풍이라는 이름의 마녀가.

*　　*　　*

이번에야말로 정말 기사고 뭐고 때려 칠까.

주군에게 터무니없는 요구를 받은 빅터는 커다란 돌덩이 수십 개를 가슴에 품은 기분이었다. 베시는 이제까지 단 한 번도 제 편지에 답장을 준 적이 없는 동생이었다. 그런 아이가 내가 부른다고 오기는 할까? 이번에도 그냥 무시만 당하고 끝나는 게 아닐까.

끝이 보이지 않는 복도가 마치 자신의 인생 같다는 생각을 하며 빅터가 모퉁이를 돌려던 찰나였다.

"지금 대체 그게 무슨 망발인가, 저스틴 경!"

응? 저스틴? 근신 처분을 받은 그 저스틴 부단장?

이곳에서 들리면 안 될 이름을 들은 충격으로 빅터는 저도 모르게 걸음을 멈추고 말았다. 그는 모퉁이에서 얼마 떨어지지 않은 곳에 멱살을 잡은 한 남자와 멱살이 잡힌 한 남자가 있다는 것을 깨달았다.

두 얼굴 다 아는 얼굴이었기에 빅터는 곤란해지고 말았다.

한 명은 방금 전까지 크리스가 신나게 까던 은빛 매 기사단의 기사 중 한 명이었다. 이름은 잘 기억나지 않았지만, 어쨌든 은빛 매 기사는 분명했다. 그리고 다른 한 명은—

"제가 무언가 틀린 말이라도 했습니까? 경들은 여자 뒤꽁무니나 쫓아다니느라 훈련은 뒷전인데, 대체 왜 훈련장이 필요한 겁니까?"

아, 맙소사.

저 사람 속을 후벼 파다 못해 염장을 지르는 얄미운 말투는 분명 저스틴 하이네의 것이었다.

"뭐, 뭐라고!"

적잖이 화가 오른 것인지 은빛 매 기사가 거칠게 씩씩거리고 있었다. 하지만 멱살을 잡힌 저스틴은 오히려 여유로운 얼굴이었다.

"기사의 실력은 자신이 속한 기사단으로 증명하는 것이 아닙니다. 기사의 자긍심 역시 커다란 훈련장으로 증명하는 것이 아닙니다. 그런데 대체 왜 그런 의미 없는 것에 집착하는 겁니까?"

비록 저스틴과 같은 기사단 소속은 아니나, 빅터는 그 말에 공감할 수밖에 없었다.

기사에게 있어서 필요한 것은 쓸데없는 허영심보다도 약자를 보호하는 실력과 나라에 대한 충성심이었다.

문제는 저스틴과 마주한 은빛 매 기사는 그 말에 공감하지 못한다는 점이었다.

"저스틴 하이네! 너는 지금 우리 은빛 매 기사단을 모욕하였다! 당장 검을 빼 들어라!"

"무리한 요구를 하시는군요. 제가 전하께 검 소지를 금지 당했다는 걸 모르시는 겁니까."

빅터는 저스틴 하이네라는 저 남자가 얼굴빛을 바꾸거나 감정적으로 동요하는 때라는 게 있긴 할까 궁금해졌다. 능글맞게 굴며 사람 속을 들끓게 하는 크리스와 달리 저스틴은 무심한 독설로 사람의 혈압을 오르게 만드는 재주가 있었다.

어느 쪽이든 당하는 사람은 매우 열이 받는다는 건 똑같지만.

"애초에 근신 처분을 받은 저에게 결투 신청을 하는 것 자체가 무의미한 행동이지 않습니까. 그 커다란 머리가 속이 텅텅 비어 있는 겁니까, 아님 알면서도 일부러 황태자 전하의 불복하려는 겁니까."

히익. 빅터는 속으로 소리가 나오지 않는 비명을 내지르고 말았다. 평소에도 저스틴 하이네의 독설은 악명 높았지만, 이 정도로 대놓고 상대를 공격하는 모습은 처음 보는 것이었다.

이대로 두었다가는 정말 큰일이 날지도 모른다는 생각에 빅터는 얼른 크게 숨을 들이켰다.

"아! 저스틴 경 아니십니까!"

평소보다 한 옥타브는 높게 저스틴의 이름을 외친 빅터가 성큼성큼 그들을 향해 걸어갔다.

"빅터 에일 경."

이미 빅터의 기척을 알아차렸던 저스틴은 놀라지도 않고, 멱살이 잡힌 상태에서도 정중하게 묵례를 하였다. 본성은 흉악한 맹수 같은 남자이나, 언제 어느 순간에도 예의 바름을 잊지 않는 점 하나만큼은 높이 살만하였다.

"오랜만입니다. 전하의 전속 호위 기사인 경이 여길 계신 걸 보니, 오늘은 비번이십니까?"

빅터는 차마 그에게 '전하의 명령으로 동생을 꼬여 내는 편지를 쓰러갑니다.'라고 대답할 수 없었기에 쓴웃음을 지으며 고개를 저었다.

"아닙니다. 개인적인 볼일로 잠시 자리를 비우게 되었습니다. 그러는 저스틴 부단장님께서는 어쩐 일로……."

빅터는 말을 천천히 줄이며 저스틴과 은빛 매 기사를 번갈아 보았다. 원래대로라면 같은 기사단 소속이 아니었기에 빅터가 굳이 그를 부단장이라 부를 필요는 없었다.

하지만 저스틴의 멱살을 잡은 은빛 매 기사에게 저스틴이 누구인지를 상기시켜 주기 위하여 일부러 그의 직위를 입 밖으로 꺼낸 것이었다. 은빛 매 기사는 빅터의 시선이 저스틴의 멱살을 쥔 자신의 손에 머물러 있다는 걸 알고, 스르륵 손을 풀었다.

혐오 어린 시선으로 빅터를 본 그는 빅터와 저스틴을 번갈아 노려본 후, 휙 소리가 나게 몸을 돌려 자리를 떠나 버리고 말았다.

"……여전하군요."

"정말 그러게 말입니다. 저스틴 경, 대체 왜—"

"저들은 여전히 당신을 저런 눈으로 보는 겁니까?"

빅터는 자신이 하려던 말과 저스틴이 하려던 말이 완전히 다른 것이라는 걸 깨달았다.

그는 방금 전 자신을 혐오 어린 시선으로 보았던 은빛 매 기사의 얼굴을 떠올렸다.

전원이 귀족 출신인 은빛 매 기사는 평민 출신의 기사에게 깊은 혐오감을 보였다. 그리고 당연히 평민 주제에 출세가 빠르고 실력이 월등한 빅터 에일은 그들에게 혐오의 대상이었다.

"저는 이제 익숙합니다."

"저런 것에 익숙해지지 마십시오."

저스틴이 화가 난 듯 빅터를 나무랐다.

"당신 같이 뛰어난 기사가 고작 저런 이들에게 모멸 받는 것은 말도 안되는 일입니다."

빅터는 저스틴이 가장 친하던 기사가 자신과 마찬가지로 평민 출신이었다는 걸 떠올렸다. 그리고 지금 그 기사는 기사직을 박탈당해서 이 수도를 강제로 떠나게 되었다는 사실도.

빅터의 마음속에 뜨거운 동료애가 물안개처럼 피어올랐다. 비록 같은 기사단 출신은 아니나 이렇게 의리가 두터운 사내와 함께라면 그 어떤 전쟁터에서도 마음이 든든하리라.

"당신보다 보잘 것 없는 실력을 가진 자들입니다. 마음만 먹는다면 빅터 경은 얼마든지 저들을 짓밟는 것이 가능하지 않습니까. 가문만 믿고 설치는 저들이 저따위로 기고만장하지 못하도록 손을 좀 보는 것도 나쁘지는 않을 겁니다."

"……."

빅터는 조금 전 느낀 감동을 재빨리 마음속에서 지웠다. 그는 얼핏 보기에는 세상 모든 일에 무심해 보이는 저스틴을 향해 조심스럽게 입을 열었다.

"마음 써 주시는 것은 감사하지만, 괜찮습니다. 그나저나 정말 어쩐 일로 이곳에 오셨습니까, 저스틴 경?"

제 아무리 하얀 사자 기사단의 부단장이라 하더라도 저스틴 하이네는 큰 문제를 일으킨 기사였다. 본래라면 집 밖의 출입이 어려운 상태일 터였다. 그것을 잘 아는 빅터가 던진 질문에 저스틴은 담담하게 대답하였다.

"단장님을 뵈러 잠깐 나왔습니다."

'근신 처분 받은 기사가 그래도 되는 겁니까.'라는 말이 목구멍까지 치밀어 올라왔지만, 빅터는 입을 다물었다. 크리스와 마찬가지로 이 기사에게도 정론은 아무 쓸모가 없었다. 황태자가 아니라 설령 황제가 근신을 명했어도 저스틴은 제 마음 내키는 대로 행동했을 게 뻔했다.

"……곤란해지시지 않겠습니까."

"경께서만 입을 다물어주시면 됩니다."

즉, 오늘 일은 못 본 것으로 하라는 뜻이었다. 빅터는 여부가 있겠냐는 뜻으로 고개를 한 번 끄덕였다. 어차피 제가 입을 열지 않아도 황태자의 귀에는 들어가리라.

"그렇게 걱정하지 않으셔도 됩니다. 귀가하면 다시 얌전히 지낼 겁니다."

빅터는 진지하게 저스틴이 '얌전히'라는 말의 뜻을 무언가 다른 것으로 오해하고 있는 게 아닌가 싶었다. 하지만 상대가 상대이니만큼 쓴웃음을 속으로 삼킬 수밖에 없었다.

때와 상대를 가리지 않는 저스틴의 곧은 성격은 이미 나라 안팎으로 유명한 것이었다. 오죽하면 전장터에서 그와 검을 겨누었던 적장마저 그에게 '나는 그대에게 실력으로도, 기백으로도 졌군.'이라 탄식했을까.

저스틴의 거침없는 행동은 귀족 특유의 오만함에서 비롯된 것이 아니었었다. 그는 언제나 자신이 옳다고 하는 일을 망설임 없이 행하는 남자였다.

빅터는 설령 저스틴이 하이네 공작가의 막내아들이 아니어도 이런 성격의 남자였을 거라고 확신하였다.

"이제 슬슬 가 보셔야 하지 않겠습니까."

더는 문제를 일으키지 말고 제발 집으로 돌아가 달라는 염원을 담아 빅터가 저스틴을 쳐다보았다.

약간의 저항을 예상했건만, 생각보다 순순히 저스틴이 고개를 끄덕였다.

"물론입니다. 볼일을 하나만 더 마치면 돌아갈 생각입니다."

"볼일? 무슨—"

대체 무슨 볼일이 남은 거냐고 물으려던 빅터는 저스틴이 어느 한 곳을 뚫어져라 보고 있다는 것을 깨달았다. 그리고 그 방향은 방금 전 빅터와 저스틴을 노려보고 사라진 은빛 매 기사가 걸어간 방향이라는 것도.

"저, 저스틴 경. 설마—"

무언가 불길한 예감이 들었기에 빅터는 다급하게 저스틴을 불렀다. 하지만 저스틴은 그 말에 아무 대답 없이 가볍게 목례를 한 후, 곧장 앞으로 걸어 나갔다.

은빛 매 기사가 지나갔던 바로 그 길로. 곧 머지않아 비명소리 같은 것이 들려왔다. 빅터는 그것이 환청이라 생각하기로 하였다.

서둘러 그 곳을 벗어나며 빅터는 생각했다. 비록 직속 상사 복도 없고, 동생 복은 더더욱 없지만— 그래도 붉은 늑대 기사단의 단장과 부단장이 상식적인 인물이라 정말 다행이라고.

그간 빅터가 지켜본 바로, 저스틴 하이네는 화산 같은 사내였다. 평소에는 잠잠해 보이다가도 한 번 터지면, 도저히 수습이 불가능한 그런 화산.

'폭풍 같다 불리는 베시와 화산 같은 저분이 만나면 제법 재미있겠군.'

아차, 지금 내가 무슨 생각을. 자신이 무심코 한 생각에 빅터는 화들짝 놀랐다.

폭풍과 화산이라니. 최악의 조합이지 않은가. 재미가 있을 거라고 생각하는 게 아니라 당장 피해야 하는 인류 최악의 재해였다.

"……그래도 만날 일은 없는 조합이라 다행이군."

귀족과 마녀. 기사와 학자.

저스틴 하이네와 제 동생 베시 에일은 아무리 생각해도 만날 일이 없는 조합이었다. 그러니 신경 쓰지 않아도 될 것이다.

하지만 그렇게 스스로를 다독여도 빅터의 마음 한구석에는 미묘한 불안이 마치 거스러미처럼 남아 감돌았다.

2.
마녀에게는 자극이 필요하다

학자라는 사람들에 대해 말해 보자면, 그들은 대부분 조금 낡은 책 냄새 같은 인상을 풍겼다.

두꺼운 뿔테 안경, 외관적 아름다움보다도 그냥 몸을 가려 주는 용도 하나에만 충실하면 그만인 의상들.

그들은 마치 겉보기에는 조금 낡아 보여도 속을 펼치면 풍부한 지식과 다양한 정보를 가득 담고 있는 고서적 같았다.

그리고 정식으로 수여받은 학위에 의해 '학자'라는 호칭을 얻은 베시 에일 역시 굉장히 학자다운 인물이었다. 그녀가 사시사철 고수하는 옷차림은 오로지 실용성만을 생각하여 고른 것들이었다.

위로는 구김이 잘 안가는 도톰한 재질의 하얀 블라우스, 아래로는 보드라운 감촉 빼고는 이렇다 할 특징 하나 없는 검은 면바지. 그리고 그보다 더 위로는 메마른 나뭇잎을 휩쓸어 가는 겨울바람처럼 푸른 눈동자를 감추어 버리는 검은 테 안경.

그녀 나이 또래의 여성이라면 절대 택하지 않을 그런 수수한 복장을 베시는 선호하였다.

하지만 그렇다고 해서 그녀가 결코 존재감이 없는 여성인 것은 아니었다. 수수하고 밋밋한 옷차림을 하고 있어도 그녀는 눈에 띄었다.

그것은 그녀의 머리칼이 허리까지 늘어지는 치렁치렁한 붉은 머리칼이기 때문은 아니었다. 그렇다고 해서 그녀의 하얀 피부가 광택이 도는 고운 우윳빛이기 때문만도 아니었다. 외적인 요소가 아닌 무언가 다른 부분이 그녀의 존재감을 만들어 내는 것 같았다.

사실 객관적으로 보았을 때도 주관적으로 보았을 때도 그녀는 미인에 속하는 편이었다. 그녀의 생김새는 결코 나쁘지 않았다. 하지만 그렇다고 해서 베시가 모든 남성들을 한 번에 사로잡을 경국지색의 미녀인 것도 아니었다.

지나가다 한 명쯤은 길에서 볼 수 있는 그런 정도의 여성.

베시의 외모에 대한 정당한 평가는 그 정도 수준이었다.

그럼에도 불구하고 그녀는 사람들의 시선을 모으는 어떠한 힘이 있었다.

그것은 지금도 마찬가지였다.

세계 최고의 명문 아카데미 이디아니움의 학생 휴게실 안.

베시는 수많은 인재를 배출해온 명문 교육기관의 휴게실 소파 위에 늘어져 있었다. 제집 안방이라고 해도 이보다 더 편할 수는 없었다.

원래대로라면 서너 명은 넉넉히 앉을 커다란 소파를 홀로 차지한 채, 그녀는 나태한 자세로 누워 책장을 팔락이고 있었다. 그것은 명백히 휴게실 이용 규칙에 어긋나는 행위였다.

하지만 휴게실에 있는 다른 학생들 중 그런 그녀에게 항의를 할 수 있는 용자는 없었다. 그녀가 누구인지를 아주 잘 알고 있는 까닭이었다.

"봤어?"

"봤어. 저 사람이 바로 '그' …… 베시 에일이라면서?"

주변에서 소곤거리는 소리가 들리거나 말거나 베시는 느긋하였다. 애초에 남의 눈을 신경 쓴다는 섬세함이 없는 베시는 하품이나 한 번 쩍, 하고 말 뿐이었다. 고운 얼굴에 어울리지 않는 그 무심함에 다른 학생들이 되레 조금 겸연쩍은 얼굴을 하였다.

"선배. 또 그러고 있어요? 다리 좀 오므리세요, 속치마 보여요."

어디선가 베시의 품행을 나무라는 잔소리가 들려왔다. 다른 학생들은 대체 그 베시 에일에게 잔소리를 할 수 있는 사람이 누구인지 고개를 돌려 상대의 얼굴을 확인해 보고는 고개를 끄덕였다. 아, 저 사람이라면 그럴 만도 하지.

"뭐야. 젠. 너 오늘은 휴게실에 못 온다고 하지 않았어?"

베시는 시선만 살짝 움직여 자신을 두려워하지 않는 몇 안 되는 후배, 젠 그라우의 모습을 확인하였다. 그리고 귀찮다는 얼굴로 손만 까닥여 인사 같지도 않은 인사를 한 후 다시 책으로 시선을 돌렸다.

젠은 여전히 편안한 자세로 소파 위에 늘어져 있는 베시를 보고 한숨을 푹 쉰 뒤, 그녀를 향해 무언가를 툭 던졌다.

"선배한테 편지 왔으니까 그거나 확인해 보세요."

"어디서?"

"베이론에서 왔던데요?"

베이론. 낯익은 이름에 비로소 베시의 고개가 돌아갔다. 벌써 몇 년째 돌아간 적 없는 모국의 이름이었다. 그리움이고 뭐고 그런 감상적인 기분은 전혀 들지 않았지만.

젠이 떨군 편지를 집게손가락으로 들어 올린 베시는 자신의 눈으로 스스로 발신자를 확인해 보았다.

빅터 에일. 낯익은 이름이 쓰여 있었다.

"누구한테 온 거예요? 집에서 왔어요?"

"어. 하지만 아니."

"무슨 대답이 그래요? 집에서 온 거면 온 거고, 아니면 아닌 거지."

"집에서 보낸 건 아니지만 오빠한테서 온 편지야."

베시는 그제야 몸을 일으켜 소파 위에 자리를 새로 잡고 앉았다. 빈 공간이 생기자 편지 배달을 왔던 젠이 그녀의 옆자리를 꿰고 앉았다.

편지 봉투를 찍 뜯어내니, 제법 두툼한 종이 더미가 나왔다. 요 근래는 뜸하더니 오라버니가 웬일이지. 그녀의 파란 눈동자가 아래로, 아래로, 아래로 움직였다. 단숨에 편지 첫 장을 읽어 내려간 그녀는 매우 꺼림칙한 얼굴을 하고 그 첫 장을 아무렇게나 내던졌다. 친오빠가 보낸 편지에게 하는 취급치곤 너무 가혹하였다.

젠은 얼른 베시가 내던진 편지를 주워 들었다.

"지루해."

두 번째 장을 읽어 내려가던 그녀의 입에서 그런 말이 튀어나왔다. 젠이 그 말에 놀라 그녀의 얼굴을 보자 베시는 말 그대로 지루해 죽을 것 같다는 얼굴을 하고 있었다. 베시는 읽지 않은 편지를 뭉텅이째 젠에게 건넸다.

"대체 뭔 이야길 꺼내려는 건지 모르겠지만 서론이 너무 길어. 문장은 유치하고. 네가 읽어 보고 요약해서 말해 줘."

"네? 제가 대체 왜 선배 편지를……."

"아니면, 가져가서 네 방 난로 불 지피는 데에 보태렴."

과연 베시 에일. 친혈육에게조차 가차가 없었다. 젠은 얼굴 한 번 보지 못한 빅터에 대한 동정심을 느끼며 편지를 꾹 쥐었다.

"선배. 가족이 보낸 편지를 대체 얼마 만에 받아 보는 거예요?"

"음…… 오빠한테 편지 받은 건 여기 온 이후 세 번째인 것 같네. 내가 열 살 때 하얀 달밤으로 향하던 날 이후로는 얼굴을 본 적도 없고."

베시가 아무렇지 않게 내뱉은 말에 젠을 포함하여 휴게실에 있던 대부분의 학생들이 깜짝 놀라고 말았다. 그녀의 말대로라면 베시는 16년 동안 자신의 오빠와 한 번도 만난 적이 없다는 말이었다. 그런데 그런 오빠에게서 오랜만에 온 편지를 읽다가 지루하다는 이유로 내던지다니.

역시 베시 에일은 범상치 않은 여자였다.

젠은 자신의 손 안에 있는 편지를 조심히 펼쳐들었다. 다른 사람의 편지를 읽는 것이 썩 내키지는 않지만 이대로 쓰레기통에 버려지거나 한줌의 재로 사라지는 것보다야 낫겠지 싶었다.

그는 장장 다섯 장에 달하는 긴 편지를 차분하게 읽어 내려갔다.

사실 베시의 말대로 빅터의 편지는 지루하고 시시한 내용이었다. 그는 그다지 문장력이 좋지 않은 편이 분명하였다. 인내심이 강한 젠 역시 네 번째 장에서 눈에 졸음이 덕지덕지 붙을 정도였다.

불굴의 의지로 네 번째 장의 마지막 문장까지 읽어 내려가던 젠은 곧 자신의 눈을 한 번 비볐다. 졸음에 찬 눈이 혹시라도 문장을 잘못 본 게 아닌가, 하는 의심이 들었다.

그러나 눈을 두 번 비비고, 세 번 비벼도 편지에 쓰여 있는 내용은 바뀌지 않았다. 그것을 확인한 젠은 약간 얼빠진 얼굴로 베시를 바라보았다.

"저기, 선배?"

"왜? 요약 끝났으면 한 줄로 말해."

"한 줄로요? ……어, 선배보고 베이론 제국의 국립도서관 관장이 되어 달라고 하는 데요?"

그 순간, 주변이 조용해졌다. 저마다 잡담을 하거나 딴청을 부리면서도 베시와 젠의 대화를 엿듣고 있던 학생들이 모두 딴청을 부리는 것조차 잊은 모양이었다.

하지만 베시도 그런 것을 신경 쓰지는 않았다.

젠의 말을 들은 베시는 얼굴을 찌푸렸다. 갑자기 무슨 뚱딴지 같은 소리람.

"두 줄로 늘려."

"베이론 제국의 국립도서관이 폐관 직전이고, 관장 자리가 공직이랍니다. 그래서 선배가 관장으로 취임해서 국립도서관을 부흥시켜 주길 바란다고 적혀 있네요."

대체 무슨 수작이지.

베시는 젠의 손에 들려 있는 편지를 다시 빼앗아 왔다. 젠이 미처 읽지 못한 마지막 장은 그의 손에 남겨 둔 채, 베시는 네 번째 장을 읽어 내려갔다. 쓸데없고 불필요한 문장을 전부 생략하고 보면 빅터의 편지는 젠이 말한 내용 그대로였다.

하지만 자신의 눈으로 편지를 직접 확인했어도 그녀가 할 수 있는 생각은 오로지 하나뿐이었다.

'이 인간이 무언가 꿍꿍이가 있구나.'

베시는 빅터가 자신을 어떻게 생각하는지 잘 알고 있었다. 아니, 잘 알고 있을 요량이었다. 그렇기에 빅터가 대체 무슨 생각을 가지고, 아니 어떤 마음을 품고 자신에게 도서관 관장 자리를 추천했는지 알 수가 없었다.

"선배."

"내가 아는 한 우리 오빠가 나한테 득 될 만한 이야기를 해 줄 리가 없어."

"선배."

"왜냐면 그 인간은 나한테 쌓인 억하심정이 많거든. 내가 자기한테 뭐 잘못한 것도 없는데 말이야."

"……선배."

"고작해야 어렸을 때 친 장난의 잘못을 뒤집어씌우거나, 내가 때리거나 울리고 다닌 아이들 집에 가서 나 대신 사과를 하고 다닌 것밖에 없는 데 말이야."

"그건 전적으로 선배가 나빠요…… 아니, 그게 아니라! 선배, 제발 제 말 좀 들어 봐요!"

"말해, 듣고 있어."

정말 듣는 것인지 아닌지 알 수 없는 뚱한 얼굴로 베시가 대답하였다. 젠은 자신의 손에 들려 있는 편지의 마지막 장을 곁눈질로 힐끔 본 뒤 입을 열었다.

"귀국하실 거예요?"

"내가 왜?"

"……선배가 관장이 되길, 선배의 오빠 되는 분이 바라고 계시잖아요."

"난 딱히 하고 싶지 않은데."

빅터가 간절하게 바라건 말건 베시는 움직일 생각이 조금도 없어 보였다. 그가 대체 무슨 생각으로 이런 편지를 보냈는지 알 수 없으나 이런 내용이 그녀의 흥미를 끌 리가 없었다. 베시의 고약한 성격을 잘 알고 있는 젠은 마지막 장을 다시 한 번 읽어 보았다.

"선배. 조건이 좋아도 생각 없어요?"

"조건이 좋아 봤자……."

"근무 조건은 원하는 대로. 베이론 제국 공식 상급 공무원으로 인정하여 퇴직 연금 보장 및 각종 공무원 혜택 제공."

"국립도서관 관장 정도 되면 당연히 그 정도는 받아야 하는 거잖아."

"도서관 폐관을 막고 이용객을 매달 30명 이상으로 늘린다면 추가 보수 제공 및 도서관 시설 운영을 위한 예산 추가 편성 가능."

"흠……."

젠이 줄줄 읽어 내리는 내용에 베시가 턱을 긁적였다.

이상했다. 아무리 생각해도 이상하기 짝이 없었다. 빅터가 베시에게 던지는 내용은 상당히 좋은 조건뿐이었다. 그리고 동시에 아무리 생각해도 일개 기사 나부랭이가 제안할 수 있는 그런 종류의 것이 아니었다.

베시는 이 제안의 뒤에 '누군가'가 있다는 것을 직감하였다. 감히 국가 예산의 추가 편성을 논할 수 있는 자라면 그저 그렇고 그런 수준의 관리는 아닐 것이다.

그녀의 머릿속에 여러 가지 생각이 오고 갔다.

가만있어 봐. 지금 베이론의 현재 황제가 누구더라? 그에게는 어떤 측근들이 있었더라? 잠깐, 잠깐만. 어라? 생각해 보니까 베이론이라면 분명, 거기에는—

"그리고 마지막으로…… 어, 선배?"

젠의 손에서 편지를 빼앗아든 베시는 망설임 없이 그것을 쭉쭉 찢어버렸다. 휴게실에 있던 다른 학생들이 멍하니 그 모습을 바라보며 입을 벌렸다. 젠 역시 넋 나간 얼굴을 할 수 밖에 없었다.

"선배?"

"……안 가. 뒤에 누가 있는지 알아버렸으니까."

베시는 발로 젠의 엉덩이를 툭툭 쳤다. 베이론에 가면 귀찮은 일이 산더미처럼 생길 게 분명했다. 그녀는 빅터의 편지를 깔끔히 잊어버리기로 하였다.

그나저나 베이론 제국하면 역시 디저트가 유명하긴 한데. 읽다 만 책을 다시 집은 베시가 가볍게 입맛을 다셨다. 안 그래도 어제 저녁에 사먹은 마카롱은 맛이 없어서 적잖이 기분이 상해 있던 상태였다. 이럴 때는 입가심이 필요하지. 그녀가 젠을 시켜 아카데미 밖에서 크림치즈 케이크를 좀 사오려고 하려던 찰나였다.

"근데 아까 보니까 선배가 관장직을 맡아 주실 경우 선배는 살아 있는 동안, 베이론에서 먹고 싶은 모든 디저트를 무제한으로 먹을 수 있다고……."

"콜!"

베시의 우렁찬 목소리가 조용한 휴게실 안에 울려 퍼졌다.

마치 도박판에서 일생일대의 승기를 잡은 것 같은 의기양양함을 가득 담은 목소리였다. 말을 채 마치지도 못한 젠은 경악한 얼굴로 베시를 보았다. 방금 전까지 안 간다며 편지를 북북 찢지 않았나. 그런 당신이 설마하니, 이런 것에 낚인 거냐는 그런 얼굴이었다.

하지만 위험한 도박판에서 콜을 외친 베시는 아주 상쾌해 보이는 얼굴, 아니 욕망에 가득 찬 눈빛으로 웃고 있었다.

"선배, 진심이에요? 지금 이 마지막 조건 하나로……."

"어머, 얘 좀 봐. 내가 언제 관장하겠다고 했니?"

"……하지만, 선배 방금 콜이라고—"

베시는 훗, 웃으며 다시 다리를 접고 앉았다.

"젠. 들어 보렴. 이건 말이지. 분명 덫이란다."

"네? 그게 갑자기 무슨 소리예요?"

"편지는 오빠가 보냈지만, 이 제안…… 즉, 날 폐관 직전인 도서관의 관장 자리에 앉히겠다는 건 다른 인간의 머릿속에서 나왔다는 거지. 날 위한 맞춤형 조건이라는 덫을 놓은 걸 보면 분명해. 현재로서는 이유가 뭔지 몰라도 그가 나에게 이런 조건을 제안한 걸 보면, 그는 무슨 일이 있어도 날 베이론으로 불러들이고 싶은 걸 거야. 도서관 관장이라는 건 표면상의 이유고 다른 일을 나에게 맡기고 싶은 거지."

"……그렇다면 경계해야 하는 거 아닌가요? 선배, 역시 신중하게 생각을 하는 게 낫지 않을까요?"

"야, 이게 신중하게 생각한다고 해서 해결될 문제일 것 같아? 우리 오빠는 일단은 말이지. 난 이해하기 어렵지만, 베이론 제국에서는 꽤 출세한 엘리트 기사야. 그리고 그런 기사를 통해 이런 제안을 해 왔다는 건 이 뒤에는 상당히 높으신 양반이 있단 이야기지. 즉, 내가 이 문제에 대한 결정을 질질 끌면 또 다른 수단을 들고 나올 수도 있다는 거고. 그렇게 되기 전에 내가 선수치는 게 낫잖아? 그러니까 일단 수도로 가서 상황을 한번 확인해보려는 거지."

하지만 그렇다고 고작해야 디저트에 낚여 털레털레 덫으로 걸어 들어가는 것도 조금 이상한 이야기였다. 젠은 얼굴을 찌푸리고 편지와 베시를 번갈아 보았다. 물론 그는 베시가 위험이나 곤경에 처할 만한 그런 인물이 아니라는 것을 알고 있었다.

자신이 그런 상황에 처할 바에는 차라리 다른 사람을 희생양으로 삼아 자신만은 위기에서 쏙 빠져나올, 그런 사람이 바로 베시였으니까.

"이건 말이지. 덫이고, 함정이야. 날 끌어들여서 무언가 수작을 부리고 싶어 하는 상대가 꾸민."

불쾌할 만한 내용을 말하면서도 베시는 전혀 불쾌해 보이지 않았다. 오히려 생기가 넘치는 눈동자를 빛내며 히죽 웃고 있었다. 그것은 요 몇 달간 젠이 본 것 중 가장 활력이 넘치는 모습이었다.

"재미있지 않겠어? 덫을 쳐둔 상대의 뒤를 캐서…… 오히려 물어뜯어 버리는 거."

그랬지, 참. 이 사람은 이런 사람이었지.

젠은 한숨을 쉬었다. 베시는 평소에는 무엇이든 귀찮아하고 성가셔 하는 주제에 누군가 자신에게 싸움을 걸어오면 쉽게 불탔다. 그리고 악랄해졌다.

눈앞에 함정이든 방해물이든 자신을 가로막는 것이 있다면, 그것을 통째로 박살 내는 포악함이야말로 그녀의 진정한 무기였다.

상대가 눈물을 질질 흘리며 항복 선언을 해도 결코 봐주는 법이 없는 무자비한 마녀.

젠은 그런 마녀에게 이런 터무니없는 수작을 벌여 온 상대를 향해 가볍게 묵념을 하였다. 자살행위는 좀 더 편안한 방법으로

도모하는 편이 좋았을 텐데, 라고 생각하며.

"그럼, 답장을 보내셔야겠네요. 편지지 가져다 드려요?"

한숨을 푹 쉰 젠이 베시에게 물었다. 그냥 내버려 두면 그녀는 자신이 평소에 늘 소지하고 다니는 작은 수첩의 종이 한 장을 북 찢어 그것을 답장이랍시고 보낼 가능성이 높았다.

이 정성 어린, 장장 다섯 장짜리의 편지 답장이 고작 그거라면, 편지를 보낸 상대가 너무 불쌍하다는 생각이 들었다. 그렇기에 젠은 모처럼 선의를 가지고 베시에게 제안을 하였다.

하지만 베시는 젠의 제안을 거절하였다.

"필요 없어."

"후우. 선배, 암만 그래도 수첩에다가 답장 써서 보내는 건 좀."

"답장은 안 보낼 거니까 필요 없어."

"네? 아? 하지만 선배, 방금……."

분명 상황을 파악하기 위해 수도로 간다고 하지 않았던가. 젠은 혼란을 겪었다. 베시를 알게 된지 이제 겨우 2년 반. 그는 아직도 그녀가 대체 어떤 사람인지, 가끔씩 종잡을 수가 없었다. 젠이 그러거나 말거나 베시는 느긋한 얼굴로 웃으며 기지개를 폈다.

그녀의 안에서는 이미 자신이 무엇을 할 것인지에 대한 분명한 계획이 세워져 있었다.

"오늘부터 바로 출발 준비를 시작할 거니까."

*　　*　　*

빅터의 편지가 베시 에일에게 도착한 지 상당한 시간이 지났다. 그동안 빅터는 베시의 답장을 애타게 기다렸을 터였지만 베시는 답장을 보내지 않았다. 대신 자신의 신변을 정리하는 일에 몰두하였다.

제일 먼저 그녀가 한 것은 오랫동안 생활하였던 아카데미의 숙소에 있는 모든 물건을 정리하는 것이었다. 꼭 필요한 것은 포장하고, 불필요한 것은 버리는 작업은 단순한 일이지만 생각보다 많은 시간을 소요하는 일이기도 하였다.

손이 많이 가는 작업을 그녀는 몇 명의 동기, 그리고 힘 좋은 후배들과 해치웠다. 방을 정리하는 데만 걸린 시일이 꼬박 3일이었다.

방을 한바탕 뒤엎은 후에 그녀가 한 일은 자신의 연구 자료를 전부 정리하여 가방에 차곡차곡 담는 것이었다. 얼핏 보기에는 종이 쪼가리에 불과할지라도 성 하나를 살 수 있을 만큼 가치가 있는 것들뿐이었다. 귀찮은 것은 질색인 그녀도 그 일만큼은 투덜거리나 진절머리 내는 일 없이 신중하고 차분하게 해 나갔다.

그 후에는 신세를 졌던 교수들에게 인사를.

이디아니움 아카데미 바깥 상점 주인들에게 인사를.

아카데미 근처에 있는 거대한 숲에서 살고 있는 요정들에게 인사를.

아카데미 안에 있는 신비한 동물들에게 인사를.

친하게 지냈던 모든 이들에게 인사를.

그녀는 십 년 넘게 지내 온 아카데미에서 그렇게 차곡차곡 자신의 흔적을 지워 나갔다. 그리고 자신의 지인들 중, 이미 아카데미를 떠난 몇 명에게 자신이 거처를 옮기게 되었다는 서신을 보냈다.

그것이 그녀가 아카데미에서 한 마지막 정리였다.

그 모든 것을 끝낸 그녀가 별다른 미련 없이 이디아니움 아카데미를 뒤로 한 것이 정확히, 편지를 받고 나서 열흘이 지난 후였다.

이디아니움에서 베이론 제국까지 향하는 여정은 크게 어려울 것도, 고달플 것도 없었다. 베시는 안락한 여행을 위해 고가의 마차를 택하였다.

물론 '마법'을 사용하여 이동하는 것도 가능은 하였지만 베시가 쓸 수 있는 마법은 그런 것에는 썩 적합하지 않았다.

그런 연유에서 베시는 오랜만의 외출을 즐겼다. 한동안 아카데미를 벗어나지 않았던 그녀에게 그 짧은 여행은 신선하고 즐거웠다.

하지만 제아무리 신선하고 좋은 일도 그것이 매일같이 반복되면 질리기 마련이었다.

마차 밖으로 보이는 아름다운 풍경에 서서히 질려 갈 무렵, 그러니까 정확히 편지를 받은 지 이 주가 지났을 때.

지루함을 견디지 못한 마녀가 날뛰고 싶은 충동을 억누르던 어느 화창한 봄날.

그렇게 그녀는 베이론의 수도 다스티에 도착하였다.

자그마치 십육 년 만의 귀국이었다.

* * *

"아가씨, 긴 여행길에 고생 많으셨소."

베시가 탄 마차를 몰았던 마부가 그렇게 말 한마디를 던진 뒤 길게 휘파람을 불어 말을 얼렀다. 그는 꽤 솜씨가 좋은 사람이었다. 돌길을 지날 때나 흙길을 지날 때나 마차는 지나치게 흔들리는 법이 없이 일정한 속도를 유지하였다. 심지어 다른 마차보다 빠르기까지 하였다.

원래대로 치면 이디아니움에서 베이론까지는 넉넉잡아 일주일은 걸릴 터였다. 그것을 거의 반으로 줄여 목적지에 도착한 것은 굉장한 일이었다. 심지어 베시는 마차를 타는 사흘 내내 한 번도 울렁거림이나 불편함을 느낀 적이 없었다. 말을 다루는 기술이 난폭하거나 서투른 사람의 마차를 탔다면 어림도 없는 이야기였다. 비싼 돈을 주고 탄 보람이 있는 마차였다.

"별말씀을. 고생은 저보다 당신이 더 많이 하셨죠. 이건 별거 아니지만."

그렇게 말한 베시는 빛나는 금화를 두 개 내밀었다. 금화를 본 마부의 눈이 휘둥그레졌다. 그는 칙칙한 쥐색 코트를 입은 붉은 머리의 아가씨를 힐끔 쳐다보았다. 그녀의 행색으로 보아 이런 거금이 나올 것을 기대하지 않았을 게 분명했다. 마부는 주머니에서 명함을 꺼내 내밀었다.

"또 마차를 이용하실 일이 있다면 언제든지 정류소에서 '도마뱀'을 찾아 주십시오."

리자드. 베시는 도마뱀이라는 이름을 가진 마부를 흥미롭게 바라보았다. 정말 도마뱀처럼 가늘게 찢어진 눈이 묘하게 이국적이었다. 그녀는 그의 출신이 동대륙일지도 모른다는 생각을 하며 명함을 받아 두었다.

리자드는 마차에서 베시의 짐을 끌러 내어 출입국 심사소까지 가져다주었다.

짐을 질질 끌고 심사소 안으로 들어선 베시는 주변을 휘휘 둘러보았다. 대기실에 앉아 있는 각양각색의 사람들, 심사대에 서서 초조하게 자신의 차례를 기다리는 이들, 그들을 노련한 눈길로 심사하는 심사관.

16년 전, 이 나라를 떠났을 때 모습과 크게 달라진 게 없는 풍경이었다. 마치 시간이 그대로 멈춘 것만 같았다.

베시는 고개를 저어 조금 감상적이 된 기분을 털어 내고 입국 심사대로 향하였다.

형식적인 몇 가지 질문에 형식적으로 대답을 하고, 그녀는 입국 확인증을 손에 넣었다.

원래 그녀의 출신이 베이론인만큼 심사는 까다롭지 않았다. 재입국 이유를 물었을 때, 취직때문이라고 대답한 것이 심사관의 경계를 풀게 한 것 같았다. 젊은 청년이나 아가씨가 한때의 치기로 나라 밖을 떠났다가 거친 현실을 마주하고 일하기 위해 귀국하는 것은 흔한 일이었다.

심사관은 일주일 내로 정식 신분증이 재발급 된다고 하였다. 입국 확인증은 그때까지만 사용하는 요컨대, 임시 신분증 같은 것이었다.

"짐은 어떻게 하실 겁니까? 원하신다면 약간의 수수료를 받고 자택으로 바로 배달해 드리는 서비스가 있습니다만."

"어머, 그런 서비스가 있었나요?"

심사관의 말에 베시가 눈을 동그랗게 떴다. 그런 모습만 보면 꼭 천진난만한 이십 대 아가씨 같은 얼굴이었다. 아무도 그녀가 성격이 괴팍한 마녀라는 것을 알지 못할 게 분명하였다.

"아가씨가 이 나라를 떠나 있었던 동안 생긴 새로운 서비스죠."

"……제가 집을 꽤 오래 비우긴 했었나 봐요."

"십 년이면 강산도 변한다는 말이 동대륙에는 있다고 하더군요."

많은 것이 달라졌을 겁니다. 심사관이 덧붙인 말에 베시는 잠깐 생각에 잠겼다. 그녀에게 있어서 고향은 큰 미련이 가는 곳이 아니었다.

집을 떠난 이후 남들은 그렇게 잘 걸린다는 향수병 한 번 걸려 본 적이 없는 것을 보면 더욱 그러하였다.

베시가 멍하니 있는 것을 본 심사관은 그녀가 그리움이라는 애틋한 감정에 젖어 있는 것이라고 오해를 하였다.

"고향은 언제든지 당신을 기다리고 있는 법이오. 집에 돌아온 걸 환영합니다. 아가씨."

묘한 일이었다. 별로 감성적이지 못한 베시의 마음에 그 순간만큼은 잔잔한 봄바람 같은 것이 불었다.

"모처럼 돌아왔으니 마음에 쏙 드는 일자리를 구하고, 또 좋은 사람도 만나면 좋겠구려."

조금 신경질적인 인상이던 심사관이 마치 딸을 보는 것처럼 부드럽게 웃었다. 그가 금색 안경테를 들어 올려 인사하는 모습에 베시는 생각하였다. 이런 것도 나쁘지는 않다고.

'누군가'가 부린 수작 때문에 갑자기 이루어진 귀국이었다. 아무리 조건이 좋다고 한들 돌아가는 상황이 심상치 않으면 단칼에 덫을 베어 버리고 나올 심산이었다.

그런데, 자신을 환영한다는 낯선 이의 말에 당분간은 베이론에서 지내는 것도 괜찮겠다 싶었다. 게다가 그의 말처럼 정말 어떠한 인연이 여기서 저를 기다리고 있는지도 모른다는 생각도 들었고.

"감사합니다. 그럼…… 짐 배달 서비스 신청 부탁드릴게요."

"아, 네. 그럼 배달을 받으실 주소를 여기다가 기재를 해 주십시오."

"주소…… 주소는 국립도서관으로 부탁드려요. 자세한 주소지는 몰라서 서류에 적을 수는 없겠네요."

어깨를 으쓱하며 베시가 내뱉은 말에 심사관은 어리둥절한 얼굴을 하였다. 국립도서관에 배달을 해 달라니. 심사관은 다시 한 번 수수한 행색의 베시를 찬찬히 살펴보았다. 그의 주름 잡힌 눈에 걱정 어린 기색이 얼핏 스쳐 지나갔다.

"아가씨, 혹시 도서관에서 일하기로 한 거요?"

"뭐…… 대충, 그렇답니다."

"허허. 이거 참……."

심사관은 곤란하다는 얼굴을 하더니 주변을 휘휘 둘러보았다. 그리고 살짝 목소리를 낮추어 베시에게 충고를 건넸다.

"아가씨, 길게는 말 안 하리다. 국립도서관에 취직할 생각이라면 차라리 다른 곳을 알아보는 게 낫소. 특히나 아가씨 같은 젊은 처녀가 일하기에 그곳은 좋지가 못하오."

"……그곳에 무슨 문제가 있는 건가요?"

"도서관에 문제가 있다기보다는 그 주변 환경이…… 어쨌든 지금 도서관에는 아가씨 정도 되는 젊은 여자 사서는 아무도 없소. 이 말만 기억해 두도록 하시오."

그렇게 말한 뒤 심사관은 짐 가방 배달 서비스 서류를 다시 한 번 베시에게 내밀었다. 베시는 그것을 물끄러미 내려다보다가 심사대에 놓여 있는 펜을 집어 올렸다. 그리고 주소지에 멋들어진 글씨로 〈국립도서관 관장실〉이라는 글자를 새겨 넣은 뒤, 종이를 심사관에게 건넸다.

"배달은 여기로 부탁드려요. 잘 부탁드립니다."

빙긋, 웃는 베시의 얼굴과 서류를 번갈아 본 심사관은 입을 떡 벌렸다. 관장실? 베시는 넋이 나간 얼굴을 한 심사관을 내버려 두고 작은 손가방 하나만 챙겨 든 채 종종걸음으로 마차 정류소를 빠져나왔다.

* * *

대륙에서 가장 번영한 제국의 수도답게 다스티는 화려하였다.

거리의 여인들은 꽃처럼 화사하였고, 아이들의 웃음소리며 뜀박질 소리가 가까이서 들려왔다. 신사들의 코트 역시 겨울철 그것에 비하면 한결 가볍고 얇아 보였다. 사람들의 얼굴에도 옷차림에도 봄이 가득하였다.

사람이 가득한 거리에는 유혹도 많았다.

베시는 천막을 쳐 놓고 작은 장신구를 파는 젊은 상인이나 옷감을 잔뜩 떼어다 놓고 담배만 빼끔거리는 중년 상인을 흥미롭게 구경하였다. 처음에는 빠르던 그녀의 걸음이 차츰 느려지기 시작하였다. 그러다 보니 성으로 향하던 그녀의 걸음이 어느새 딴 길로 새고 있었다.

'어라? 여긴 어디지?'

넋을 놓은 채, 신나게 걸음을 옮기던 베시는 문득 자신이 원래 가려던 길과는 완전 다른 길로 왔다는 것을 깨달았다.

주변을 확인해 보니 아무래도 귀족들이 주로 거주하는 귀족 거주 지구인 모양이었다. 이런 곳에 있어 봐야 좋을 일이 없지. 베시는 입을 삐죽이며 얼른 그곳을 빠져나가려고 하였다.

하지만 그 순간, 그녀의 발걸음을 멈추게 하는 소리가 들려왔다.

"이, 이러지 마세요."

가녀리고 작은 목소리는 아직 앳된 소녀의 것이었다. 저도 모르게 걸음을 멈춘 베시는 소리가 나는 방향으로 고개를 돌려 보았다. 잘 차려 입은 남자 여럿이 누군가를 에워싸고 있는 모습이 보였다. 그 장면을 힐끔 본 것만으로도 베시는 단번에 상황을 파악하였다.

'귀족 나리들께서 평민 소녀에게 보기 흉하게 질척대고 있는 중이네.'

자신이 참견할 일은 아니었지만, 그렇다고 못 본 척 넘어갈 일도 아니었기에 베시는 천천히 그들이 있는 방향으로 걸음을 옮겼다.

"어? 뭘 이러지 말라는 거야, 아가씨? 그냥 차나 한잔 가볍게 하자니까?"

"그래, 맞아. 아가씨가 예뻐서 우리가 차 한잔 좀 사려고 그래."

"차가 싫으면 술은 어때? 기가 막히게 맛있는 술이 있는 가게를 내가 좀 잘 아는데."

베시는 팔짱을 낀 채, 그것을 지켜보았다. 어째서 이럴 때는 시정잡배가 하는 짓이나 귀족이 하는 짓이나 별반 다르지 않은 걸까.

그녀는 어린 소녀를 희롱해 보려는 남자들의 음흉한 속내에 신물이 났다.

"아, 아, 아니요. 저는, 그냥 지, 집에 가야 해서……."

겁먹은 게 역력한 얼굴로 소녀가 남자들에게서 벗어나려고 하였다.

"어허, 어딜 그렇게 서둘러 가? 그냥 잠깐 시간 좀 내 달라니까."

"굳이 이런 곳까지 와서 싸구려 과일 따위나 파는 걸 보면 너도 괜찮은 남자 하나 좀 잡아 보려는 마음이 있었던 거 아니야? 튕기지 좀 말고 놀아 보자고."

와우. 베시는 속으로 휘파람을 불고 싶었다.

무슨 인연인지 그녀는 가끔 이렇게 여자를 희롱하려는 못된 남자들을 발견할 때가 있었는데, 그들 입에서 나오는 대사는 열이면 열 모두 같았다.

저러니까 귀족인데도 여자한테 인기가 없는 걸 텐데. 베시는 한숨과 함께 앞으로 한 걸음 나섰다. 더는 저 소름 끼치는 놈들의 헛소리를 듣고 싶지 않았기에 빨리 소녀를 구해 낸 뒤, 이곳을 벗어날 생각이었다.

"그만 좀 하시죠?"

코트 주머니에 손을 푹 찔러 넣은 채, 베시는 천천히 앞으로 걸어 나갔다. 갑작스럽게 들려온 목소리에 놀란 것인지 남자들은 주변을 두리번거리다 베시를 발견하고는 얼굴을 팍 찌푸렸다. 비록 그들이 입 밖으로 내진 않았지만, '이건 어디서 굴러온 말 뼈다귀야?'라고 생각하고 있다는 걸 알 수 있었다.

"그 아이가 싫다잖아요."

가까이서 다가가 보니 꾀죄죄한 옷차림의 소녀는 베시가 생각한 것보다도 훨씬 어려 보였다. 베시는 얼른 소녀의 앞으로 나서서 그녀를 감쌌다. 남자들이 가소롭다는 얼굴로 베시에게 눈을 부라렸다.

"뭐야, 너는?"

베시는 죽은 쥐색 코트와 촌스러운 뿔테 안경을 쓴 자신의 모습이 그들에게 얼마나 우습게 보일지 생각해 보았다.

"지나가던 평범한 여행자예요."

엄밀히 말하면 여행자는 아니긴 하였지만, 베시는 자신의 신분을 구구절절하게 설명하기 귀찮았기에 대충 대답하였다.

"이 나라에서는 남자들이 어린 소녀를 에워싸고 겁주는 게 흔한 일인가 보네요? 와, 정말 저질스럽다."

베시가 틱틱 내뱉는 말에 귀족들의 얼굴이 일그러졌다. 어느새 주변에는 험악한 공기가 흐르고 있었다. 베시의 뒤에 있는 소녀는 바짝 겁을 먹어 숨을 집어삼켰지만, 남자들 앞에 선 베시는 오히려 심드렁하게 입을 열었다.

"여자가 필요하면 다른 데나 가서 알아봐요. 어린 아이에게 그런 요구 하지 말고."

말을 마친 그녀는 바들바들 떨고 있는 소녀의 손을 잡고 그곳을 벗어나려고 하였다. 그러자 어이없다는 얼굴로 베시를 보고 있던 귀족 중 한 명이 큰소리를 질렀다.

"이게 어디서 감히!"

그와 동시에 남자가 베시의 손목을 휙 잡아당기는 것이 느껴졌다.

아, 넘어지겠다. 좀 덜 다치는 각도로 넘어져야 할 텐데. 자신의 일인데도 베시가 느긋하게 그런 생각을 하였다. 넘어져서 다치면 그걸 빌미로 반격할 계획이었다.

하지만 그녀는 바닥과 부딪치는 충격 대신 무언가 단단하면서도 탄력 있는 것이 자신을 감싸 주는 것 같은 감각을 느꼈다.

"어?"

당황하여 고개를 들자 자신을 내려다보는 한 남자의 얼굴이 보였다.

짙은 검은색 머리칼을 전부 뒤로 넘겨 올려 보이는 모양 좋은 이마, 조금 차가워 보일 정도로 쭉 뻗은 시원한 눈매, 그리고 그 눈매 안에서 수풀이 드리운 물가처럼 빛나는 청록색 눈동자.

그 눈동자를 마주한 순간, 베시는 어째서인지 심장이 쿵— 내려앉았다. 반가움이나 그리움을 닮은, 조금은 애틋한 기분이 그녀를 멍하게 만들었다.

"저, 저스틴 하이네 경! 자, 자네가 여긴 어쩐 일로—"

베시를 밀어 버렸던 남자가 당황한 듯, 침까지 튀겨 가며 베시를 안아든 남자의 이름을 외쳤다.

'저스틴 하이네 경, 이라. 이 남자도 귀족인 모양이네.'

여전히 그의 품에 안긴 채, 베시는 차분하게 다시 한 번 저스틴을 훑어보았다.

다시 보니 그가 입고 있는 하얀 코트는 상당히 고가의 것이었다. 눈처럼 새하얀 코트를 입은 저스틴의 모습이 이상하게도 그녀의 심장 박동을 조금 빠르게 뛰게 만들었다.

저스틴은 베시에게 괜찮냐는 혹은 다친 곳이 없냐는 말조차 없이 그녀를 일으켜 세우더니 그대로 옆으로 물러서게 하였다. 엉겁결에 귀족들에게 처음 붙잡혔던 소녀와 같은 자리에 선 베시는 멍하니 저스틴과 남자들을 바라보았다.

"오랜만입니다. 다니엘 경. 베냐민 경. 존 경."

저스틴이 아주 태연한 얼굴로 귀족 무리에게 인사를 건네자 이마가 넓은 남자 한 명이 얼른 입을 열었다.

"자네는 근신을 명받지 않았나? 어째서 지금 여기에 있는 건가?"

저스틴은 무심한 눈으로 그를 한 번 본 후, 그들이 방금까지 희롱하려던 소녀도 한 번 보았다. 그리고 마지막으로 소녀를 도우려다가 오히려 자신의 도움을 받은 베시를 바라보았다.

베시는 자신을 향한 감정 없는 청록색 눈동자에서 짜릿한 전율을 느꼈다. 흉포함을 감춘 맹수의 눈 같은 서늘한 눈동자였다. 저도 모르게 그 눈에 홀린 베시가 멍하니 눈을 깜빡거리는 사이, 남자들 중 하나가 외쳤다.

"그, 그렇지! 자네는 분명 처분이 정해질 때까지 전하에게 근신을 명받지 않았나? 그런 자네가 이렇게 밖에 나와 행동을 하면 하얀 사자 기사단의 충성이 의심받을—"

"맞네! 전에도 분명 자네는 근신 처분을 어기는 행동을 벌여서—"

저스틴이 아무런 대답이 없자 귀족들은 너나 할 것 없이 한마디씩을 떠들기 시작하였다. 그것이 꽤 거슬렸는지 저스틴이 슬그머니 미간에 주름을 잡았다.

"제 개인적인 행동과 제가 속한 기사단의 충성은 아무 상관이 없습니다. 억지를 부리지 마시죠. 다니엘 경, 존 경."

칼로 잘라 내듯, 상대의 말을 단칼에 잘라 낸 저스틴은 그들 앞에 바싹 다가갔다. 압도적인 존재감에 위축된 듯 남자들이 주춤거렸다. 베시는 저스틴이 다른 남자들보다도 머리 하나는 더 커 보이는 것이 신기하였다. 분명 신장 차가 그렇게 많이 나는 것이 아님에도 불구하고.

"무엇보다 지금 제 외출은 전하께 미리 허가를 받은 것입니다. 문제가 될 여지는 아무것도 없습니다."

"그럼 어서 볼일이나 보러 가게! 괜히 우리 일에 끼어들지 말고."

존 경이라고 불렀던 남자가 배에 힘을 주며 간신히 소리를 내는 듯했다. 어떻게든 주눅 든 티를 내지 않으려고 구는 그 모습은 오히려 꼬리를 만 개처럼 보였기에 베시는 피식 웃었다.

저들이 갑자기 끼어든 저스틴이라는 저 사내를 쉽게 못 내치는 이유는 아마 저스틴이 상당히 지위가 높은 귀족이기 때문일 것이다. 어쩌면 저들보다 더 높은 신분일지도 모르고. 베시는 상황이 제법 재미있게 돌아간다는 생각이 들었다.

그녀는 이제 완전히 진귀한 쇼를 관람하는 관객의 기분으로 팔짱을 꼈다. 옆에 있던 소녀는 어느새 황홀한 눈으로 저스틴을 바라보기 시작하였다.

"그건 안 되겠습니다. 지금 당장 해결해야 할 일이 생겼으니까요."

"해결해야 할 일……?"

"네. 자신보다 약한 이에게 윽박질러 강제로 따르게 하는 재주밖에 없는 보기 흉한 어떤 무리를 제 눈앞에서 치워야 할 것 같습니다. 안 그러면 하루 종일 제 기분이 매우 불쾌할 듯 하군요."

"풉—"

방심한 탓에 베시는 하마터면 웃음을 크게 터트릴 뻔하였다. 그녀는 제 입을 양손으로 틀어막은 채, 필사적으로 웃음을 감추었다.

굉장하다.

정말 굉장해, 라는 생각밖에 들지 않았다.

그녀가 이제까지 봐 온 귀족이란 족속은 대부분 하고 싶은 말을 빙글빙글 돌려 말하는 재주만 탁월한 이들이 대부분이었다. 오죽하면 귀족이 하는 말은 세 시간을 떠들어도 가장 중요한 건 마지막 한 마디라는 말이 있을 지경이었으니까.

그런 귀족을 숱하게 보아 온 베시의 눈에 저스틴은 정말 기묘한 남자로 보일 수밖에 없었다. 혹시 저 남자 귀족의 탈을 쓴 무언가 다른 건 아닐까.

베시가 그런 생각을 진지하게 하기 시작하는 사이, 자신들이 모욕당했다는 걸 느낀 남자들이 시끄럽게 떠들어 대기 시작했다.

"지, 지금 그건 우리를 두고 하는 말인가? 우리가 이 어린 계집에게 강제로 뭘 했다고?"

"왜 흥분하시는지 모르겠습니다. 베냐민 경. 저는 경들이 그러한 무리라고 말한 적은 없습니다만?"

저스틴의 말이 끝나기가 무섭게 남자들의 얼굴이 검붉게 변하는 것이 보였다. 베시는 이제 슬슬 주먹을 입안에 밀어 넣고 웃음을 참아야 하는 게 아닌가, 고민되기 시작하였다.

"딱히 경들을 지칭하고 드린 말이 아닌데 그리 흥분하시는 걸 보니, 무언가 짚이는 구석이 있으신가 봅니다. 보아하니 저쪽 아가씨는 경들의 초대에 응할 생각이 없는 듯하니 조용히 보내시죠."

정중하지만, 여지를 남겨 두지 않는 말투로 저스틴이 남자들에게 말했다. 사실 타이르는 말이라기보다는 일방적인 통보에 가까웠다.

자신의 말대로 따르지 않으면 신상에 이롭지 않을 거라는 협박이 은근히 곁들여진.

외부인인 베시가 눈치챈 그 의미를 당사자들이 눈치채지 못할 리가 없었다. 금세 저스틴과 남자들 사이에 험악한 공기가 흐르기 시작하였다.

"저스틴 경. 지금 경이 우리에게 명령을 하는 건가?"

"명령이 아니라 권고입니다. 소란을 피우지 말라는 뜻의."

저스틴의 말에 남자 한 명이 코웃음을 요란하게 쳤다.

"하! 경이 뭔가를 착각하고 있나 본데, 지금의 자네는 부단장은커녕 기사 신분도 아닐세!"

'부단장? 기사? 흐음— 어쩐지 몸이 좋더라니.'

베시는 저스틴의 잘 뻗은 몸을 위아래로 다시 한 번 가볍게 훑어보았다. 다부진 어깨에 자꾸 시선이 가던 이유를 그제야 알 수 있었다.

"저도 압니다. 그래서 권고 드리는 겁니다."

"그래? 그럼 우리가 그 '권고'에 따르지 않으면 검이라도 빼 들 셈인가?"

빈정거리듯 남자 한 명이 말을 내뱉자 다른 남자 한 명이 기분 나쁜 웃음을 터트렸다.

"하하. 그럴 리가 있겠나. 안 그래도 저스틴 '부단장'께서는 검으로 문제를 일으켜서 전하에게 근신을 명받은 처지인데, 이런 곳에서 검을 빼 들 수 있을 리가."

그가 '부단장'이라는 직위를 유독 강조하자, 저스틴이 한쪽 눈썹을 까닥거렸다. 제 아무리 네가 황가의 총애를 받는 기사라 하더라도 또 문제를 일으키면 후환이 두렵겠지 않느냐는 뜻이 다분한 빈정거림이었다. 그 의미를 저스틴이 모를 리가 없었다.

"물론입니다. '검'은 안 빼 듭니다."

저스틴의 대답에는 막힘이 없었다. 당혹감이나 동요도 없었다.

"전하께서는 분명 저에게 '검'을 쓰는 일 없이 당분간 근신하라 명하셨습니다. '검'을 말이죠."

그는 세 번이나 '검'을 강조하였다.

그 말인즉, 검 말고 다른 건 얼마든지 써 먹겠다는 소리였다.

이제 저스틴이 이대로 물러서지 않을 것이라는 건 분명했다. 그리고 남자들 역시 순순히 물러설 생각은 없는 모양이었다.

"저스틴 하이네 경— 지금 정식으로 우리 은빛 매 기사단에게 결투를 청하는 건가?"

어라? 은빛 매 기사단? 거기 유명한 망나니 기사단 아니던가? 베시는 턱을 긁적이며 생각에 잠겼다.

은빛 매 기사단은 창단 이래 대대적으로 '실력은 나쁘지 않은데 잘난 척 많이 하는 귀족집 망나니 도련님들 모이는 곳'이었다.

기사가 추문을 뿌리거나 난동을 피웠다고 하면 대부분 '은빛 매 기사단'일 가능성이 높았다.

그러고 보니 조금 전 하얀 사자 어쩌고 라는 말을 들은 것도 같고.

베시는 그제야 저만치에 있는 저스틴과 남자들의 관계가 이해가 가기 시작하였다.

현재 베이론 제국에는 총 네 개의 기사단이 있었다.

신분에 상관없이 가장 실력이 우수한 자들만이 들 수 있는 '하얀 사자 기사단'.

다른 기사단에 비해 실력은 제일 떨어지나 신분이 높은 이들이 주로 있는 '은빛 매 기사단'.

실력은 하얀 사자 기사단에 비해 조금 떨어지나 서민적인 분위기로 시민들에게서 가장 인기가 높은 '검은 곰 기사단'.

마지막으로 주로 황족이나 고위 관리의 호위를 전담하는, 별칭 호위 기사단인 '붉은 늑대 기사단'.

이 네 기사단은 베이론 제국의 자랑인 동시에 베이론 제국을 안과 밖에서 지키는 핵심 전력이었다. 온 제국민이 기사에 대해

갖는 선망은 남달랐다.

기사들 역시 그것을 잘 알고 있었다. 그러다 보니 은빛 매 기사단의 기사들처럼 종종 자신의 본분을 망각하는 자들도 있었다.

기사단의 위엄과 영광을 자신의 것인 것처럼 착각하는 얼간이들이.

“꺅!”

베시가 한참 생각에 잠겨 있는 사이, 옆에서 가녀린 비명이 들렸다. 정신을 차리고 앞을 보니, 어느새 남자들이 허리춤에 있는 검을 빼 들고 있었다. 저스틴을 향해 황홀한 시선을 보내고 있던 소녀가 바닥에 털썩 주저앉는 것이 보였다.

소녀가 벌벌 떠는 가운데, 저스틴은 홀로 시큰둥한 얼굴로 서 넛의 남자들을 훑어보고 있었다. 그 얼굴 어디에도 겁먹은 기색이 없었다.

“경들께 제가 결투를 청하지도 않았는데 검을 빼 드셨군요. 규율 위반 아닙니까?”

“흥! 자네가 분명 먼저 시비를 걸지 않았나?”

“맞아! 경이 시작한 일일세. 하얀 사자 기사 따위에게 체면을 뭉갤 순 없지.”

아무리 봐도 체면을 뭉개는 건 본인들이건만, 은빛 매 기사단원들은 저스틴에게 책임을 전가하며 이를 갈았다.

“저는 경들과 결투를 벌일 마음은 없습니다. 하지만…….”

저스틴이 그 다음에 무어라 중얼거렸는지는 들리지 않았다. 그저 다음 순간, 잔뜩 광분한 은빛 매 기사들이 저스틴에게 달려드는 것이 보였다. 완전한 무방비 상태인 그에게.

위험하다.

그런 생각이 들자마자 베시는 바로 주머니 속으로 손을 넣었다. 저도 모르게 저스틴을 도우려는 마음에서였다.

그러나 베시의 걱정은 기우일 뿐이었다.

"컥!"

소리만으로는 무슨 일이 벌어졌는지는 알 수 없었다.

하지만 단말마를 지른 은빛 매 기사 중 하나가 순식간에 바닥을 나뒹구는 것이 보였다. 쓰러진 기사는 연신 고통스러운 신음을 흘리고 있었다.

잠깐, 대체 저 기사는 뭘 어떻게 한 거지?

베시가 입을 쩍 벌리고 있는 사이, 다른 남자가 저스틴의 어깨를 베려는 듯 크게 검을 휘둘렀다. 저스틴은 가볍게 옆으로 몸을 비틀어 검을 피한 후, 남자의 손목을 발로 걷어찼다.

쨍그랑— 금속이 돌바닥에 부딪혀 큰 소리를 내는 것과 동시에 그 남자도 바닥으로 엎어져 버렸다. 거기서 멈출 만도 하건만, 저스틴은 용서 없이 남자의 어깨를 발로 꾹 누르며 응징하는 것을 잊지 않았다.

"악!"

눈 깜짝할 사이에 두 명의 남자를 제압한 저스틴이 시큰둥한 얼굴로 홀로 남은 남자를 보았다.

"다니엘 경. 이대로 계속 하실 겁니까? 소란이 커지면 사람들이 몰려올 겁니다."

그러니 이쯤에서 슬슬 끝내자는 저스틴의 은근한 제안에 다니엘이라 불린 남자는 망설였다. 그리고 저스틴은 그 잠깐의 기회를 놓치지 않았다.

퍽—!

둔탁한 소리와 함께 저스틴이 휘두른 주먹이 남자의 뺨에 정통으로 꽂혔다. 끄악, 이라는 돼지 멱따는 소리와 함께 남자가 바닥으로 쓰러졌다.

"실례, 경. 뺨에 벌레가 있어서 잡아 드린다는 게 그만."

쓰러진 남자 위로 저스틴이 태연하게 거짓말을 지껄였다. 베시는 하마터면 또다시 웃음을 터트릴 뻔하였다.

저 남자는 자신이 이제까지 봤던 귀족 중에, 그리고 기사 중에서 제일 재미있는 남자인 게 틀림없었다.

"저, 저, 저스틴 부단장! 이러고도 자네가—"

제일 먼저 쓰러진 남자 중 하나가 어째서인지 가랑이를 손으로 감싼 채 소리를 지르고 있었다. 저스틴이 어깨를 가볍게 으쓱하였다.

"그러고 보니 경들께서는 저번에도 한 번 여성에게 무례한 언동을 행하여 크리스 전하께서 특별히 주목하고 계시는 걸로 압니다만, 이렇게 계속 여기서 소란이 벌어져도 괜찮으신 겁니까?"

바닥에 있는 남자 중 한 명의 얼굴이 딱딱하게 굳었다. 아무래도 소란이 커지면 정말 괜찮지 않은 모양이었다.

그는 얼른 자리에서 일어서더니 다른 기사들을 툭툭 발로 차서 강제로 일으켜 세웠다. 그리고 마지막으로 저스틴을 아주 매섭게 노려보는 것을 잊지 않은 채, 그 자리를 뒤로 하였다.

모든 일이 얼마나 순식간에 벌어졌는지, 베시는 방금 전 자신이 본 게 전부 환상이었나 하는 생각이 들 정도였다.

"기, 기사님."

아련한 눈으로 베시가 남자들이 사라진 방향을 보고 있는 사이, 바닥에 주저앉아 있던 소녀가 저스틴을 조심스레 불렀다.

힐끔 옆으로 시선을 돌린 베시는 소녀의 양 뺨이 장밋빛으로 붉게 물든 것을 보고 속으로 휘파람을 불었다.

불한당에게 희롱당할 뻔한 순간 나타나 자신을 구해 주는 기사, 그것도 엄청 잘생긴 기사라니.

당연히 한창 꿈 많고 감수성 풍부할 소녀의 뺨에 불이 날 만한 상황이었다. 소녀는 천천히 자리에서 일어서서 저스틴을 향해 다가갔다.

"도와, 주셔서 감사합니다."

치맛자락을 꾹 쥔 채, 고개를 숙이는 소녀의 모습은 제법 사랑스러웠다. 베시는 팔짱을 낀 채, 저스틴과 소녀를 번갈아 보았다.

소녀가 명백하게 저스틴에게 호감을 표현하고 있는 상황이니, 어쩌면 저 기사님도— 라는 생각이 들었다.

하지만 답지 않게 낭만적이던 예상은 오래가지 못했다.

"공중위생관리법 3조 2항 위반."

"……네?"

"허가를 받지 않은 식료품을 공공시설 및 보도에서 판매하는 것은 금지되어 있습니다. 당신이 갖고 있던 그 바구니 속 열매는 허가를 받은 식료품입니까?"

지금 막 겨울 산에서 가져온 눈덩이도 이것보다는 덜 차갑지 싶을 정도로 냉랭한 말투였다.

남 일이라고 눈을 반짝반짝 빛내며 지켜보던 베시가 무안함에 얼굴을 굳힐 정도였으니 당사자인 소녀의 얼굴이 일그러지는 것을 말할 필요도 없었다.

"아, 아뇨, 저기, 그게……."

"물론 이 수도에서는 허가를 받지 않고 식료품을 판매하는 노점상이 종종 있지만, 엄연히 그것은 모두 법을 위반하는 행위입니다."

"하, 하지만 시장에서는 다른 기사님이나 경비대는 아무 말도……."

억울하다는 얼굴로 소녀가 입을 열었지만, 저스틴은 그녀의 변명을 들어주지 않았다.

"시장 인근이나 번화가 부근에서 벌어지는 상업 행위는 암묵적인 방식에 의해 묵인하는 것뿐입니다. 이런 곳에서 무단으로 장사를 하는 것과는 별개의 차원입니다."

어머머, 세상에. 정나미 뚝뚝 떨어지게 말하는 것 좀 보라지. 베시는 속으로 혀를 끌끌 찼다. 이제 저스틴의 앞에 있는 소녀는 서럽게 울먹거리고 있었다. 어지간한 일로는 불쌍하다는 생각을 하지 않는 베시조차 소녀에게 동정을 느낄 지경이었다.

"기사님, 저는…… 저는, 그러니까……."

"가십시오. 오늘 있는 일은 불문하겠습니다. 대신 당신 역시 방금 있었던 일에 대해서는 그 누구에게도 발설하지 않도록 하십시오. 그렇지 못하겠다면—"

"아, 안 말할게요! 아무것도 말하지 않을게요! 죄송합니다! 정말 죄송합니다!"

겁을 잔뜩 먹은 가여운 소녀는 사시나무 떨듯 떨며 무작정 어디론가 뛰어가기 시작하였다. 정말 많이 놀란 모양이었다. 가엽게도.

"당신은 뭡니까."

베시가 소녀의 뒷모습을 보며 '역시 남자는 얼굴이 다가 아니라니까.' 같은 생각을 하고 있던 때였다.

조금 전까지 소녀를 몰아붙이던 나직한 목소리가 이번에는 베시를 향하고 있었다.

"지나가던 여행자인데요."

베시는 아까 전, 남자들 앞에서 했던 것과 같은 말을 하였다. 하지만 저스틴은 베시가 장난을 치고 있다고 생각한 것인지 얼굴을 찌푸렸다.

"여행자라면 가던 길이나 갈 것이지 왜 위험한 일에 목을 들이미는 겁니까."

비록 말투는 무뚝뚝해도 그 내용은 베시에 대한 걱정으로 가득하였다. 그러나 저스틴의 태도에 심통이 난 베시는 어깨를 으쓱하였다.

"뭐, 어쩌다 보니?"

저스틴이 한쪽 눈썹을 꿈틀거렸다. 원래부터 기사나 귀족 무리를 별로 좋아하지 않는 베시는 화가 난 남자의 모습에 오히려 신이 났다. 그것을 기척으로 알아차린 남자의 눈빛이 차가웠다.

"당신, 지금—"

"있죠, 기사님."

저스틴의 말을 재빠르게 끊은 후, 베시가 이죽거렸다.

"기사님이야말로 굳이 적을 많이 만드는 그런 말투는 삼가시는 게 좋지 않겠어요? 그러다가 언젠가 뒤에서 칼이라도 맞으면 어쩌시려고."

"……범행 예고를 하는 겁니까?"

설마요. 베시는 일부러 심술 맞게 웃었다.

"초면이지만 걱정되어서요. 기사님 같은 성품의 소유자가 살기에는 세상이 너무 험하잖아요."

뭐? 걱정? 저스틴은 저를 향한 걱정이 손톱만큼도 느껴지지 않는 베시의 얼굴을 바라보며, 차라리 정직하게 내가 싫다고 말하는 게 어떠냐고 맞받아치고 싶어졌다.

"그리고 기사님이 도와주신 건 매우 감사하지만 말이죠. 당신이 도와주지 않아도 딱히 상관은 없었어요. 내 몸 정도는 지키고, 아까 그 아이도 충분히 도울 수 있었거든요."

"……"

이 근거 없는 자신감은 대체 어디서 나오는 걸까. 저스틴은 가진 건 쥐뿔도 없어 보이건만 당당한 여자를 물끄러미 내려다보았다.

"……그래서 내가 괜한 참견을 했다고 말하는 겁니까, 지금?"

"아니, 뭐 그렇게까지는— 사실 그렇죠? 참견쟁이 기사님?"

"……."

아, 화났다. 베시는 조용히 가라앉은 저스틴의 눈에서 등골이 오싹할 정도의 서늘한 분노를 읽을 수 있었다. 다른 사람 같으면 이쯤에서 물러섰겠지만, 베시는 오히려 더 신이 났다. 이런 재미있는 기사에게 시비 걸어 볼 일이 살면서 또 얼마나 있겠는가. 적당한 선까지 이 기사님을 실컷 놀려준 후, 쏙 빠져나갈 계획이었다. 어차피 다시 볼 사이도 아니니까.

"베이론 제국의 기사단은 참 유명하던데, 그 유명세가 설마 이런 이유 때문인지는 몰랐네요. 당신도 부끄럽겠어요, 저런 치들이랑 같은 기사라서."

베시는 저스틴에게 한 걸음씩 다가갔다. 가까워질수록 그의 청록색 눈동자가 서늘한 빛을 품고 있는 것이 또렷하게 보였다.

그 예쁜 눈이 조금 마음에 든다고 생각하며 베시는 저스틴의 어깨를 툭툭 쳤다.

"아니면 당신도 저들과 다를 게 없나요?"

"그게 무슨 소리입니까?"

"내가 당신을 화나게 하면, 저들이 그랬던 것처럼 허튼 짓을 할 건지를 묻는 거예요."

히죽 웃으며 베시가 저스틴의 어깨를 움켜쥔다. 두 사람 사이의 거리가 천천히 가까워졌다. 저스틴의 얼굴은 딱딱하게 굳어 있었다. 어머나, 가엽게도. 이제 그만 놀려 먹어야겠네. 베시는 속으로 낄낄거리며 뒤로 물러서려고 하였다.

하지만, 그녀가 물러서는 것보다도 먼저, 몸이 거센 손길에 휙 밀쳐졌다.

정신을 차려보니 어느새 자신의 손목을 낚아챈 저스틴이 그녀를 그대로 벽에 밀어붙인 상태였다.

순식간에 남자의 양팔 안에 갇힌 베시는 당황하지도 않은 채, 눈을 깜빡거렸다.

예전에 후배 중 한 명이 분명 이런 상황을 '벽쿵'이라고 했던 것 같은데.

베시는 기억을 더듬어 보았다.

이거 원래 되게 로맨틱한 상황 아니었던가? 내 기억이 맞는다면 보통 이런 상황에 처한 여자는 매우 설렌다고 했던 것 같은데. 왜 나는 하나도 안 떨리지? 아니면 지금 막 이렇게 날 죽일

듯 노려보는 남자랑 나 사이에 무언가 로맨틱한 공기가 흐르고 있나?

"장난이 지나칩니다, 당신. 일이 벌어진 후에 돌이킬 수 없는 후회를 할 셈입니까?"

걱정 같은 독설을 내뱉으며 베시를 내려다보는 청록색 눈동자가 오만하였다.

하지만 정작 베시는 그의 말보다도 다른 것이 지독하게 신경이 쓰였다.

모양 좋은 입술과 감탄이 나올 만큼 완벽한 각도의 콧날까지. 남자의 얼굴은 다 거기서 거기라고 생각하는 베시가 순간 아찔할 정도로 흠 하나 없는 얼굴이었다. 이런 얼굴이라면 평생을 봐도 안 질리겠네.

"……어떤 일이 벌어지면 내가 후회하는 건데요?"

홀린 듯 저스틴의 눈을 바라보던 베시가 도발하듯 물었다. 조금만 더 가까워지면 서로의 숨이 닿을 것 같은 거리에서 저스틴의 입술이 천천히 열렸다.

"알고 싶습니까?"

짙은 그림자가 베시의 얼굴 위로 드리워졌다. 단 몇 초 후에 무슨 일이 벌어질지 예상할 수 있었다.

하지만 저항하고 싶은 마음이 들지 않았다. 베시는 그런 자신에게 적잖은 당혹감을 느꼈다. 장난은 이 정도면 충분했다. 이제는 마법을 써서라도 빠져나가야 하는 타이밍이었다. 그런데도 몸이 움직여지질 않았다. 움직이고 싶지 않은 것인지 혹은 움직일 수 없는 것인지조차 알 수 없었다.

대체 왜? 베시는 스스로에게 되물었다.

다른 남자 같으면 이런 식으로 베시에게 구는 시점에서 울고불며 후회할 만한 마법을 선물해 주었으리라.

그런데 이 남자에게는 도저히 그런 짓을 하고 싶지 않았다.

마치 수풀이 우거진 깊은 샘 속에 발이 잠긴 것 같은 기분으로 베시는 그를 보았다.

그의 눈에 사실은 무언가 질 나쁜 마법 같은 게 걸려 있는 게 아닌가 하는 생각도 들었다.

이 남자를 도저히 거부하지 못하게 하는 마법.

어느새 저스틴의 코끝이 베시의 코 바로 앞에 있었다. 닿을 듯 말 듯한 거리가 아슬아슬하였다. 베시는 그를 밀어내야 한다는 생각조차 하지 못한 채, 저스틴의 눈만을 홀린 듯 바라보았다.

그렇게 두 사람 사이의 거리가 0에 가까워지려던 찰나—

"어머나!"

타이밍 좋게 얼빠진 목소리가 들려왔다. 점차 가까워지던 저스틴의 얼굴이 딱, 그 자리에 멈추어 섰다.

덕분에 베시는 저스틴의 넓은 어깨 뒤로 귀부인 한 명이 얼굴을 붉히며 자신들을 바라보고 있다는 걸 깨달았다. 그녀와 눈이 마주친 귀부인은 부리나케 도망쳐 버리고 말았다.

그녀가 사라지자 다시 주변이 조용해졌다.

가볍게 헛기침을 한 베시는 저스틴의 어깨를 툭툭 두들겼다.

"이봐요. 기사님. 이 정도면 됐잖아요. 비켜요, 이제."

아무 말이 없던 저스틴은 천천히 양팔을 벽에서 떼어 냈다. 그가 한 걸음 뒤로 물러서자 베시는 죽여 왔던 숨을 크게 내쉬었다.

그녀 역시 순탄치 않은 인생을 산 덕에 그간 숱한 상대를 만났지만, 이런 경험은 처음이었다.

초면인 남자에게 키스당할 뻔하다니. 기가 막혔지만 이상하게 화는 나지 않았다. 무엇보다 자신이 먼저 그를 도발하기도 했으니 저스틴만 나쁜 사람으로 몰아세울 수는 없었다.

"당신의 장난이 과하긴 했지만, 용서해 줄게요. 난 마음이 무척 넓은 편이라서."

생색을 있는 대로 내는 베시를 보며 저스틴이 얼굴을 찌푸렸다. 분명 자신이 그녀에게 무례를 범할 뻔한 건 사실이다. 하지만 인과관계를 따지면 베시에게 아무 잘못이 없다고는 할 수 없었다.

그래도 그것을 일일이 따지고 들자니 성가셨다. 고심 끝에 그는 심술 맞은 얼굴로 물었다.

"……내가 정말로 당신에게 키스할 거라고 생각했습니까. 그냥 시늉만—"

했을 뿐이니 착각하지 말라는 말을 덧붙이기도 전에 베시가 고개를 끄덕였다.

"네."

한 치의 망설임도 없는 베시의 대답에 저스틴이 눈썹을 꿈틀거렸다. 어머나, 귀엽기는. 베시는 속으로 웃음을 터트렸다. 그 모습을 보고 있자니 어쩐지 유쾌한 기분이 들었다.

"뭐, 좋아요. 기사님. 당신이 무례한 건 사실이긴 하지만, 나도 당신에게 예의 바르게 굴지는 않았으니 우리 그걸로 서로 비긴 셈해요. 괜찮죠?"

그녀의 입에서 나온 말이 예상 밖이었는지 저스틴이 미묘한 얼굴을 하였다. 그가 그러거나 말거나 베시는 입가에 느슨한 미소를 걸친 채 말했다.

"사실 난 꽤 즐거웠거든요. 검을 든 기사 여럿과 검도 안 빼 든 기사 한 명이 싸우는 모습 같은 건 흔하게 볼 수 있는 게 아니잖아요."

어디 아까 그게 돈 내고도 볼 수 있는 것이던가.

그야 물론 매년 열리는 검술 대회 구경을 가면 기사들이 싸우는 모습은 실컷 볼 수 있겠지만, 적어도 이런 재미있는 구경거리는 아닐 게 분명했다. 베시는 여전히 웃는 얼굴로 입을 열었다.

"그러니까 당신의 무례, 잊어 줄게요. 좋은 구경거리를 보여 준 대가로."

단호하게 말을 맺은 베시가 휙 등을 돌렸다. 등 뒤로 저스틴의 집요한 시선이 따라붙었지만, 그는 그녀를 쫓아오지는 않았다.

베시는 조금 전 소녀가 뛰어나간 그 길을 그대로 따라 걸었다.

자신의 등 뒤에서 떨어지지 않는 저스틴의 시선을 무시한 채.

* * *

이상한 여자군. 저스틴은 가만히 베시가 사라진 쪽을 바라보며 생각에 잠겼다.

투박한 쥐색 코트는 이 나라에서는 볼 수 없는 디자인과 재질이었다. 아무래도 여행자가 우연히 이리로 길을 잘못 든 모양이었다.

'아니, 뭐 그렇게까지는— 사실 그렇죠? 참견쟁이 기사님?'

참견쟁이 기사? 이제까지 단 한 번도, 그 누구도 감히 저스틴에게 그런 표현을 쓴 적은 없었다. 그런데 길에서 우연히 마주친 여자가 자신에게 그렇게 빈정거린 것이다.

참견쟁이라니. 저스틴은 고개를 절레절레 저었다. 생각할수록 별난 여자였다.

'그러니까 당신의 무례, 잊어 줄게요. 좋은 구경거리를 보여 준 대가로.'

방금 전 그녀가 자신에게 했던 말이 아직도 귓가에 선하였다.

분명 신분이 높아 보이지는 않는데, 자신 앞에서 당당한 그 모습이 꽤 재미있었다. 그러면서도 자신이 조금 몰아붙이자 당혹스러움을 애써 감추려던 솔직한 그 모습도 꽤 흥미로웠다.

"……이름을 모르는군."

그녀에 대한 호기심이 조금 동했건만, 이름조차 모르는 상대였다.

저스틴이 그녀에 대해 아는 건 대충 하나로 올려 묶은 붉은 머리는 갓 핀 장미처럼 윤기가 흘렀고, 촌스러운 뿔테 안경 너머로 반짝이던 푸른 눈동자는 겨울 하늘처럼 맑고 깨끗하다는 사실 정도였다.

엄청나게 뛰어난 미인은 아니지만, 묘하게 시선이 가는 그런 여자였다는 생각이 들었다.

어째서일까. 다시 만날 일이 없는 여자인데도 이상하게 그녀의 얼굴이 머릿속에서 떠나질 않았다.

그 이유가 무얼까 생각하며 천천히 걸음을 옮기던 저스틴은, 곧 이유를 깨닫고 피식 웃었다.

그 여자에게는 촌스러운 뿔테 안경이 심하게 어울리지 않았다.

* * *

귀족 거주 지구를 무사히 빠져나온 베시는 이번에는 곧바로 큰 길을 따라 걸었다.

조금 전 본 재미있는 구경거리 덕에 그녀의 기분은 상당히 좋아진 상태였다.

다스티에서 가장 위엄이 넘치고 화려한 건물은 역시 예카테리아 성이었다.

외국에서 온 대부분의 관광객은 다스티에 오면 누구나 수도 입구에서부터 볼 수 있는 거대한 예카테리아 성의 휘황찬란한 모습에 넋을 잃고는 하였다. 건국 황제가 이 성을 세울 때 기울인 정성과 열정은 어마어마했다. 물론 쏟아 부은 돈과 인력은 그것보다도 더욱 무시무시했다. 그 덕에 예카테리아 성은 대륙에서 제일 화려하고 섬세한 디자인으로 유명하였다.

성에 붙은 예카테리아라는 이름은 건국 황제 프라드한이 직접 붙인 것으로, 그것이 실존인물의 이름이라는 기록이 남아있었다. 다만 그 인물이 누구인지는 기록이 없어 역사학자들은 아직도 '예카테리아가 누구인가?'를 두고 여러 학설을 내놓고 있었다.

여러 가지 의견 중에서 가장 유명한 것은 건국황제가 사랑했던 여인의 이름이 예카테리아라는 것이었다. 그래서 어느 작가는 예카테리아 성을 아름다운 사랑 이야기의 무대로 사용한 적도 있었다. 그 덕에 예카테리아 성의 아름다움은 나라 밖에서도 이름이 높았다.

관광객들은 대부분 다스티를 방문하면 예카테리아 성, 그 중에서도 일반인에게 개방되어 있는 외성으로 향하였다. 예카테리아 성은 안으로는 본성과 그 본성 밖에 외성이 존재하고, 또다시 그 외성을 성벽이 둘러싸고 있는 견고한 성이었다. 본성에 정식으로 들어가기 위해서는 적어도 세 번 이상 검문을 거쳐야만 했다.

코트에 손을 푹 찔러 넣은 베시는 다른 관광객들이 그러는 것처럼 화려한 성의 외관에 감탄하며 정문으로 향하였다. 어릴 때는 몇 번 보지 못했지만 이렇게 다 커서 보니 나름 감회가 남달랐다.

정문에는 짙은 은빛이 근사한 갑옷으로 무장한 문지기들이 부리부리한 눈을 빛내고 있었다. 그들은 손에 들고 있는 창의 밑바닥을 바닥에 두들겨 멈춤 신호를 보냈다.

베시는 순순히 그들이 요구하는 대로, 그들로부터 다섯 걸음 이상 떨어진 곳에 멈추어 섰다.

"이곳은 다스티의 궁지, 예카테리아! 무슨 이유로 이곳에 방문한 것인지 목적과 소속을 밝히시오."

문지기의 말에 베시는 잠시 생각에 잠겼다. 이곳에 온 이유는 도서관 관장 자리를 추천받아서였지만, 그렇다고 그것을 곧이곧대로 밝히자니 꺼내 보일 임명장 하나 없는 게 현재 신세였다.

결국 그녀는 곧 손가방에서 조금 전 받아 온 입국 확인증과 이디아니움 아카데미 졸업 증명서를 꺼내 들었다.

"이디아니움 아카데미의 졸업생이에요. 이번에 이 나라 수도에 있는 국립도서관에서만 열람이 가능한 서적을 열람하고자 방문했어요."

그렇게 말한 베시는 자신의 손에 두 장의 종이를 들고 문지기들에게 사뿐사뿐한 발걸음으로 다가섰다. 한동안 문지기들은 그녀가 내민 입국 확인증과 아카데미 졸업 증명서를 면밀하게 살펴보았다. 두 문지기는 서로의 얼굴을 힐끔 보고 시선을 교환하였다. 눈으로 보기에 두 장의 종이에는 수상한 점이 전혀 없었다.

문지기 중 한 명이 자신의 품에서 작은 병을 꺼내 들었다. 그리고 그 병에 든 액체를 각각의 증명서 인장 부분에 살짝 뿌렸다. 그것은 신분 위조를 가려낼 수 있는 특수한 마법 약이었다.

약을 뿌리고 수 초도 지나지 않아 바로 반응이 일어났다. 아카데미 졸업 증명서의 인장에서는 은은한 금색빛이, 입국 확인증의 인장에서는 부드러운 푸른빛이 감돌았다. 증명서를 위조하지 않았다는 증거였다. 딱딱한 표정이었던 문지기들의 얼굴이 부드러워졌다.

"고명한 이디아니움의 학자께서 본 성을 방문해 주심을 영광으로 생각합니다."

문지기들은 그녀의 아카데미 졸업 증명서가 진짜라는 것을 확인하자, 그녀에게 최고의 예우를 갖추어 환영 인사를 건넸다.

이디아니움 아카데미는 도시 하나가 통째로 속해 있는 거대 교육 기관이지만 우선 입학하는 것 자체가 쉬운 일이 아닐 정도로 진입 장벽이 높았다. 그리고 심지어 졸업은 입학보다도 더욱 어려웠다. 심할 때에는 한 해에 졸업생이 단 한 명도 안 나온 적도 있을 지경이었다.

그래서 '이디아니움'에 입학한 적이 있다는 것만으로도 대부분의 아카데미 출신은 좋은 대우를 받았다. 물론 아카데미를 졸업한 사람은 그것보다도 훨씬 더 최고의 대우를 받았다.

그들은 각 대륙에서 활약하는 인재 중의 인재였으니까.

그렇기에 이디아니움 졸업 증명서라는 것은 일종의 프리 패스와도 같았다. 그들은 어느 나라에 가던 간에 국공립 시설을 우선적으로 이용할 수 있는 우선권과 다소의 편의가 주어졌다. 최고의 경지에 오른 인재들을 위한 각 나라의 공통된 배려였다.

베시는 문지기들의 말에 빙긋 웃어 보였다. 존경받아 마땅한 학자다운 품위를 보일 셈이었다. 문지기들은 조금 전까지 보이던 경계심 어린 모습은 어디 갔는지 싹싹하고 친절한 태도로 베시를 대하였다. 문지기 중 한 명이 그녀에게 당일 입궁 허가증을 하나 건네주었다. 베시가 그것을 받아 들자 다른 문지기가 입을 열었다.

"도서관에 방문하시려면 입구에서 들어가서 좌측으로 쭉 들어가셔서 나오는 두 길 중 우측 길로 꺾어 들어가시면 됩니다. 혹시라도 길을 헤매게 되실 경우에는 주변에 있는 이들에게 길을 물어보신다면 쉽게 찾으실 수 있을 것입니다. 다만…….”

“다만?”

설명을 청산유수로 하던 문지기가 조금 곤란한 얼굴을 하였다. 그리고 다른 문지기의 얼굴을 힐끔 보며 입을 우물거리고 있었다. 그것은 입을 다물고 있던 문지기 역시 마찬가지였다.

그들은 베시에게 무슨 말을 전할 것인가 말 것인가를 고민하고 있었다. 베시가 그들의 얼굴을 번갈아 쳐다보자 설명을 해 주던 문지기 한 명이 굳은 결심을 한 얼굴로 입을 열었다.

“……지금 도서관은 인력이 부족하여 여러모로…… 이용에 어려움이 있으실 수도 있을 거라고 생각, 합니다. 그러니 부디 그 점을 염두에 두시고…….”

“아, 괜찮아요. 그거라면 대충 들은 이야기가 있으니까요. 신경 써 주셔서 감사합니다.”

베시는 싱긋 웃으며 가볍게 손을 흔들어 보였다. 그것은 나는 조금도 신경을 안 쓰니 댁들도 신경 쓰지 않아도 된다는 뜻이었다. 문지기들은 조금은 안심한 것 같은, 하지만 여전히 불안한 얼굴로 베시를 보았다. 베시는 그들을 안심시키기 위해 다시 한 번 웃어 보였다.

더는 그녀를 막을 이유가 없었던 문지기들은 일단 몸을 틀어 길을 열어 주었다. 베시는 문지기들의 걱정 어린 배웅을 받으며 안으로 들어섰다.

어렵사리 들어온 외성 안은 조용하였다.

간혹 새소리 같은 것이 들리기는 하였으나 사람의 소리는 별로 들리지 않았다.

그도 그럴 것이 사실 성문 근처에는 잘 손질된 정원과 국립 시설 일부만 배치되어 있었다. 허가를 받고 들어온 관광객들이 둘러볼 수 있는 구역이 딱 거기까지였다. 황족이 거처하거나 중요 행사가 열리는 궁은 모두 경비가 엄중한 본성에 있었다.

베시는 에카테리아 성의 구조를 생각해 보면서 걸음을 저벅저벅 옮겼다. 친절한 문지기의 상세한 설명에 귀를 기울였던 덕분에 그녀는 길을 헤매는 법 없이 목적지까지 다다를 수 있었다.

"히야아아아앗!"

"흐압!"

목적지, 그러니까 국립도서관이 가까워지면 가까워질수록 도서관과는 어울리지 않는 소리들이 들려왔다. 베시는 고개를 돌려 소리가 들리는 방향을 살펴보았다. 그리고 국립도서관 바로 옆에 있는 커다란 건물에서 남자들의 우렁찬 기합 소리가 들려오고 있다는 것을 깨달았다.

베시는 흥미로운 눈길로 그쪽으로 시선을 주었다가 곧 고개를 돌렸다.

조금 시끄럽기는 하였으나 못 참을 정도는 아니었다. 그녀는 그 소리를 전부 무시한 채, 국립도서관 건물을 올려다보았다.

"이게 폐관 직전의 국립도서관이라, 이거지."

국립도서관. 크리스가 빅터에게 전통과 역사를 자랑하는 건물이라 부르짖었던 그 도서관은 분명 역사가 깊어 보이는 외관, 그러니까 즉 상당히 낡아 빠진 모양새를 자랑하고 있었다.

척 보기에도 손질이나 관리가 전혀 안 된 것이 이 화려하고 아름다운 성의 일부라고는 도저히 믿기지 않았다. 마치 호화 만찬 사이에 놓여 있는 상한 오트밀 죽과도 같다고나 할까.

베시는 흥미로운 눈으로 국립도서관을 한동안 올려다보며 머릿속으로 계산기를 두들겨 보았다. 그녀가 어떻게 하면 이 낡아 빠진 도서관을 '고풍스러운 도서관'으로 바꿔 놓을 수 있을 것인가 하는 고민에 빠져 있는 동안, 시끄럽던 소리가 뚝 멎었다. 그것을 깨달은 베시가 고개를 옆으로 돌렸다. 조용해졌네?

하지만 고요함은 잠시 뿐이었다.

"케일, 너 이번 주 휴일에 카라스 백작 영애랑 만나기로 했다면서?"

"오늘 끝나고 밖에 나가서 술 좀 마실 사람?"

"제라드! 빨리 못 오냐!?"

이건 뭐 시장통이 따로 없네. 아니면 학생식당. 베시는 그런 생각을 하면서 한 걸음 뒤로 물러섰다. 건물 입구에서 한 무더기의 남자들이 우수수 쏟아져 나오고 있었다.

그들의 모습은 대부분 어딘지 모르게 '실력은 나쁘지 않는데, 겉멋이 잔뜩 든 귀족 도련님'의 분위기를 풍기고 있었다.

사람 보는 눈이 제법 나쁘지 않다고 자부하는 베시는 차분하게 그들을 관찰하여 한 가지 결론을 내렸다.

저것들도 실력에 비해 거만함과 잘난 척이 하늘 높은 줄 모르고 날아다니는 은빛 매 기사단 소속 기사들이겠구나, 라는 아주 정확하고 확실한 결론을.

어라? 그렇다면 아까 전에 본 그 칠칠맞은 기사들 역시 이곳에 있는 게 아닐까.

곧 그녀의 예상대로 떠들썩한 기사들 사이에서 조금 전 저스틴에게 인정사정없이 깨졌던 남자들의 모습이 보였다. 다시 본 그들은 저스틴 앞에서 벌벌 기던 것과는 정반대로 소란을 떨어대고 있었다.

"아까 말이야, 내가 저스틴 하이네를 봤는데, 그 자식 그거 완전 다 죽어 가는 얼굴을 하고 있더라고!"

"아, 맞아. 랜돌프 경에게 호되게 당한 이후로 정신이 번쩍 든 모양이야."

"하하. 그 녀석이 아무리 하얀 사자 기사단 부단장이고, 하이네 공작가의 막내아들이라고 하더라도 이번만큼은 별수 없을 테지."

아까 전 그 남자 앞에서는 아무 말도 못 했던 주제에. 베시는 한심하다는 눈으로 잠시 그들을 바라보았다.

하지만 그들의 시선이 자신에게 향했을 때는, 곧 아무것도 모르는 얼굴로 가만히 고개를 숙여 보였다. 이런 곳에서 굳이 쓸데없는 문제를 일으키고 싶지는 않았다.

기사들은 수수한 행색의 베시를 무심한 눈으로 한 번 힐끔 보았다. 화려한 치장을 한 여성들의 모습에 익숙해져 있는 기사들 눈에 베시의 쥐색 코트는 초라하게 보일 뿐이었다.

만일 눈썰미가 좋은 자가 한 사람이라도 있었다면 그녀의 머리카락 색이 얼마나 장미처럼 고운지, 그리고 하얀 피부가 얼마나 고급 대리석 같은 광택을 지녔는지 알 수 있을 터였다. 저스틴이 그랬던 것처럼.

하지만 그들은 그녀의 그런 숨겨진 매력을 전혀 눈치채지 못하였기에 무심하게 그녀를 보아 넘길 뿐이었다. 그나마 기사 중 한 명이 성을 지키는 기사의 본분을 잊지는 않았는지 베시에게 형식적인 질문을 던졌다.

"방문객인가? 허가증은 받았나?"

베시는 말없이 문지기에게 받았던 허가증을 꺼내 보였다. 허가증을 곁눈질로 힐끔 본 기사들은 별다른 관심을 기울이지 않고 그녀에게서 멀어졌다. 그리고 그들은 그대로 도서관 입구로 쏙 들어가 버렸다. 훈련장에서 막 나온, 땀내 나는 몸으로.

그것을 본 베시는 어리둥절한 얼굴로 그 뒷모습을 쳐다보다가 고개를 갸웃하였다. 아무리 봐도 그들이 '무술을 연마했으니 이번에는 마음의 양식을 쌓자!'라는 타입으로는 보이지 않기 때문이었다.

그녀는 기사들이 땀도 닦지 않고, 서둘러 도서관 안으로 들어간 이유가 무엇일지 생각해 보았다.

그사이, 베시의 머릿속에 문득 입국 심사대에서 심사관이 했던 의미심장한 말과 문지기들의 묘한 시선이 떠올랐다.

한동안 무언가를 생각하던 베시는 히죽 미소를 지었다. 꽃다운 아가씨에게는 썩 어울린다고 할 수 없는 얼굴이었으나 악랄한 마녀에게는 잘 어울리는 그런 얼굴이었다.

베시는 코트 주머니에 손을 푹 찔러 넣고 가벼운 발걸음으로 도서관 안으로 들어섰다.

끼이익, 하는 낡고 거친 문소리에 베시는 콧등을 가볍게 찡그렸다. 기름칠을 좀 해야겠다, 싶었다.

문이 쾅당— 하고 닫히고 난 후, 베시는 작게 재채기를 하였다. 도서관 안의 공기가 습한데다가 먼지가 가득하여 콧속이 간질간질했기 때문이었다.

그녀는 입구 근처에 텅 비어 있는 접수대를 힐끔 본 뒤 접수대 위에서 손가락을 놀렸다. 곧 그녀의 하얀 손가락에 새카만 먼지가 묻어 나왔다. 그것을 내려다본 후 베시는 코트 주머니에서 손수건을 꺼내 그것을 쓱쓱 닦아 내었다. 그리고 접수대 위에 아무렇게나 놓여 있는 책자를 집어 들었다.

입김을 후후 불어 먼지를 털어 내자 '국립도서관 이용 수칙'이라는 글씨가 희미하게 드러났다. 베시는 그것을 손에 들고 주변을 둘러보았다.

벽에 걸려 있는 액자 틀에도, 희뿌옇게 변해 버린 창문에도 먼지가 새하얗게 내려앉아 있었다. 심지어 복도 위에도 먼지가 내려앉아 그 위에 발자국이 어지럽게 찍혀 있었다. 도저히 사람이

출입할 수 있는 그런 공간이 아니었다.

최악.

베시는 폐관 직전의 국립도서관의 상태를 그렇게 평가하였다.

아무리 인력 부족이라고 해도 가장 기본적인 청소가 제대로 되어 있지 않다는 건 심각한 문제였다. 이래서야 아무리 양질의 서적이 고루 갖추어져 있다고 해도 이곳을 이용하고 싶어 하는 방문객이 있을 리가 없었다.

"―세요!"

베시가 냉정하게 관내 환경 파악을 하고 있는 사이, 어디선가 날카로운 고함이 들려왔다. 주변을 둘러본 베시는 곧 그 소리가 제1열람실이라고 되어 있는 곳에서 들려오는 소리라는 것을 깨달았다.

마치 자석에 쇠붙이가 이끌리는 것처럼 베시의 발이 제1열람실로 향하였다.

"이제 제발 그만들 좀 하세요!"

들려오는 큰 목소리는 여성의 것이었다. 얼핏 듣기에는 젊은 여성은 아니었다. 어느 쪽인가 하면 철없는 아들 친구들을 나무라는 어머니의 꾸짖음 같은 느낌이었다.

제1열람실 입구에 선 베시는 손바닥만큼 열려 있는 문틈 사이로 안을 가만히 들여다보았다.

안에는 조금 전까지 희희낙락하던 은빛 매 기사단 기사들의 모습이 보였다. 그들은 각각 의자나 책상을 하나씩 점거하고 앉아 마치 자기 집 안방마냥 거드름을 피우고 있었다. 뻔뻔해도 저런 뻔뻔함이 없었다.

그 틈바구니에서 통통하고 키 작은 중년 여성 한 명이 목에 울대를 세워 가며 화를 내고 있었다.

"이러면 다른 이용객 분들께서 불편을 겪지 않습니까!?"

"아니, 이네딧 부인. 대체 그게 무슨 말이야? 이곳에 우리 말고 이용객이 또 어디 있다고?"

"기사님들께서 이곳에 계셔서 다른 이용객들이 못 오시는 거 아닙니까?!"

"어허, 괜히 사람한테 잘못을 덤터기 씌우면 안 되지. 사람들이 여길 안 찾는 건 건물이 더럽고 사서가 없어서잖나."

베시는 문손잡이에 힘을 주어 문을 조금 열었다.

끼익, 하는 작은 삐걱거림이 있었지만 기사들의 웃음소리며 잡담 소리가 워낙 시끄러운 탓에 문 여는 소리는 묻혀 버렸다.

아무도 그녀에게 주목을 하지 않았기에 그녀는 팔짱을 끼고 아까 전처럼 가만히 상황이 돌아가는 꼴을 지켜볼 수 있었다.

"……기사님들께서 그 말을 하실 자격이 있는지 모르겠습니다."

도서관의 유일한 사서인 이네딧 부인은 파르르 떨리는 입술을 꾹 눌러 화를 삭이고 있었다. 체구가 작고 통통한 그녀가 화를 내봐야 사실 그렇게 무섭지는 않았다. 그렇기에 기사들은 더

더욱 의기양양해졌다.

"아니, 대체 우리가 뭘 어쨌다고 그러나? 우리는 오히려 이 무의미한 공간을 유용하게 써 주고 있지 않나."

"맞아, 맞아! 우리마저 안 오면 여긴 그냥 유령 소굴이나 다름없지."

그녀만 쫓아낸다면 도서관 폐관은 거의 확실하다고 믿고 있는 기사들이 낄낄거렸다. 각자 등에 업고 있는 가문의 위세가 있었기에 그들에게는 머리가 희끗희끗한 이 중년부인이 가소롭게 보일 뿐이었다.

어느새 그들은 평소처럼 열람실을 휴게실인 양 점령하고 앉아 행패를 부리기 시작하였다.

어떤 기사는 훈련장에서 가져온 칼을 꺼내 들고 손질을 한다는 명목으로 소란을 떨어 댔다. 또 다른 어떤 기사는 땀이 가득 찬 부츠를 바닥에 아무렇게나 내팽개쳤다. 자기들끼리 큰 소리로 잡담을 나누거나 일부러 책을 이것저것 꺼내 와서 쌓아 두기만 하는 자도 있었다.

기사이기 전에 귀족으로서도, 사람으로서도 부끄럽기 짝이 없는 행동이었다. 하지만 그것을 부끄럽게 여기는 양심적인 인물은 어디에도 존재하지 않았다. 애초에 그럴 인물이었다면 이곳에 오지 않았겠지만.

몇 분간의 관찰 끝에, 베시는 한 가지 결론을 내렸다.

'개판이군, 이거.'

열댓 살 먹은 아이들이 노는 공터에 가도 이것보다는 낫겠지 싶을 정도로 기사들은 형편없는 모습을 보여 주었다. 그 와중에도 목청이 제일 큰 기사 하나는 계속 이네딧 부인과 말싸움을 벌이고 있었다. 이네딧 부인은 저보다 머리가 두어 개는 큰 기사에게도 밀리지 않는 멋진 모습을 보여주었다.

"이곳은 기사님들이 제 집처럼 쓰시는 그런 곳이 아니라 공공시설입니다! 공공시설에서 지켜야 할 최소한의 예의도 보이지 않는 분들은 이용객이라고 할 수 없습니다!"

멋지다. 베시는 무심코 박수를 치고 싶었다. 이네딧 부인의 말은 반박의 여지가 없을 정도로 정론이었다. 베시는 점점 이네딧 부인이라는 사람이 마음에 들기 시작하였다. 신분이 높아 보이지 않으나 귀족 출신 기사들에게 당당히 맞서는 모습이 근사했다. 베시는 이 논리정연한 의견에 과연 저 기사가 무어라 대꾸할지 심히 궁금하였다.

"아, 그런가? 하지만 자네는 관장도 뭣도 아닌 일개 사서이지 않나? 우리한테 그렇게 큰소리를 쳐도 괜찮은 건가?"

천박해라. 베시는 얼굴을 구겼다. 올바른 말에 제대로 된 대꾸를 할 수 없었던 기사가 선택한 것은 은밀한 협박이었다. 우리보다 신분이 낮고 공식적 직함도 변변찮은 너는 찌그러져 있으렴, 이라는 아주 저질스러운 빈정거림.

베시는 더 이상 그들의 행패를 두고 볼 수 없었다. 아니, 두고 보지 않았다. 그런 무례를 그냥 보아 넘길 정도로 그녀는 얌전한 사람이 아니었다.

"그럴 리가요. 도서관에서 사서의 말은 절대 복종이죠."

잔잔하지만 영향력이 있는 베시의 목소리가 시끄러운 열람실 안에 울려 퍼졌다. 기사들의 이목이 삽시간에 베시에게 집중되었다. 물론 터무니없는 억지 주장을 늘어놓던 목청 좋은 기사 역시 마찬가지였다.

"뭔가, 자네는?"

베시는 기사의 질문을 무시한 채, 일부러 천천히 안으로 들어가 주변을 둘러보았다. 거미줄이 처진 벽 구석이나 먼지투성이인 선반이 눈에 들어왔다.

할 일이 태산 같겠군. 베시는 고개를 절레절레 내저었다. 물론 할 일 중 제일 급한 일은 눈앞에 있었다. 베시는 자신을 불만스럽게 노려보는 기사를 향해 입을 열었다.

"도서관은 모든 이용객에게 열려 있는 공간이지만 이용객이 아닌 사람을 들일 필요는 없죠. 책을 열람하러 오신 게 아니라면 나가 주시죠."

"아가씨가 대체 뭔데, 지금 우리에게 이래라 저래라……!"

시끄러워 죽겠네. 베시는 얼굴을 팍 찌푸렸다. 아까 전부터 유독 그의 커다란 목소리가 거슬리던 찰나였다.

그녀는 주머니 안에서 늘 가지고 다니는 수첩 하나와 펜을 꺼내 들었다. 기사들은 갑작스러운 그녀의 행동에 어리둥절한 얼굴을 하였다. 그도 그럴 것이 생전 처음 보는 촌스러운 여자가 갑자기 옆에서 끼어들어 잔소리를 늘어놓더니 이번에는 수첩을 꺼내 들었으니까.

은빛 매 기사들은 이 여자는 대체 뭐인가, 하는 얼굴을 하고 자기들끼리 얼굴을 마주 보았다.

그 사이, 베시는 수첩을 펼쳐 그곳에 글씨를 휘갈겨 쓰며 "작성 시작."이라고 중얼거렸다. 이윽고 길지 않은 문장을 작성한 그녀는 메모한 종이를 북 뜯어내어 가까이 있던 커다란 책상 위에 올려 두었다.

그 일련의 행동을 본 목청 좋은 기사는 어이가 없다는 얼굴로 입을 열어 항의를 하려고 하였다. 대체 너의 정체가 뭐냐고 따져 물을 생각으로.

하지만—

"……!"

목청 좋은 기사는 당황하였다. 그는 자신이 처한 상황이 이해가 안 간다는 얼굴로 주변을 두리번거리더니 자신의 통통한 입술을 투박한 손으로 문질렀다.

이네딧 부인과 다른 기사들은 대체 그가 왜 그런 동작을 취하는지 알 수 없었다.

한동안 자신의 입을 만지던 기사는 당황한 듯 자리에서 어쩔 줄 몰라 하며 자리에서 붕붕 날뛰었다. 답답해 죽겠다는 그런 모습이었다.

"……도서관 이용 수칙 첫 번째. 다른 이용객에게 불편을 끼치지 않도록 모든 이용객들은 열람실 내 잡담 및 소란을 삼간다."

베시의 낭랑한 목소리가 다시 울려 퍼졌다. 그녀는 자신이 방금 전 써서 책상 위에 올려두었던 메모지를 들어 올려 사람들의 눈에 잘 보이도록 하였다. 메모지에 적혀 있는 내용은 이러하였다.

《본 열람실에서 도서관 관계자를 제외한 모든 이용객은 입을 열 수 없다.》

그녀의 메모지를 본 기사들은 서로의 얼굴을 마주 보았다. 난데없이 나타난 죽은 쥐색 코트를 입은 건방진 여자가 뭐라고 하는 거냐, 지금.

그들은 베시에게 불평을 한두 마디 던지려고 하였고, 그 순간 깨달았다.

자신들의 입이 접착제로 붙인 것처럼 딱 붙어 열리지 않는다는 것을.

기사들은 그제야 비로소 이네딧 부인과 말다툼을 하던 기사가 왜 그리 당황하여 입을 주물러 댄 것인지 알 수 있었다. 갑자기 말을 할 수 없게 되면 누구라도 그러리라.

베시는 커다란 덩치의 기사들이 당황하여 어쩔 줄 몰라 하는 모습을 유쾌하게 지켜보았다.

꼴좋네. 그녀는 기본적으로 잘난 척하는 인간들이 곤경에 처하는 것을 즐겼다. 게다가 자신이 그 상황을 만들어 낸 인물이라면 더할 나위가 없었다.

당황하던 기사들 중 한 명이 베시를 향해 손가락질을 해 댔다. 아무래도 그녀가 '마녀'라는 것을 눈치챈 것 같았다. 베시는 웃으면서 수첩에 다시 문장을 써 내려갔다.

기사들 몇 명이 그것을 막으려는 것처럼 자리에서 벌떡 일어섰다. 하지만 그것보다도 빠르게 베시는 문장이 적힌 또 다른 종이를 책상 위에 내던져 두었다.

"기사님들. 당신들의 머리가 모자를 쓰기 위한 장식품이 아니라면 내가 '누구'인지는 알아차리셨으리라 믿어요. 좀 더 설명해 드리자면, 내 마법은 '적는' 행위를 통해 발동되죠. 그러니까 여러분은 종이에 적힌 이 명령을 거스를 수가 없어요. 아, 그리고 당신들이 함부로 마법이 적힌 종이에 손을 대면 마녀의 저주가 내려진다는 것을 명심해요."

베시가 종이에 무언가를 휘갈겨 쓰면서부터 이변이 일어났다는 것을 깨닫고, 그녀의 메모지를 찢어 버리려던 기사들은 움찔하였다. 그들의 손이 갈 곳을 잃고 허공에서 방황하였다.

마녀의 저주.

베시가 아무렇지 않게 내뱉은 그 단어는 마치 냉한 겨울바람처럼 기사들의 마음에 콕콕 들어박혀 그들의 얼굴을 딱딱하게 굳게 만들었다.

흔히 사람들은 세상에서 가장 고통스러운 최후를 맞이하고 싶을 때 택하는 자살 방법은 마녀의 저주에 걸리는 것이라 하였다. 하지만 그것이 어떤 것인지 아는 이는 아무도 없었다.

왜냐면 마녀의 저주를 받은 사람들은 모두 죽었으니까.

베시는 두려움과 분노로 험악해진 기사들의 얼굴을 둘러본 뒤 피식 웃었다. 이제 그들은 아무리 화가 나도 함부로 베시에게 손을 대지 못하리라. 아무리 앞뒤 분간 못 하는 자라 하더라도 마녀의 저주는 무서울 게 분명했다.

흥, 겁쟁이들 같으니라고. 속으로 빈정거린 베시는 어리둥절한 얼굴을 한 이네딧 부인을 향해 입을 열었다.

"확인차 묻죠, 부인. 이 도서관의 사서인가요?"

"아? 아아, 네! 그래요. 저는 이곳의 사서로, 이네딧이라고 합니다. 그, 마녀님께서는……."

"아, 그렇게 딱딱한 호칭으로 부르시지 않아도 괜찮아요. 남에게 님 소리를 들을 정도로 대단한 사람은 아니거든요."

베시가 어깨를 으쓱하며 말하자 이네딧 부인은 어찌해야 좋을지 모르겠다는 얼굴로 기사들을 한 번 보고 베시를 보았다. 그녀가 당황하고 있는 것을 본 베시는 슬슬 사정을 설명해야겠다는 생각을 하였다.

자신이 왜 이곳에 있고, 앞으로 이곳에서 무슨 일을 하게 될 것인지를.

"저는—"

베시가 이네딧 부인을 향해 자신이 누구인지 자세히 밝히려는 찰나, 기사 중 몇몇이 베시를 향해 슬금슬금 다가왔다. 그들이 내뿜는 기운이 심상치 않았기에 베시는 우선 자리에서 멈추어 섰다.

기사들은 모두 매서운 눈으로 베시를 쏘아보고 있었다. 어떤 기사는 검에 손을 가져다 대기까지 하였다. 수상한 마녀를 단칼에 베어 버리려는 모양이었다.

이네딧 부인은 겁먹은 얼굴로 어깨를 움츠렸다. 아무리 망나니 같은 짓을 하고 다녀도 그들은 나라에서 인정한 기사들 중 하나였다. 그들의 예리한 눈빛은 일반인은 감당하기 어려운 그런 것이었다. 하지만 베시는 그런 기사들의 눈빛을 건성건성 보아 넘겼다. 그들이 자신에게 손가락 하나 댈 수 없다는 걸 알고 있기 때문이었다.

올 테면 와 보라는 것처럼 베시가 고개를 까닥거렸다. 그 명백한 도발에 분개한 기사 하나가 베시에게 달려들었다.

그리고 '그것'은 순식간에 벌어졌다.

기사가 검 끝을 베시에게 겨누던 바로 그 순간, 마치 무언가에 떠밀린 것처럼 그는 검을 놓치고 뒤로 나동그라졌다. 그러더니 이번에는 갑자기 벌떡 일어서서 그대로 문밖으로 뛰어 나가 버렸다. 바닥에는 그가 남겨 두고 간 검 한 자루만이 남아 있을 뿐이었다.

남겨진 기사들은 어리둥절한 얼굴로 사라진 기사의 뒷모습을 지켜보았다. 베시는 느긋한 얼굴로 자신이 조금 전 적어 두었던,

두 번째 메모지를 들어 올려 기사들에게 보여 주었다.

《관장(예정)에게 해를 가하려는 자는 성문 밖에서 알몸으로 괴상한 춤을 추게 된다.》

"관장?"

이곳에서 베시를 제외하고 유일하게 입을 여는 걸 허락받은 사서, 이네딧 부인이 중얼거렸다. 그리고 이게 대체 무슨 일이냐고 묻는 눈빛으로 베시를 힐끔 보았다. 베시는 그녀를 향해 고개를 까닥하며 웃어 보였다.

"정식으로 소개를 드려야겠네요. 처음 뵙겠습니다. 그리고 앞으로 잘 부탁드립니다, 이네딧 부인. 아마 앞으로 이곳의 관장을 맡게 될 베시 에일이라고 합니다."

*　　*　　*

깊고 진한 다크 서클을 눈가에 커튼처럼 드리운 채, 빅터는 기사단 숙소를 빠져나가고 있었다.

비록 정신은 만신창이었으나 그래도 황태자로부터 간만에 휴일을 얻었기에 몸은 조금 편한 상태였다. 그러나 아무리 몸이 편하더라도 마음이 불편하니 휴일이 전혀 휴일이 아니었다.

"베시……."

제 정신적 고충의 원인인 여동생의 이름을 중얼거리며 빅터가 한숨을 내쉬었다.

편지를 보내고 이 주 동안 빅터는 초조하게 베시의 답장을 기다렸다.

이디아니움과 베이론 사이에서 편지 한 통을 보내는데 걸리는 시간이 사 일 남짓이라는 것을 생각하면, 답장은 한없이 늦어지고 있는 셈이었다.

그사이에도 빅터의 주군은 하루가 멀다 하고 빅터를 쪼아 댔다.

'오늘은 왔나? 아직 안 왔나? 답장이 늦네. 경의 여동생 혹시 요새 연애하는 거 아니겠지? 연애 사업에 바빠서 경의 편지는 뜯어보지도 않았을지도 모르지 않나. 아, 그렇군. 생각해 보면 연애랑은 상관없이 그냥 자네의 편지를 무시하고 있는 것일 수도 있겠어. 혹은 읽어 보지도 않았던가. 더 늦어지면 직접 사자를 보내 볼까? 난 이미 자네 누이를 위한 임명장까지 만들어 두었단 말이지.'

크리스의 쉴 새 없는 정신 공격에 심각한 대미지를 입은 빅터는 울고 싶은 기분이었다.

자신은 상사 복도 없었지만 동생 복은 더더욱 없는 게 분명하였다. 막무가내로 동생을 데려오라고 조르는 상사와 연락할 기미조차 보이지 않는 동생 사이에 끼어 있는 제 처지가 가여웠다.

정신적인 고충이 쌓이자 빅터의 잘생긴 얼굴에는 서서히 그림자가 드리워졌다.

복도에서 그런 그의 모습을 볼 때마다 소문 좋아하는 시녀들이나 귀족 여인들은 소곤거렸다.

'빅터 경께서 요새 어느 여인을 마음에 두고 계시기에 저렇게 우수에 차신 걸까요.'

그녀들은 결코 알지 못하였다. 빅터의 가슴속을 좀 먹고 있는 것은 단순한 화병이라는 것을.

"베시, 어디서 대체 뭘 하고 있는 거니."

침울하게 중얼거린 빅터는 베시에게 다시 한 번 서신을 보내봐야겠다는 생각으로 성문 근처로 향하였다.

설마하니 성문 밖에서 자신의 피곤한 눈을 더럽히는 끔찍한 현장을 마주하게 될 거라는 생각은 하지도 못한 채.

* * *

"지, 진정하십시오, 랜돌프 경!"

"케인, 그쪽 잡게나!"

이게 대체 뭔 소란이란 말인가.

빅터는 저도 모르는 새 젖병을 빼앗긴 갓난아이처럼 입을 헤, 벌리고 서 있었다. 그의 앞에는 원래 자리를 지켜야 할 두 문지기의 모습이 보이지 않는 성문이 있었다.

그리고 그 성문 밖에는……

"대체 왜 이러시는 겁니까, 랜돌프 경! 어서 옷을 좀 입으십시오! 그리고 제발 그 괴상한 춤은 멈추십시오!"

은빛 매 기사단의 랜돌프 경이 알몸으로 괴상한 춤을 추고 있었다.

이것은 꿈인가. 빅터는 자신의 볼을 슬쩍 꼬집어 보았다.

아팠다. 일단은 꿈이 아니라는 뜻이었다.

빅터는 주변을 둘러보았다. 혹시 자신이 원래 있던 곳과는 다른 이상한 세계에 떨어진 건 아닐까.

하지만 주변 풍경은 낯익은 원래 장소 그대로였다. 그렇다면 장소는 문제가 아니다.

빅터는 슬금슬금 뒤로 물러섰다. 무언가 본능적인 것이 그를 향해 경고하였다.

지금 이 자리에서 도망치자고, 무언가 좋지 않은 것이 여기에 있다고.

빅터는 당장 신전으로 달려가 성직자들의 축복이라도 받아야겠다는 생각을 하였다. 그렇게 주춤주춤 뒤로 물러서던 그는 자신의 등 뒤에 있던 누군가와 가볍게 부딪혔다.

"아, 죄송합……."

고개를 돌려 자신의 뒤에 서 있던 인물에게 사과를 하려던 빅터의 입이 그대로 굳어 버렸다. 아니, 입뿐만이 아니라 그의 모든 것, 정상적인 상황 판단 능력과 행동과 사고 능력마저 그대로 멈추어 버렸다.

왜냐하면 그곳에는 조금 전, 빅터가 애타게 행방을 궁금해하던 인물이 서 있었기 때문이었다.

"오랜만이네요, 오빠. 한…… 16년 만인가요?"

싱그럽게 미소를 짓는 붉은 머리칼의 여성.

빅터의 머릿속에서 지금보다 작고, 좀 더 앳된 어린 소녀의 모습이 그녀 위로 겹쳐졌다.

"베시?"

빅터가 툭, 여동생의 이름을 내뱉었다.

베시는 웃고 있었다. 그것을 본 빅터의 고개가 이번에는 성문 밖으로 다시 돌아갔다.

그곳에서는 실성한 것 같이 랜돌프 경이 실오라기 하나 안 걸친 몸뚱아리로 덩실덩실 춤을 추고 있었다.

그 순간, 빅터는 속으로 외쳤다.

'얘다! 얘야! 얘 말고는 이딴 짓을 할 수 있는 사람이 이곳에는 없어!'

증거는 없었다. 지금까지 일어난 정황을 목격한 것도 아니었다.

그럼에도 불구하고 빅터는 확신하였다. 지금 랜돌프 경이 벌이는 저 기이한 짓은 전부 베시의 소행에서 기인한 것이라고.

빅터는 부들부들 떨리는 손가락으로 랜돌프 경을 가리켜 보였다.

“베시, 저…… 저거.”

“아, 저거.”

에일 남매는 노튼 백작가의 둘째 아들을 아무렇지 않게 지시 대명사로 불러 댔다.

빅터는 무의식중에, 베시는 의도적으로.

이러니저러니 해도 남매는 말이 통했다. 빅터는 길게 묻지 않았고, 베시는 불필요한 답은 하지 않았다.

그녀는 자신이 조금 전 도서관에서 써 내려갔던 메모지를 그에게 건넸다. 빅터는 떨리는 손으로 그것을 받아 든 뒤, 그대로 굳어버렸다.

“베시! 당장 저걸 멈추게 해!”

간신히 정신을 차린 빅터가 빽 소리를 질러 버렸다. 16년 만에 만난 동생은 조금도 변함이 없었다. 아니, 악랄함이 더 심각해진 상태였다.

기사에게 알몸으로 성문 밖에서 춤이라니. 그것도 괴상한 춤이라니.

명예를 제 목숨처럼 여기는 기사들에게 있어서 이것은 참기 어려운 수모일 게 분명하였다.

아니, 굳이 기사가 아니더라도 백주 대낮에 성문 앞에서 알몸으로 춤을 추게 되는 건 끔찍하리라. 당장 이민을 결정하고 싶을 만큼 수치스러운 일일게 틀림없었다.

빅터는 그다지 랜돌프 경을 좋아하지는 않았지만, 솔직히 말하면 오히려 싫어하는 편이었지만 어째든 그를 도와줘야 한다고 생각하였다. 기사 한 명의 수치는 모든 기사의 수치였다.

"그러죠, 뭐."

빅터가 우려한 것과 달리 베시는 매우 쉽게 빅터의 말에 고개를 끄덕였다. 그녀는 자신이 적어둔 메모지를 받아 들어 그것을 북북 찢었다. 그와 동시에 미친놈처럼 알몸으로 날뛰던 랜돌프 경이 바닥으로 쿵, 쓰러졌다.

마치 그동안 무던한 도끼질을 참아 왔던 굵은 나무가 마지막 도끼질을 맞고 바닥에 쓰러진 것처럼, 처참한 모습이었다.

"랜돌프 경!"

문지기 두 명이 그런 랜돌프 경을 일으켜 세워 어떻게든 그의 정신을 일깨우려고 하였다. 한 명이 의무실에 있는 의사를 불러오겠다며 자리에서 벌떡 일어섰다.

모르는 사람이 봤으면 전쟁터 한복판에서 벌어진 일인 줄 알 정도로 박진감이 넘치는 모습이었다.

불안해진 빅터는 저도 모르게 고개를 홱 돌려 베시를 보았다.

노튼 백작가는 귀족 사회에서 나름대로 영향력이 있는 가문 중 하나였다. 그런 집안의 둘째 아들에게 무슨 일이라도 생긴다면—

그는 등골이 오싹해지는 것을 느꼈다. 하지만 베시는 그런 빅터의 걱정을 한마디로 일축시켰다.

"저건 그냥 탈진한 거예요. 만약 춤 좀 격하게 춘 걸로 죽었다면 저 기사는 상당히 훈련을 게을리 한 거겠죠."

"너, 너는…… 베시, 너란 아이는 정말!"

빅터는 16년 만에 만난 여동생에게 버럭 소리를 내질렀다.

예나 지금이나 변함없는 여동생의 모습이 그는 전혀 반갑지 않았다. 그사이에 조금만 얌전해지길 바랐는데, 그것이 모두 헛된 희망이었다는 게 밝혀졌기 때문이었다.

빅터는 가슴 치와 머리통이 욱신거리며 아파오는 것을 느끼며 양손으로 부여잡았다.

대체 어느 경위로 베시가 이곳에 있는지는 알 수 없었으나 그녀가 지금 이곳에 있다는 건— 빅터가 보낸 편지, 정확하게는 크리스가 제안한 내용을 받아들이기로 한 것이 분명하였다.

그렇다면 이제부터가 진짜 시작이겠구나!

빅터는 평소보다 한 열 배는 더 강하게 사직서 제출의 유혹을 느꼈다. 마음의 준비도 안 된 상태에서 갑자기 맞이한 폭풍은 심장에 참으로 좋지 못하였다. 빅터는 중얼거렸다. 못된 녀석. 적어도 마음의 준비를 할 시간은 줄 것이지.

그런 오빠의 고뇌를 아는지 모르는지 베시는 즐거워 보이는 얼굴로 입을 열었다.

"건강해보이시네요, 오빠. 그간 잘 지내셨죠?"

베시가 심드렁하게 던진 말에 빅터는 '너도 좋아 보인다'라고 답해야할지 '넌 여전하구나'라고 말해줘야 할지 알 수가 없었다.

"그래. 너도…… 그, 여전히…… 좋아 보이는구나."

고민 끝에 꺼낸 말에 여러 가지 의미를 담고 있었다. 베시는 두통과 치통과 복통을 한꺼번에 느끼는 것 같은 빅터의 얼굴을 올려다보며 픽 웃었다. 꼭 제 오빠가 무슨 생각을 하는지 다 아는 것만 같은 눈빛이었다. 괜히 등골이 오싹해진 빅터는 얼른 화제를 다른 것으로 돌렸다.

"베시, 네가 여기 있다는 건, 관장 직을 맡기로 결심한 거겠지?"

"아직은 몰라요. 확인이 필요하니까."

"확인? 계약조건이라면―"

이미 편지에 다 써두지 않았었냐고 빅터가 말을 하려던 찰나, 베시가 그의 말머리를 싹둑 잘라버렸다.

"안내해 주세요, 오빠."

밑도 끝도 없이 이게 무슨 말이란 말인가. 빅터가 어리둥절한 얼굴로 고개를 기울였다.

"안내? 어디로? 누구한테?"

"덫을 놓은 놈이요."

"덫?"

생뚱맞은 베시의 말에 빅터가 눈을 둔하게 깜박였다. 마치 답이 절대 없는 스무고개를 하는 것만 같았다.

빅터의 멍한 얼굴을 본 베시가 한 쪽 눈썹을 꿈틀거렸다. 남들보다 배는 둔한 제 오빠에게 조금 더 직접적이고 분명하게 목적지를 밝힐 필요가 있다는 것을 깨달았기 때문이었다.

"크리스 반 듀벨, 그 망할 자식에게 데려다주세요."

한 나라의 황족, 그것도 황태자를 망할 자식이라고 부르기 위해서 필요한 것은 무엇일까.

두려움을 모르는 배짱? 여차하면 자신이 미친 사람임을 주장할 수 있는 임기응변능력? 그것도 아니라면 원래부터 목숨은 내놓았다는 자포자기 정신?

빅터는 베시를, 자신의 여동생을 도저히 이해할 수 없었다. 물론 이해할 수 있다고 해도 이해하고 싶지도 않았다.

저게 어디 제정신이란 말인가. 정말 저 아이는 나랑 한 피를 나누었단 말인가.

그렇게 투덜거리면서도 빅터는 결국 동생을 데리고 황태자의 집무실을 찾을 수밖에 없었다.

자신이 아무리 거부한들 결국 베시가 크리스의 집무실까지 쳐들어갈 것이라는 것을 잘 알고 있기 때문이었다. 그래도 자신이 곁에 붙어서 날뛰는 미친 소를 말리는 것이 조금이라도 낫지 않겠느냐, 그런 성실한 마음가짐으로 빅터는 베시를 데리고 간 것이었다.

물론 그것은 전부 헛된 생각이었다.

* * *

“오랜만이야, 베시. 기왕이면 재회는 깊은 밤, 내 침대 위에서 낭만적으로 하고 싶었는데 말이야.”

“닥쳐. 이 중증 성희롱 환자야. 머리가 어떻게 된 거 아니야?”

노크 한 번 없이 황태자의 집무실로 쳐들어온 베시를 보아도 크리스는 놀라지 않았다. 오히려 오랜만에 만난 옛 연인에게 하듯 달콤하고 느끼한 인사를 건넸다.

그리고 베시는 그런 황태자의 인사에도 인정사정이란 게 없었다.

베시가 크리스의 집무실을 찾았을 때, 그곳에는 크리스 외에도 몇 명의 사람이 있었다.

빅터와 교대 근무로 크리스를 지키고 있던 두 명의 호위 기사. 여동생을 데리고 올 수밖에 없었던 빅터 에일. 그리고 크리스에게 무언가를 보고하러 온 하얀 사자 기사단의 단장.

그들은 모두 입을 물 먹는 하마처럼 쩍 벌렸다.

기사들은 모두 자신들의 앞에 있는 붉은 머리 여자의 정신 상태를 의심하였다. 그 방에서 당황하지 않는 인물은 오로지, 베시의 폭언을 오히려 즐기고 있는 크리스뿐이었다.

“하하. 여전히 입이 거치네. 그래도 넌 그런 점이 매력이란 말이야.”

“말솜씨가 많이 죽었다, 크리스? 그거 말고도 매력이 많은 거겠지.”

크리스의 능글거리는 말에 베시는 앙칼지게 응수하였다. 다른 여성들이 크리스의 농밀한 수작에 얼굴부터 붉히는 것과는 차원이 달랐다.

베시는 누구 하나 권해 준 이 없건만 알아서 척척 집무실 안에 놓여 있는 푹신한 소파 위에 엉덩이를 걸쳤다.

한 나라의 황태자를 두고 취하기에는 심히 무례한 행동이었다.

그렇게 막나가는 여동생을 지켜보던 빅터의 참을성은 이미 바닥에 도달해 있었다.

그는 의자에 앉아 있는 베시의 뒷덜미를 탁, 낚아챘다. 아무리 자신이 여동생을 당해내지 못한다고 해도 이런 단순한 완력 싸움에서는 밀릴 리가 없었다.

베시는 졸지에 아기 고양이처럼 오빠의 손에 대롱 매달렸다. 그녀는 불만스러운 얼굴로 빅터를 노려보며 빅터의 손을 쳐내려고 하였지만, 빅터는 손에 힘을 꾹 준 채 크리스를 향해 깊게 고개를 숙였다.

"죄, 죄송합니다, 전하! 교육이 미흡하여 제 동생이 전하께 터무니없는 실례를……!"

"하하, 빅터 경. 그게 무슨 소리인가? 오랜만에 친구를 만나면 반가운 마음에 이런 말이나 저런 말을 할 수도 있는 게지. 내가 그런 것도 이해하지 못할 정도로 속이 좁은 사내로 보인단 말인가?"

"치, 친구……?"

"야! 크리스! 너 입은 비뚤어져도 말은 똑바로 해. 내가 언제 너랑 친구가 되었어? 너랑 나는 그냥 얼굴 아는 사이, 지인 정도야."

베시의 날카로운 외침에 크리스가 히죽 웃으며 평소와는 다르게 친근한 말투로 입을 열었다.

"우리 베시 선배는 여전히 차갑네. 그래도 그런 점이 좋다니까."

"아카데미 졸업도 안 하고 나간 주제에 선배는 무슨."

선배. 크리스는 분명 베시를 그렇게 불렀다. 그 말에 방안에 있던 기사들은 모두 황태자가 과거 이디아니움 아카데미에 입학한 적이 있었단 사실을 떠올렸다.

2년도 채 안 되어서 본국으로 돌아오기는 하였지만, 어쨌든 분명 그는 이디아니움에 있었던 시절이 있었다.

기사들의 고개가 분주하게 크리스와 베시의 얼굴 위로 오갔다. 그들은 대부분 상상력이 풍부하지는 않았지만 베시가 크리스의 아카데미 선배였을 거라는 것을 어렵지 않게 추측해 냈다.

"그나저나 설마 서신도 없이 이렇게 날아와 줄 줄은 몰랐어, 베시. 내가 그렇게 보고 싶었던 거야?"

크리스가 부드러운 미소를 지으며 턱을 괴고 그윽한 눈길로 베시를 보았다.

조금 전까지 크리스와 중요한 대화를 나누려던 하얀 사자 기사단의 단장은 졸지에 꿔다 논 보릿자루 신세가 되고 말았다.

그는 어정쩡한 포즈로 슬그머니 옆으로 물러서서 다른 기사들 옆에 섰다. 조금 전까지는 방에 갑자기 들이닥친 여성의 무례한 행동에 자신이 나서야 하는 것인가 아닌가를 고민하였지만, 그녀가 황태자와 교우 관계가 있는 인물인 이상 자신이 함부로 나설 수가 없었다.

빅터 역시 베시가 크리스와 각별한 사이라는 것을 깨닫고 슬그머니 자신의 손을 놓고 물러섰다. 베시는 아무렇지 않은 얼굴로 뒷목을 주무르며 대답하였다.

"미쳤어? 내가 뭐가 예쁘다고 널 보러 와야 해? 넌 어쩜 그렇게 모든 걸 너한테 형편 좋게 생각하니? 내가 답장 없이 온 건 귀찮았기 때문이야. 어차피 여기로 올 거, 뭐 하러 귀찮게 일일이 연락을 하는 수고를 들이니?"

"그 정도 수고는 좀 해 줘. 그래야 나도 여러 가지 준비를 하지."

"흐응. 어떻게 하면 나한테 은빛 매 기사단이라는 커다란 떼쟁이들을 떠맡길 수 있을지, 뭐 그런 거?"

베시가 아무렇지 않게 툭 내던진 말에 크리스의 미소에 살얼음이 졌다. 하지만 그는 곧 재빠르게 원래 상태를 회복하였다. 들켰으니 별수 없네, 라는 말로 입을 연 그가 물었다.

"역시 빠르군. 언제부터 눈치챘어?"

"거의 처음부터. 현재 베이론 제국이 돌아가는 상황을 알고 있다면…… 그리고 이 나라에 네가 있다는 걸 기억했다면 이 정도는 생각해야 맞지."

"난 그래서 네가 좋더라, 선배님. 아니, 베시 에일."

불필요한 시간과 수고를 들일 필요가 없다니까. 크리스는 유쾌하게 웃었다. 베시는 그 웃음에 차가운 미소로 화답하였다.

속이 시커먼 능구렁이와 성질이 불같은 여우 사이에서 한바탕 무서운 눈빛이 오고 갔다. 상황 파악을 못 한 기사들만이 그저 눈뜬장님마냥 뭐가 뭔지 몰라 고개를 이리저리 돌릴 뿐이었다.

"흠, 그럼 본격적인 대화를 나누기에 앞서 주변 정리를 좀 해야 하지 않겠니?"

베시는 고개를 돌려 돌기둥처럼 선 기사들의 얼굴을 한 번 본 뒤, 크리스를 보았다.

크리스는 고개를 끄덕였다.

이 방안에 있는 사람은 모두 믿어도 된다는 뜻이었다.

그러니 거리낌 없이 대화를 나눠보자는 신호.

베시는 크리스가 절대적으로 믿는 사람 중 자신의 오빠가 들어가 있다는 사실에 아주 약간 놀라움을 느꼈다. 정말 아주 약간, 순간적으로만.

"그나저나, 베시. 네가 여기 왔다는 건 내 제안을 받아들이기로 했다는 걸로 생각하면 되는 거겠지?"

"……"

대답을 망설이며 베시는 턱을 괴었다. 크리스에게 밝힌 대로 베시는 거의 처음부터 이 일에 크리스가 개입했다는 것을 눈치채고 있었다. 그러니까 처음에는 귀찮아질 것을 염려하여 이 일을 하지 않겠다고 생각했던 것이었다.

하지만 디저트 때문이라는 핑계로 와서 막상 상황을 살펴보니 귀찮음을 감수하고라도 이런 저런 일을 저지르고 싶다는 충동이 들었다. 그 지저분한 도서관의 몰골이란.

이러니저러니 해도 베시는 마녀인 동시에 학자였다. 신성한 지식의 성전이 그딴 취급을 받는 것을 도저히 묵인 할 수가 없었다.

"일단 확인 좀 해보고."

"확인? 뭘? 계약 조건이라면—"

빅터와 똑같은 말을 반복하는 크리스를 흘겨보며 베시가 고개를 저었다.

"멍청아, 그거 말고."

베시는 크리스를 향해 자신이 알고 있는 정보를 늘어놓았다. 그것은 모두 아카데미에서 수집했던, 베이론 제국에 대한 정보의 일부였다.

"얼마 전에 하얀 사자 기사단과 은빛 매 기사단 사이에서 조금 큰 다툼이 있었지? 그때, 사건에 연루되었던 기사들 중 유독 하얀 사자단 소속의 기사만 엄한 처벌을 받았던 게 모든 일의 시작이었던 거잖아. 뭐, 은빛 매 쪽에는 후작이나 백작가의 아들이 제법 껴 있었으니 어쩔 수 없었겠지만."

"……그래. 하지만 그건 별로 좋은 처분은 아니었지."

크리스가 씁쓸한 미소를 지었다. 사실 지금 은빛 매 기사단이 이리 거칠게 날뛰는 것에는 다 이유가 있었다. 베시의 말대로 모든 일의 원흉이 된 사건이 하나 있었다.

지금으로부터 몇 주 전.

은빛 매 기사 중 한 명이 하얀 사자 기사 중 한 명에게 사적인 문제를 트집 잡아 시비를 건 적이 있었다. 원래부터 서로에게 좋은 감정을 갖고 있지 않던 두 기사단은 그 건을 계기로 크게 싸움을 벌이게 되었다.

모든 병사와 경비, 그리고 제국민의 모범이 되어야 하는 기사들이 벌였다고 보기에는 참으로 추한 난투극이었다.

그리고 그 난투극의 결과는 베시가 말한 대로였다.

은빛 매 기사들은 대부분 가벼운 훈방 조치로 끝난 반면 하얀 사자 기사 중에는 기사 작위를 박탈당한 이도 있었다. 심지어 기사 작위를 박탈당한 자는 평민 신분의 기사였다. 그것은 누가 봐도 고의성이 다분한 처벌이었다.

그 일로 인해 당시에 제국민 사이에서는 많은 반발이 있었다. 하지만 법무부 주관의 정식 재판 판결이 난 것이라 번복은 어려웠다. 그 일은 그렇게 끝나는 듯하였다.

문제는 그 일이 얼마 전, 또다시 예상하지 못한 문제를 만들고 말았다는 점이었다.

“은빛 매 기사 중 한 명이 해직 당한 하얀 사자 기사의 험담을 하고 다녔고, 그 때문에 하얀 사자 기사, 그 중에서도 부단장 나리께서 폭발하고 말았지? 부조리한 일을 당한 전 동료의 편을 든 건 매우, 매우 훌륭했지만, 방법은 좋지 못했네. 또 무력 다툼이라니."

"……하아, 그것만큼은 동감이군. 기왕이면 고소를 하는 방식으로 싸움을 벌여 주었으면 좋았을 텐데. 그러면 나도 좀 더 손을 쓰기 쉬웠을 거야."

크리스가 우울한 얼굴로 자신의 미간 사이를 문질렀다.

대부분의 귀족들은 크리스 황태자가 하얀 사자 기사단과 친밀한 관계를 맺고 있다고 믿고 있었다. 그렇기에 두 기사단 사이에서 재차 싸움이 터진 첫날, 그가 받은 항의 문건을 쌓아 놓으니 크리스의 허리춤까지 찰 정도였다.

크리스의 입장에서는 억울한 일이었다. 그는 딱히 하얀 사자 기사들만을 편애한 적은 없었다. 물론 그렇다고 해서 은빛 매 기사들을 좋아하는 건 결코 아니지만.

"기사님들한테는 그건 무리겠지. 펜을 굴리는 싸움보다는 검을 굴리는 싸움이 더 적성에 맞을 텐데. 하지만 어쨌든 이번에 하얀 사자 기사께서는 한 달 전 사건에 대한 앙갚음은 제대로 치른 거 아냐?"

베시는 힐끔, 구석으로 물러선 기사 중 한 명을 바라보았다. 특히 그가 입고 있는 제복의 새겨진 하얀 사자 문장을 유심히. 갑작스럽게 베시의 시선을 받게 된 하얀 사자 기사단의 단장은 조금 거북한 얼굴을 하였다. 크리스는 그것을 못 본 척하며 입을 열었다.

"그래. 이번에는 결국 하얀 사자 기사보다도 은빛 매 기사들이 더 많은 처벌을 받았지. 폐하께서는 그걸로 어떻게든 시민들 사이에서 추락한 자신의 인기를 회복하고 싶으셨을 거야."

"……그리고 그 덕에 이번에는 수많은 귀족들의 반발을 사셨잖아? 역시 이 정도로 나라가 크면 황제라는 자리도 쉽지가 않다니까. 폐하의 고충도 남다르시겠어?"

베시는 가볍게 어깨를 으쓱하며 한숨을 내쉬었다. 그녀의 눈에는 이 모든 것이 우스꽝스러운 희극 같았다. 문제는 극 안에 있는 등장인물들은 모두 진지하다는 것이었다.

물론 진정한 코미디는 등장인물들의 진지함에서 비롯되는 것이었지만.

"뭐, 일단 지금 이곳 상황 돌아가는 건 알겠어. 어느 분들께서 국립도서관을 폐관시키는 짓을 저지르려고 이상한 수작을 부리고 있다는 것도 방금 보고 와서 알았고. 하지만 은빛 매 기사단은 지금 대체 왜 국립도서관을 폐관시키려고 저렇게 애를 쓰는 거야?"

은빛 매 기사단과 하얀 사자 기사단, 그리고 그 사이에 껴있는 황태자의 입장에 대해서는 모두 이해할 수 있었다.

단순하게 상황을 보자면 그들은 각자 고집을 부리고 있는 것이었다.

하지만 베시는 어째서 은빛 매 기사단이 국립도서관을 폐관

시키려고 노력하는 것인지는 알 수 없었다. 귀족 일부나 은빛 매 기사단이 도서관을 없애지 않을 거면, 하얀사자 기사단의 부단장인 저스틴의 기사직 자체를 박탈하라 떼를 쓰고 있는 걸 모르기 때문이었다.

크리스는 작은 한숨과 함께 자세한 사정을 설명하였다.

하얀 사자 기사단의 훈련장이 은빛 매 기사단의 훈련장보다 더 크고 훌륭하다는 사실. 그리고 은빛 매 기사단은 국립도서관의 부지를 손에 넣어 훈련장을 하얀 사자 기사단의 그것보다도 더욱 크게 확장하고 싶어 한다는 것.

"바보 아냐? 무슨 장난감 더 많이 가졌다고 자랑하는 다섯 살 애도 아니고. 훈련장 크기가 기사단의 품위와 명예를 대표하기라도 해?"

크리스의 말을 다 들은 베시가 질렸다는 얼굴로 물었다. 그녀의 말에 크리스는 별반 다른 대꾸할 말이 없었기에 어깨를 으쓱하였다. 다른 기사들 역시 무거운 한숨을 푹 내쉬었다. 아무리 자신이 은빛 매 기사가 아니더라도 같은 기사로서 어디 가서 말하기도 창피한 내용이었다.

"흠. 뭐, 인정하지. 이건 정말 바보 같은 일이야, 베시. 하지만 그들은 더 바보 같은 짓도 저지를 수 있어. 도서관을 폐관하지 않을 거면 얼마 전 은빛 매 기사들과 싸운 하얀 사자 기사단 부단장의 기사직을 박탈하라고 나섰거든."

"주제넘는 짓을 하네."

베시는 귀족들이, 그리고 은빛 매 기사들이 왜 그런 억지를 부리는지 이해하였다.

결국 이 우스꽝스러운 희극의 본질은 권력 다툼의 일부였다.

차기 황제가 될 자에게 자신들의 막강한 단결력과 힘을 보여 주어 그를 제 입맛대로 부려먹거나 혹은 몰아내려는 귀족, 그런 귀족에게 자신이 허수아비 황족이 아니라는 걸 보여 주려는 황태자. 그 사이에 낀 사람들만 불쌍한 노릇이었다.

"맞아. 그렇기에 더더욱 그들을 그대로 내버려 둘 수도 없지."

크리스는 자수정 같은 눈동자를 차갑게 빛내며 고개를 끄덕였다.

한 사람, 한 집단이 지나치게 거대한 발언권을 가지면 자연스럽게 권력은 그곳으로 집중된다.

가장 이상적인 구조는 누구 하나 권력을 독점하는 일 없이 그것을 적당한 형태로 찢어 놓는 것이다.

그렇기에 기사단은 총 네 개의 단으로 나누어져 있었다. 그 적당한 힘의 분배를 통해 베이론은 균형을 이루고 있었다.

하지만 이렇게 은빛 매 기사단이 설치는 것을 못 본 채 한다면 그 힘의 균형이 깨질 것이 분명하였다. 어느 한 쪽을 위로 세우는 일도 해서는 안 된다.

크리스는 책상 위로 올려 둔 손에 힘을 꾹 주었다.

아직 황제가 되지 못한 그에게는 반드시 지켜야 할, 그리고 알아내야할 것이 있었다. 그러기 위해서는 마녀, 베시 에일의 도움이 필요하였다.

"흐음, 그래서 내가 필요하다 이거구나?"

그의 마음속을 훤히 알고 있는 것처럼 베시는 웃었다.

"역시나 도서관 관장직이라는 건 표면적인 거였네. 요컨대 은빛 매 기사단이 다시는 덤벼들 생각을 못하도록 자근자근 질근질근 사근사근 밟아 달라는 거지?"

"음, 그 표현에 여러 가지 불안이 생기긴 하지만 얼추 뜻은 통한 것 같아."

"의뢰의 대가는?"

"대가? 보수라면 분명 내가 빅터 경의 편지를 통해……."

크리스는 빅터를 향해 시선을 보냈다. 제대로 편지에 자신이 내세운 조건을 써 보낸 것이 맞느냐는 뜻으로. 빅터는 금세 주군의 뜻을 알아듣고 고개를 끄덕였다. 그는 복통과 편두통에 시달리면서도 분명 자신에게 주어진 소임을 다하였다.

빅터의 얼굴을 본 크리스는 다시 고개를 돌려 베시를 보았다. 크리스의 시선을 한 몸에 받으며 베시는 사뿐히 한쪽 다리를 들어 올려 긴 다리를 꼬았다. 그리고 그 위로 자신의 가느다랗고 하얀 손을 올려 양손에 깍지를 꼈다.

"크리스. 착각해선 곤란해. 분명 넌 이디아니움 아카데미의 졸업생인 베시 에일에게 관장직을 추천했어. 난 '학자의 입장'에서 그걸 받아들이겠다고 했고. 하지만…… 이건 단순히 관장직을 수행하느냐, 마느냐의 문제가 아니잖아? 넌 그것보다 더 성가신 걸 나에게 떠넘기려고 했어."

"아…… 음, 너랑 내 사이인데 어떻게 좀 안 되겠어?"

"황태자 전하. 이건 비즈니스랍니다."

무슨 그런 말씀을. 다리를 꼰 채 베시는 눈초리를 반달처럼 접어 웃었다.

계약할 때는 동전 한 닢 허투루 져 주는 적이 없다는 마녀들만이 지을 수 있는 얼굴이었다. 그 미소에 크리스는 한 방 먹은 얼굴을 하였다.

"넌 지금 마녀에게 네 스스로 제안한 거야. 계약을 하고 싶다고, 마녀와 계약을 한다는 것에는 대가가 따라. 이건 네가 약속한 보수와는 전혀 다른 차원의 개념이야."

"……무엇이 필요하지?"

"넘치지도, 부족하지도 않은 것. 너의 약속."

"무엇을 약속하면 되는 건데?"

"……계약이 끝날 때, 내가 가장 필요로 하는 것을 주겠다는 약속."

"약속하지."

너무나도 쉽게 크리스의 입이 열렸다. 바짝 긴장하고 서 있던 기사들이 깜짝 놀라 "전하!"하고 그를 불렀을 정도였다. 하지만 크리스는 고개를 까닥거리며 그들보고 입을 다물라는 신호를 보냈다.

기사들은 불만 가득한 얼굴로 베시를 보았지만 주군의 명령을 따랐다. 베시는 의외라는 얼굴을 하였다.

"너무 쉽게 대답하는 거 아니야, 크리스? 내가 너한테 뭘 요구할 줄 알고?"

"괜찮아. 넌 사람을 속일 때도 있고, 거짓말을 할 때도 있지만……."

크리스가 거기까지 말하자 기사들이 하나둘 헉, 하고 숨을 들이켰다.

사람을 속일 때도 있고, 거짓말을 할 때도 있는 사기꾼, 아니 마녀와 황태자가 계약을 하게 두어도 되는 것인가 하는 생각에서였다.

하지만 크리스는 성실한 기사들이 고뇌에 빠지거나 말거나 제 할 말만을 하였다.

"하지만 넌 네 편을 불리하게 만들지는 않잖아. 난 그런 널 좋아하거든."

베시는 크리스의 말에 잠시 말문이 막힌 얼굴을 하였다.

평소처럼 입에 박힌 헛소리, 라고 치부할 수는 없었다. 그냥 사랑한다, 좋아한다 말하는 것과는 달랐다. 베시가 절대 자신을 배신하지 않을 거라는 전제하에 표현한 호의는 '신뢰'에 가까웠다.

그것이 어떤 의미인지 베시는 잘 알고 있었다.

기본적으로 이 능구렁이 같은 황태자는 그 누구도 믿지 않는다.

크리스 같은 위치에 있는 사람에게 누군가를 믿는다는 것은 곧 목숨을 맡기는 것과 마찬가지이다. 그런데도 크리스는 베시에게 그것에 준하는 호의를 보여 주었다.

어느새 크리스의 눈동자가 마치 고요한 어둠 속에서 빛나는 제비꽃같이 베시를 향해 있었다. 그 눈에는 평소와 같은 장난기 대신 진중함이 가득하였다.

쯧, 타고난 바람둥이 같으니라고. 혀를 차며 베시는 자신의 낡아 빠진 코트 주머니 속에서 수첩을 꺼내 들었다.

"작성 시작."

그녀가 주문을 외우고 이번에는 정성 들여 또박또박 글씨를 써 내려갔다. 이윽고 계약서를 작성한 그녀는 자리에서 벌떡 일어서서 크리스가 앉아 있는 집무용 책상 앞까지 다가왔다.

호위 기사 중 한 명이 앞으로 나서서 그녀를 막으려고 하였지만, 크리스가 "물러서 있게."라는 말을 하자 결국 길을 열었다. 베시는 크리스에게 자신이 적은 종이를 내밀었다.

"사인해. 마녀의 계약서야."

그녀가 내민 종이는 말 그대로 계약서였다.

마녀 베시 에일은 크리스 반 듀벨이 원하는 한, 베이론의 국립도서관을 지킨다는 간단한 내용이 적혀 있는 계약서.

"베시, 이거 내용 추가는 안 돼?"

"어떤 거?"

"음, 기왕이면 마녀 베시 에일은 시간이 날 때마다 크리스 반 듀벨을 만나러 와……."

"기각."

크리스가 쓰잘데기 없는 농을 다 지껄이기도 전에 베시는 그의 말을 끊었다. 그리고 그에게 빨리 사인이나 하라는 독촉을 하였다. 시키는 대로 하지 않으면 비록 그가 황태자라도 얻어맞을 것 같은 흉흉한 기세였다.

크리스는 책상 바닥에 놓아두었던 고급 펜으로 멋들어진 사인을 하였다. 그가 사인을 마친 것과 동시에 종이가 두둥실 허공으로 떠올랐다.

생전 처음 보는 낯선 광경에 기사들의 눈이 휘둥그레졌다.

마녀의 마법, 그것도 마녀가 누군가와 계약하는 모습은 본래 쉽게 볼 수 있는 것이 아니었다.

이윽고 허공에 따라진 종이는 마치 바람에 한 줌 재가 되어 사라진 것처럼 순식간에 모습을 감추었다.

"계약서는 하얀 달밤으로 보내졌어. 계약을 보호하는 마녀의 서재 안에서 우리 계약이 끝날 때까지 잠들어 있겠지."

"호오. 마녀의 계약이란 건 이런 거였구나. 신기한데?"

"말해 두지만 나와 계약한 이상 날 배신하려고 하지 마. 마녀는 배신에 민감해. 에글라스 왕국의 전례는 알고 있겠지?"

에글라스 왕국의 전례.

그 말을 들은 순간, 여태까지 계속 여유가 넘치던 크리스의 얼굴에서도 웃음기가 싹 걷혔다.

에글라스 왕국은 오래전, 한 왕이 마녀를 배신한 것 때문에 저주를 받은 것으로 유명하였다.

그 저주에 따라 왕가에서 첫째 아들은 병 때문에 세상에서 사라지고, 둘째 아들은 사랑하는 이에 의해 죽고, 셋째 아들은 가장 믿던 이에게 배신당해 죽었다.

이 저주는 아직도 유효하기에 에글라스 왕국은 아직도 한 대에는 반드시 넷 이상의 왕자를 낳으려고 노력하였다. 그렇기에 왕이 취하는 후궁의 수가 다른 나라의 군주들보다도 많은 편이었다.

그럼에도 불구하고 에글라스 왕가에는 매번, 네 명의 왕자들만이 태어났다. 그리고 대부분은 저주대로 세 왕자가 죽거나 실종된 뒤, 넷째 왕자가 왕위를 계승하였다.

그래서 사람들은 마녀의 두려움에 대해 말할 때 반드시 에글라스 왕국의 전례를 예로 들었다.

"내가 널 배신할 리가 없잖아, 사랑하는 베시."

크리스가 달콤하게 속삭이자 베시는 코웃음을 쳤다. 그놈의 사랑 참, 쉽기도 해라.

베시는 크리스가 아카데미에 있을 무렵부터 여자에게 흘리고 다닌 눈웃음의 횟수와 사랑한다 속삭인 횟수를 똑똑히 기억하고 있었다.

그는 선천적인 바람둥이었다. 그렇기에 그가 속삭이는 사랑의 말처럼 믿기 어려운 것도 없다는 것도 잘 알고 있었다.

베시는 영양가 없는 크리스의 말을 무시하고 현실적인 질문을 던졌다.

"그나저나 관장 임명 권한은 너한테만 있는 게 아닐 텐데, 나 어디 다른 곳에도 인사하러 다니고 그래야 하는 건 아니지?"

"괜찮아. 관장 자리를 너무 오래 비워 두었던 지라 특별히 내 권한과 재상의 인장 하나로 네 임명 건은 해결 볼 수 있어. 서류는 미리 준비해 두었으니 내일 모레부터 넌 정식으로 국립도서관의 관장님이 될 거야. 축하해, 베시 에일."

형식적인 크리스의 인사에 베시는 피식 웃었다. 그녀는 자신의 이름 앞이나 뒤에 직함이 붙는 것을 별로 좋아하지는 않았다.

하지만 때때로, 마녀에게는 자극이 필요하였다.

그러니 당분간은 도서관의 '관장'으로 지내는 것도 괜찮을 것 같았다. 비록 그 도서관이 폐관 직전인 데다가 여러 문제에 휘말려 들어 있기는 하지만, 어쨌든 당분간은 심심치 않게 시간을 보낼 수 있으리라.

베시는 자리에서 벌떡 일어섰다. 크리스의 시선이 나풀거리는 그녀의 붉은 머리칼을 따라 움직였다.

"어디 가, 베시?"

"어디 가긴. 일 끝났으니까 가 봐야지."

"모처럼 만난 건데 일 이야기만 하고 그대로 가 버리는 거야?"

크리스가 서운하다는 얼굴로 웃었다. 베시는 그가 그런 얼굴을 짓거나 말거나 콧방귀를 흥, 뀌고 등을 돌렸다. 그녀는 이 짧은 시간이 조금도 아쉽지 않은 얼굴이었다.

저벅저벅 문 앞까지 다가간 베시는, 잠깐 멈추어 섰다. 그리고 반쯤 고개를 돌려 입을 열었다.

"아, 가기 전 한 가지 말해 둘게. 아까 여기 오기 전에 도서관부터 갔는데…… 우연찮게도 은빛 매 기사들과 마주쳐서, 으음, 가볍게— 아주 가볍게 인사를 좀 했어."

"……대체 무슨 짓을 한 건지 물어도 될까, 베시?"

베시의 말에 크리스는 곤란해하는 것 같으면서도 웃음을 참는 얼굴로 물었다. 베시는 처량한 얼굴을 하고 있는 자신의 오빠를 보고 피식 웃었다.

"……인사. 아주 가벼운 인사. 혹시나 그걸로 뭐라고 하는 사람이 있다면 알아서 잘 둘러대. 그 정도는 쉽지? 크리스 황태자 전하?"

멋대로 말을 마친 그녀는 뒤돌아보는 일 없이 그대로 집무실 밖으로 빠져나갔다. 얼빠진 얼굴을 하고 있던 빅터는 한 박자 느리게 크리스에게 인사를 올린 후, 여동생의 뒤를 쫓아 나갔다. 그녀가 밖에서 또 무슨 터무니없는 짓을 벌일지 모른다는 불안이 가득한 얼굴로.

"……여전하군."

그렇게 중얼거리는 크리스의 입가에는 미소가 떠올라 있었다. 그것도 평소처럼 나른하고, 어딘지 모르게 속셈이 가득한 그런 얼굴이 아니라 정말로 부드럽고 다정한 미소였다.

기사들은 그가 그런 얼굴을 짓는 상대가 몇 안 된다는 것을 알고 있었기에 놀라워하였다. 그들이 아는 한, 크리스를 이렇게 웃게 만드는 사람은 애지중지 아끼는 쌍둥이 동생, 제 2황녀와 제 3황자 정도였다.

한쪽 구석에 조용히 물러서 있던 하얀 사자 기사단의 부단장이 크리스의 눈치를 보며 입을 열었다.

"전하. 방금 저 여성은……."

"보았으면 경들도 대충 눈치챘겠지. 마녀일세. 이명을 가진."

"……이명을 가졌다 함은 최고위급 마녀라는 뜻이지 않습니까? 아카데미에서 알게 되신 겁니까?"

"그러네. 그녀는 마녀일 뿐만 아니라 이디아니움의 전공 학부를 차석으로 졸업했네. 국립도서관의 관장을 맡기에는 부족함이 없는 학력이지 않나?"

"그, 학력만은 분명 출중하지만…… 정말 저분에게 맡겨도 괜찮으신 겁니까?"

부단장의 질문에는 여러 가지 의미가 포함되어 있었다. 그것을 모를 리 없는 크리스는 턱을 괸 채 웃었다. 반대로 그녀가 아니면 누가 이 일을 해 주겠냐며.

"그녀가 아니면 안 되네. 경. 베시는 특별하니까."

크리스의 말에 기사들의 얼굴에 당혹감이 퍼져 나갔다. 크리스가 여성을 향해 '특별하다'고 말하는 것은 좀처럼 없는 일이었다.

혹시 크리스가 그녀에게 정말 특별한 감정을 품고 있기라도 하다면—

"전하. 저분이 특별하다 하심은……."

"나의 은인일세, 그녀는."

크리스의 말끝이 단호하였다. 이 이야기는 더 이상 길게 하지 않겠다는 의미였다. 기사들은 주군의 뜻을 존중하였다.

나의 은인.

그것으로 인해 베시가 크리스에게 특별한 것이라면, 기사들은 감히 황태자의 뜻을 캐물을 권리가 없었다. 필시 과거에 아카데미에서 자신들이 알지 못하는 어떠한 일이 있었던 것이라고 부단장은 추측하였다.

한동안 베시가 사라진 문가를 멍하니 보던 크리스는 숨을 한 번 턱 쉬었다.

"즐거운 시간은 꿈처럼 사라지는군."

조금 전 베시와 나눈 시답지 않은 대화가 많이 즐거웠던 모양인지, 크리스는 아쉬움이 가득한 눈이었다. 하지만 바로 다음 순간 그는 평소의 그다운, 매우 나른하고 속내를 알 수 없는 얼굴을 하고 있었다.

"흠, 경. 분명 자네의 오늘 용건은 저스틴 경 때문이겠군. 저스틴 경은 어떤가?"

크리스는 책상 위에 있는 서류를 집어 올렸다.

거기에 적혀 있는 것은 조금 전 베시와 크리스가 대화를 나누었던 내용, 즉 얼마 전 저스틴과 은빛 매 기사들이 벌인 싸움에 관한 것이었다.

사실 그 건은 사후 처리가 완전히 끝난 상태가 아니었다.

황제는 은빛 매 기사들의 처분은 본인이 결정하였지만 저스틴의 처분은 황태자, 즉 크리스에게 떠넘겼다.

곤란에 처한 크리스는 처분 수위를 조절하기 어렵다며 우선 정직 처분만 내린 후, 그것을 다른 공무 다음으로 미루고 또 미루었다.

그러다 보니 결국 저스틴의 정식 처벌은 아직도 결정 나지 않은 상태였다.

"……저스틴 경은 그, 여전합니다."

한숨과 함께 단장이 대답하자 크리스는 쓴웃음을 지었다. 그는 어렵지 않게 시원하게 뻗은 눈매를 가진 저스틴의 얼굴을 떠올렸다. 저스틴의 고집이 어떤 것인지는 크리스도 잘 알고 있었다.

"오늘도 저를 찾아와 자신은 절대 잘못하지 않았으니 처벌을 받는 것이 부당하다고 생각한다 말하였습니다. 하지만 불필요한 소동을 일으킨 것에 대해서라면 어느 정도의 처벌은 각오하고 있으니, 황태자 전하의 바른 판단을 기다리겠다고 하였습니다."

단장은 슬그머니 크리스의 눈치를 보면서도 저스틴의 말을 그대로 전하였다. 어차피 자신이 전하지 않으면 저스틴이 크리스를 직접 찾아와서 할 말이었다. 그렇게 되기 전에 자신의 선에서 말을 전하는 게 나았다.

"……감히 황태자인 나를 협박한다 이거로군."

"저, 전하. 그것이 아니라—"

"하하하. 역시나 저스틴이야. 날 늘 즐겁게 해 준단 말이지, 그는."

정말 유쾌하다는 듯 웃으며 크리스는 고개를 절레절레 저었다.

하이네 가는 베이론 제국에서 명문 중의 명문이라 불리는 공작가였기에 크리스는 저스틴에 대해 잘 알고 있었다. 게다가 그는 저스틴의 둘째 형과 제법 각별한 사이였다. 그렇기에 저스틴의 바른 것 같으면서도 삐딱한 그 성격을 충분히 이해하고 있었다.

자, 그럼 이 예의 바른 반항아의 처분은 어쩐다? 저스틴이 순순히 따를 것 같으면서도 그럭저럭 체면은 살릴 수 있는 그런 벌은 없을까?

한동안 서류를 내려다보며 생각에 잠겨 있던 크리스의 눈에서 순간, 빛이 반짝였다.

아주 좋은 생각이 그의 머릿속을 번개처럼 스쳐 지나간 덕이었다.

"……흠, 그럼 저스틴 경의 처벌은 봉사 활동으로 하지."

"봉사 활동, 말이십니까?"

먹구름이 낀 것처럼 어둡던 단장의 얼굴에 화색이 돌았다. 크리스의 생각은 꽤 괜찮은 것이었다.

봉사 활동이라는 것은 본래 성품 바른 귀족들의 소양처럼 여겨지며, 은퇴한 귀족 중에는 봉사를 여가 활동으로 삼는 이들도 있었다. 기사들도 1년에 몇 번은 기사단 봉사 활동을 나갈 정도였다.

그런 점을 고려했을 때, 봉사 활동 처벌은 수위가 너무 지나치지 않으면서도 그 고집 센 저스틴 역시 충분히 납득할 만한 류의 처벌이었다.

물론 은빛 매 기사들은 불만을 가지고 이러쿵저러쿵 떠들어댈 게 분명하였지만, 부단장에게는 아무래도 좋은 일이었다. 그는 기분 좋게 크리스의 입에서 이어지는 말을 경청하였다.

"지금 말이지. 국립도서관에 현재 있는 사서라고는 슬슬 근육통이 오실 연배의 중년 여성이 한 명, 관장도 활짝 핀 꽃봉오리 같은 이십 대 아가씨뿐이군. 당장 움직일 수 있는 일력이 전혀 없으니 아주 큰 문제이지 않나."

크리스의 비싼 펜대가 휘리릭 움직였다. 순식간에 저스틴의 처분 명령서에는 '하얀 사자 기사단 부단장 저스틴 하이네 경에게 세 달 간 국립도서관에서 봉사 활동을 명함'이라는 내용이 적혔다.

다른 기사들은 모두 당황한 얼굴을 하였다.

국립도서관에서 봉사 활동이라니. 마녀가 관장인 데다가 은빛 매 기사들이 폐관시키려고 안간힘을 쓰는 그곳에?

크리스는 얼빠진 기사들을 향해 히죽 웃어 보였다.

"그곳에 남자 일손이 좀 필요하지 않겠는가, 경들?"

3.

마녀에게는 애플파이가 필요하다

우선은 이곳에 사람이 필요하다.

도서관 관장이 된 후, 사나흘 정도 낡아 빠진 도서관을 다시 살핀 베시가 내린 결론은 그것이었다. 지저분하고 사람 없는 도서관에서 해야 할 일은 참 많았다.

주로 청소라거나 청소라거나 청소 같은 거.

하지만 그 성가시고 귀찮은 일을 수행할 인력이 턱없이 부족하였다. 이네딧 부인은 베시에게 마법으로 청소를 어찌할 수 없냐고 물었지만, 베시는 그 질문에 고개를 절레절레 내저을 수밖에 없었다.

마법으로 청소를 아예 못 하는 것은 아니었지만 그녀는 청소를 해야 할 때마다 종이에 줄줄이 문장을 적어 나가는 게 비효율

적이라는 걸 알고 있었다. 돈으로 해결할 수 있는 일을 뭐 하러 마법을 쓴단 말인가. 성가시게.

마법이 청소에는 별 도움이 안 된다는 걸 알고 난 이네딧 부인은 한숨을 폭 쉬었다. 외부 인력으로 청소부를 고용하고 싶어도, 이미 국립도서관에 대한 소문이 사방팔방으로 퍼져 나가 있는 상태라 사람을 구하는 게 쉽지는 않았다. 그렇다고 본성에서 일하는 시녀들을 데려와 청소를 시킬 수도 없는 노릇이었다.

이네딧 부인이 털어놓은 고충을 귀기울여 듣던 베시가 입을 열었다.

"수도에 사설 구인 시설은 없나요? 그곳이라면 돈이 필요해서 모이는 사람이 많으니 한두 명쯤은 청소부로 고용할 수 있을 것 같은데."

사설 구인 시설. 그것은 나라에서 허가를 받은 개인업자들이 운영하는 일종의 구인 구직 중개 업체였다. 베시는 자신이 있던 이디아니움에도 그런 곳이 있었다는 걸 떠올렸다.

보통 일자리를 구하는 사람들은 지인의 소개를 받는 경우가 많았지만, 인맥이 없어도 일자리를 필요로 하는 사람들은 아무래도 그런 곳에 모일 수밖에 없었다. 특히 짐꾼이나 가사일, 허드렛일 같은 일들은 그런 곳을 통하는 것이 가장 빠르게 사람을 구할 수 있었다.

"음, 없지는 않지만 그곳은 아무래도 신원이 불분명한 사람이 섞일 가능성이 높아서……."

이네딧 부인은 그런 생각을 안 해 본 것도 아니라며 말끝을 흐렸다. 아무리 일반인의 출입이 허가된 공간이라 하더라도 국립도서관은 성 안에 있는 국공립 시설이었다. 그런 곳에 아무 사람이나 들일 수는 없는 노릇이었다. 일리 있는 말이었기에 베시는 고개를 끄덕였다.

"그러네요. 그럼 일단 알고 있는 사설 구인 시설 주소를 전부 알려 주시겠어요?"

"네? 하지만, 관장님."

"아, 걱정 마세요. 가서 아무나 안 데려와요. 이곳의 분위기도 파악할 겸 나가는 길에 들러서 괜찮은 사람은 없나 살펴만 보고 올 거예요. 혹시 알아요? 운 좋게 좋은 사람을 구할 수 있을지도 모르잖아요."

베시의 말에 이네딧 부인은 조금 불안한 얼굴을 하였지만, 고개를 끄덕였다. 그리고 사설 구인 시설 두 곳의 주소를 적은 메모지와 수도 관광 지도를 그녀에게 넘겼다.

"관장님은 아직 이곳의 지리를 잘 모르실 테니까, 그 지도를 참고하세요. 관광객을 위해 만들어진 거라 아무래도 명소나 식당 위주로 표기가 많이 되어 있긴 하지만 쓸 만은 하실 거예요."

이네딧 부인이 넘긴 지도를 받아 든 베시는 지도를 들여다보고 히죽 웃었다. 그 지도에 수없이 표시되어 있는 디저트 가게들을 발견했기 때문이었다. 이네딧 부인은 베시가 왜 그렇게 기분 좋게 히죽거리는지 알 수 없었기에 고개를 갸우뚱하였다.

기분이 좋아진 베시는 어리둥절한 표정을 한 이네딧 부인의 배웅을 받으며 거리로 향하였다.

성문을 나서 베시가 제일 먼저 향한 것은 성에서 멀지 않은 한 카페였다. 지도에는 그곳의 크레페가 아주 맛있다는 추천이 적혀 있었다. 점심을 먹은 지 1시간도 지나지 않았건만 입안에는 침이 절로 고였다. 부드러운 크림이 가득 차 있을 크레페를 먹을 생각에 그녀는 한껏 들떴다.

크레페로 유명한 카페를 찾는 것은 어렵지 않았다. 카페 간판을 찾기도 전에 구름처럼 서 있는 수많은 사람들부터 발견할 수 있었기 때문이었다. 베시는 그것을 보고 얼굴을 살포시 찌푸렸다. 맛있는 것은 먹고 싶다. 하지만 저 기나긴 행렬에 나란히 늘어서고 싶은 마음은 없었다.

잠시 주변을 본 베시는 줄을 서면 오늘 내로 먹기는 힘들겠다는 결론을 내렸다.

크리스는 분명 베시에게 '먹고 싶은 디저트를 마음껏 먹을 권리'를 약속했지만, 문제는 그 권리를 입증할 증명서가 갖추어 지지 않은 상태였다. 수도에 온 후, 이틀 정도는 도서관 재개장을 위한 구상을 하고, 나머지 이틀은 거주 문제를 해결하느라 정신이 없었기 때문이었다. 심지어 아직 본격적으로 도서관을 손보고 있는 것도 아니라 당분간은 크리스를 찾아가 디저트에 대한 약속을 확인할 여력이 없었다.

이곳은 안 되겠다는 생각에 베시는 걸음을 돌려 지도에서 다른 가게를 찾아보았다. 하지만 두 번째로 방문한 가게 역시 상황은 비슷하였다. 운이 나쁜 것인지 평소에 늘 이런 것인지 알 수는 없었다.

결국 그녀는 기분이 상한 상태로 디저트 가게 탐방을 포기하고, 사설 구인 시설로 향하는 수밖에 없었다.

베시가 처음으로 찾아간 사설 구인 시설은 조금 외지고 허름한 건물 2층에 있는 작은 사무실이었다. 그곳의 소장은 베시의 초라한 행색을 보고 그녀가 구직을 하러 온 사람이라 생각했는지 다짜고짜 종이 한 장을 내밀었다.

"우선 제일 위에 있는 것부터 표시하고 나머지는 일자리 들어오면 면접 때 의논해 봅시다."

베시는 소장이 건네준 종이 윗부분을 힐끔 확인해 보았다. 희망 구직 업종이라는 커다란 글씨 밑에 제조업, 판매업, 가사도우미, 경호업 등의 업종이 빽빽하게 적혀 있었다. 그것을 물끄러미 내려다보던 베시는 소장에게 다시 종이를 건넸다.

"전 구직을 원해 온 게 아니라 구인을 원해서 온 건데요."

"앗, 그러셨습니까? 이거 참 실례를…… 어떤 사람을 구하러 오셨습니까?"

소장의 말에 베시는 눈을 가늘게 뜨고 잠시 생각에 잠겼다. 그녀는 우선 생각나는 조건을 몇 가지 말해 보았다. 하지만 그녀의 말을 들은 소장은 당혹스러운 얼굴로 고개를 저었다.

"죄송하지만, 저희 쪽에서는 그런 사람을 준비할 수가 없겠는데요. 그런 조건이라면 저희 쪽보다는 조금 다른 쪽, 그러니까 용병 길드라던가 흥신소 같은 곳을 찾는 게 어떠시겠습니까?"

"역시 그게 낫겠네요. 혹시 용병 길드, 아니 흥신소 중에 추천할 만한 곳은 없나요?"

"글쎄요. 그런 곳은 저도 잘…… 아, 하지만 소문에 의하면 '실버 대거'라는 곳이 꽤 일을 잘 처리한다고 들었습니다. 다만 이 곳은—"

소장이 베시의 눈치를 보며 말끝을 흐렸다. 아무래도 그가 말한 그곳은 밝은 대낮보다는 어두운 밤에 찾아야 하는 그런 부류의 흥신소인 모양이었다. 그런 곳을 찾고 있던 베시는 오히려 반가운 얼굴을 하였다.

"어디에 있죠?"

"혹시 '줄리아의 애플파이'라는 가게를 아십니까? 바로 그 가게 맞은편 건물에 있습니다."

"아마 찾을 수 있을 것 같네요. 감사합니다."

그렇게 말한 베시는 이네딧 부인이 적어 준 메모지를 곱게 접어 주머니에 찔러 넣고 사무실을 빠져나왔다.

베시는 지도상에서 '줄리아의 애플파이'라는 곳을 찾아냈다.

다행스럽게도 현재 그녀가 있는 곳에서 크게 멀지 않은 곳이었다. 베시는 운이 좋으면 애플파이를 먹을 수 있지 않을까, 하는 작은 기대를 하며 그곳으로 곧장 걸어갔다.

* * *

아, 맙소사.

베시는 다른 가게들과 마찬가지로 행렬이 길게 늘어선 '줄리아의 애플파이' 가게를 보고 얼굴을 찌푸리고 말았다.

이 수도가 평민조차도 일주일에 한 번은 보급형 디저트를 먹을 수 있을 정도로 디저트 문화가 발달된 도시라는 건 옛날부터 알고 있었다.

하지만 아무리 그렇다 하더라도 가는 곳마다 이 난리라니.

조금 성난 얼굴로 가게를 보던 베시는 길게 늘어선 행렬이 생각보다는 금방금방 줄어들고 있다는 것을 발견하였다.

잘 보니, 가게에서 파이를 먹고 가는 사람보다는 파이를 포장해 가는 사람이 더 많은 모양이었다. 앞서 들렀던 다른 가게들보다는 상황이 나아 보였다.

'기왕 나온 거 이렇게 빈속으로 돌아가면 위장에게 좀 미안하지.'

외출의 목적을 망각해버린 베시는 잽싸게 길게 늘어선 행렬에 줄을 섰다. 가게 문이 열리고 닫힐 때마다 고소한 버터향과 달콤한 사과향이 톡톡 쏘듯이 코끝에 걸렸다. 베시가 황홀한 눈으로 가게를 바라보았다. 이런 향이 나는 애플파이를 먹을 수만 있다면 1시간 정도는 기다려도 괜찮을 것 같다는 생각이 들었다.

다행스럽게도 기다림은 그렇게 길지 않았다. 그녀의 예상대로 줄은 생각보다 금방 줄어든 덕분이었다.

결국 베시는 맛있는 디저트를 먹고 싶다는 분노가 폭발하기 전에 가게 안으로 들어설 수 있었다.

"어서 오세요, 줄리아의 애플파이입니다!"

아가씨라고 하기에는 조금 나이가 있어 보이지만, 그렇다고 아줌마라고 할 수 없는 얼굴의 여성이 싹싹하게 인사를 하였다.

베시는 그녀에게서 메뉴판을 받아 들고, 가게 안을 둘러보았다.

들어와 보니 어째서 사람들이 파이를 먹고 가는 대신 포장해 가는지 알 수 있을 것 같았다. 좁은 가게 안에는 테이블이 다섯 개밖에 놓여 있지 않았다.

빈자리를 찾기 위해 한참 분주하게 시선을 움직이던 베시는 저도 모르게 움찔하고 말았다.

"……어?"

푸른빛이 살짝 감도는 짙은 흑발, 그 머리칼을 전부 뒤로 쓸어 넘겨 보이는 모양 좋은 이마, 감정의 고조를 알 수 없는 차가운 청록색 눈동자. 그녀의 시선 끝에는 무심한 얼굴을 한 남자—

저스틴 하이네가 있었다.

다시는 볼일이 없을 거라고 생각했던 이를 마주한 베시는 조금 당황하고 말았다.

대체 어째서 저 남자가 여기에? 그는 분명 애플파이 따위와는 어울리지 않는 남자였다. 물끄러미 저스틴을 바라보던 베시는 맞은편에 품위 넘치는 귀부인이 한 명 앉아 있다는 사실을 깨달았다.

어느 댁 귀족 부인과 데이트라도 나온 모양이네. 베시는 괜스레 삐딱한 눈으로 그를 노려보았다.

귀부인과 대화를 주고받던 저스틴은 베시의 시선을 눈치챈 것처럼 그녀가 있는 쪽으로 고개를 돌렸다.

마치 수목이 우거진 물가 같은 빛깔의 눈동자가 그녀를 향하자 갑자기 숨이 턱 막혀 왔다. 짙은 눈썹 아래 숨겨져 있는 남자의 눈빛은 처음 마주하는 것도 아니건만 여전히 숨이 막히게 아름다웠다. 베시는 귀한 보석에 홀린 사람처럼 저스틴의 눈을 멍하니 바라보았다.

그것을 깨달은 저스틴은 베시가 그랬던 것처럼 조금은 놀란 눈을 하였다. 하지만 그것은 순간에 불과하였다. 그는 곧 길가에 널린 돌멩이를 본 것 같은 무심한 얼굴로 베시에게서 시선을 거두었다.

'허? 뭐야? 지금 저 남자 날 무시한 거야?'

딱히 그가 두 손을 들어 자신을 반겨 주길 바란 건 아니었다. 그렇게 서로를 반가워 할 정도로 아름다운 만남으로 엮인 사이는 아니었으니.

하지만 그렇다고 해서 대놓고 이렇게 무시당하는 게 기분 좋을 리가 없었다.

가서 거하게 아는 척이나 한 번 해 줄까. 심술 맞은 생각을 하던 베시는 저스틴이 마주 앉은 귀부인과 대화하는 걸 보고 한숨을 쉬었다.

잘 생각해 보니 여자와 데이트 중인 남자가 친하지도 않은 자신에게 아는 척을 하는 게 더 이상했다.

이게 당연하다. 저 남자가 저렇게 나를 무시하는 것, 그리고 나 역시 저 남자를 모르는 척하는 것.

당연하다고 생각은 했지만, 역시 묘하게 기분이 나빴다. 마치 입안에 모래알이 들어온 것만 같았다.

"저, 손님."

베시가 오만상을 찌푸리며 메뉴판 너머로 저스틴을 노려보고 있던 때, 조심스레 그녀를 부르는 소리가 들려왔다. 놀라 옆을 돌아보니 가게의 여주인이 곤란하다는 얼굴로 말했다.

"혼자 오신 분이신가요?"

"네, 그런데요."

혹시 이 가게에는 혼자 오면 안 된다는 규칙이라도 있는 걸까. 베시가 가게 안에 적어도 둘, 많으면 서넛이 앉아 있는 테이블을 불안하게 쳐다보았다. 그러자 베시의 생각을 눈치챈 듯 가게 주인이 얼른 입을 열었다.

"실은 지금 자리가 다 차서 혼자 앉으실 자리가 없는데, 드시고 가실 거면 좀 오래 기다리셔야 할 것 같아서요."

아. 가게 안을 분주하게 둘러보던 베시는 그제야 가게 안의 테이블이 4인석 하나를 제외하고는 모두 차 있다는 것을 깨달았

다. 2인석이면 몰라도 혼자서 4인석을 차지하고 앉을 수는 없었다.

그렇지만 지금 당장 먹고 싶은데. 풀이 죽은 베시는 시무룩하게 메뉴판을 내려다보았다.

"혹시 합석이라도 괜찮으시다면 자리를 마련해 볼까요?"

합석이라. 내키지는 않았지만, 이곳에서 바로 애플파이를 먹는 방법은 그것밖에 없을 것 같았기에 베시는 고개를 끄덕였다. 설령 맞은편에 생판 모르는 사람이 앉아 있어도 자신은 접시에 얼굴을 박고 애플파이만 먹으면 그만이었다.

"그럼 제가 자리를 마련—"

"줄리아, 무슨 곤란한 일이라도 있나요?"

'가게 이름이 '줄리아의 애플파이'인 이유는 주인의 이름이 줄리아라서 그런가 보네.'

그런 생각을 하며 고개를 든 베시는 줄리아를 부른 사람이 저스틴과 함께 있던 귀부인이라는 걸 깨닫고 살짝 놀랐다.

"아, 실은 이 손님이 혼자 오신 분인데, 자리가 없어서 합석해 주실 분을 찾으려던 참이랍니다."

"어머, 그런 거라면 우리 테이블에 합석을 하면 어떨까요."

화사한 얼굴의 귀부인은 가볍게 손뼉을 치며 상당히 불필요한 친절을 베풀었다. 베시는 그녀의 옆에 있는 저스틴이 얼굴을 슬쩍 찌푸리는 걸 보고 덩달아 얼굴을 찌푸리고 말았다.

하지만 줄리아는 그것도 모르고 반갑게 외쳤다.

"그래도 괜찮을까요?"

"물론이죠, 줄리아. 자, 아가씨. 이쪽으로 오세요."

어째서 귀부인이라는 사람들은 이렇게 눈치가 없는 걸까. 베시는 자신을 향해 날카롭게 꽂히는 저스틴의 시선에 조금 머뭇거렸다.

그러나 귀부인만큼이나 눈치 없는 줄리아가 그녀의 등을 떠미는 바람에 결국 저스틴의 옆자리에 탁 앉고 말았다.

베시가 조금 딱딱한 얼굴을 하고 있다는 걸 깨달은 귀부인이 상냥하게 말했다.

"저희는 괜찮으니까 신경 쓰지 말고, 편히 계세요. 그렇죠, 저스틴 도련님?"

아무래도 그녀는 베시가 긴장을 했다고 오해한 모양이었다.

귀부인이 동의를 구하자 한동안 침묵하던 저스틴이 고개를 끄덕였다. 그의 얼굴에는 온통 '억지로 떠밀려서 하는 대답이다'라고 적혀 있는 것만 같았다.

"……네, 형수님."

"형수님?"

베시는 어쩔 수 없다는 얼굴로 짧게 대답한 저스틴과 싱글벙글 웃고 있는 귀부인을 번갈아 보았다.

눈앞의 귀부인은 아무리 봐도 저스틴에게 '형수님' 소리를 들을 정도의 연령으로 보이지는 않았다. 베시의 호기심 어린 시선을 마주한 귀부인이 수줍게 웃었다.

“후후. 하이네 공작 부인께서는 언제 봐도 저스틴 경을 참 아끼신다니까요. 누가 보면 시동생이 아니라 친동생인줄 알거예요.”

어느새 컵에 물을 담아 내온 줄리아가 흐뭇하게 공작 부인과 저스틴을 번갈아 보았다.

그제야 두 사람이 친족 관계라는 걸 깨달은 베시는 속으로 묘한 기분을 느꼈다. 어째서인지는 모르겠으나 끝도 없이 커져 가던 풍선에서 바람이 푸시시 빠진 것처럼 허탈한 그런 기분이었다.

베시의 그런 복잡한 심정을 알 리 없는 줄리아는 싹싹하게 물었다.

“손님, 주문은 정하셨나요?”

“아, 애플파이 홀로 주세요.”

“아, 한 조각이요.”

“아니요, 통째로요.”

베시가 담담하게 수정한 주문에 줄리아는 멈칫하였다. 줄리아는 당황한 얼굴로 쇼케이스에 진열된 애플파이를 가리켜 보였다.

“소, 손님. 통째로 주문하시면 저게 나오는데요. 저건 보통 4인 사이즈로—”

“네, 저걸로 주세요.”

오늘 내내 디저트 금단 증상에 시달렸는데, 저 애플파이 하나 못 먹겠는가.

"다 먹을 수 있어요."

가슴을 쭉 편 베시는 비장한 얼굴을 하였고, 줄리아도 덩달아 비장한 얼굴을 하였다.

"알겠습니다. 손님. 그럼 잠시만 기다려주세요."

주문을 받은 그녀가 주방 쪽으로 사라진 후, 베시는 되도록 시선을 앞으로 돌리지 않으려고 노력하였다. 하지만 자신에게 쏟아지는 시선이 너무 따가웠기에 앞을 힐끔 볼 수밖에 없었다. 그러자 베시를 호기심 어린 눈으로 지켜보고 있던 하이네 공작 부인이 활짝 웃으며 말했다.

"아가씨는 애플파이를 아주 좋아하나보네요."

이 부인은 대체 왜 이렇게 친한 척이람. 베시는 자신을 향한 공작 부인의 미소에 어색하게 마주 웃어 주었다.

"아, 예, 뭐."

정확히는 애플파이가 아니라 디저트라면, 아니 먹을 걸 다 좋아하는 거지만 굳이 그녀에게 그런 설명을 하고 싶지는 않았다.

"후후, 나도 여기 애플파이를 참 좋아한답니다. 일주일에 세 번은 먹을 정도예요."

"그러시군요."

그녀와 별로 대화를 나눌 마음이 없는 베시는 짧게 대답을 하며 옆을 슬쩍 보았다.

옆에 앉아 있는 저스틴은 베시에게 아무런 관심이 없어 보였다. 그 무심한 태도에 조금 오기가 오른 베시는 시선을 재빨리 거두었다. 나도 당신에게 아무 관심 없거든요? 흥.

"가게에서 사용되는 사과는 모두 줄리아의 외가에서 보내오는 것이라 맛이 참 좋아요. 아, 줄리아의 외가는 '우니코'라는 곳이거든요."

"우니코라면 사과가 맛있는 것으로 유명한 고장 아닌가요?"

계속 퉁명스레 입을 다물고 있으려던 베시는 관심 있는 이야기가 나오자 저도 모르게 입을 열고 말았다.

공작 부인은 제 말에 베시가 대답한 게 신이 났는지 고개를 끄덕였다.

"맞아요! 바로 그 우니코랍니다. 줄리아는 그 신선하고 맛 좋은 사과를 레몬즙과 계피를 넣고 졸인대요. 그리고 그것을 제대로 숙성시킨 반죽에 얹어서 격자 모양으로 구워 내는 거죠. 덕분에 줄리아의 애플파이는 다른 곳 어디에서도 절대 맛볼 수 없는 풍미를 자랑한답니다."

누가 보면 귀족 부인이 아니라 이 가게 점원이 아닐까 생각 될 정도로 공작 부인의 지식은 풍부하였다. 애플파이 이야기에 마음이 흔들린 베시는 신이 나서 떠드는 공작 부인의 말에 귀를 쫑긋 세웠다.

"포장해서 먹는 것도 좋지만, 갓 나온 애플파이를 먹는 건 정말 최고죠. 이 맛에 저는 가끔 이렇게 떼를 써서 저스틴 도련님과 함께 이 가게에 온답니다."

"……정말 사이가 좋으시네요."

베시는 은근 감탄하며 아까 줄리아가 한 말을 되풀이하였다. 귀족 사회에서 형수와 시동생의 사이가 이렇게 좋은 게 일반적이지는 않았다. 그러자 공작 부인은 수줍게 웃었다.

"혼자서는 아무래도 먹고 가기가 조금 부끄러워서요. 남편이 집에 있을 때는 함께 오는데, 그이가 좀 바쁠 때가 많아서요. 다행히 저스틴 도련님이 요즘 근신—"

"형수님. 차를 새로 주문하고 오겠습니다."

그녀가 저스틴에 대한 말을 하려던 찰나, 그가 공작 부인의 말을 막았다.

"도련님! 대화 도중에 자리를 뜨시면 예의에 어긋나요!"

공작 부인이 짧게 그를 나무랐음에도 불구하고, 저스틴은 자리에서 벌떡 일어서더니 카운터로 향하였다.

그 뒷모습을 바라보며 공작 부인이 베시에게 미안하다는 얼굴을 하였다.

"미안해요, 아가씨. 우리 도련님은 낯가림이 조금 심해서요. 너무 불편하게 여기지 말아 주세요."

낯가림이 심한 남자가 처음 만난 여자에게 키스할 것처럼 달려들기도 하던가. 베시는 저스틴과의 강렬했던 첫 만남을 떠올리며 속으로 피식 웃었다.

"아니요, 전 괜찮아요. 그보다도 부인께서 오히려 불편하시지 않나 싶은데요."

"어머, 내가요? 왜요?"

베시의 말에 공작 부인은 영문을 모르겠다는 얼굴로 고개를 갸웃하였다. 그 얼굴에는 어떤 가식도 거짓도 없었기에 베시는 당황하고 말았다.

"그거야…… 부인께서는 신분이 높으시잖아요. 저 같은 평민과 자리를 함께하면 불쾌하지 않나요?"

다른 사람이라면 주눅이 들어서 하지 못했을 말이었지만, 베시는 당당하게 물었다. 공작 부인이 얼른 고개를 저었다.

"아! 그런 말이었군요. 아니요, 괜찮아요. 저는 신경 쓰지 않으니, 아가씨도 신경 쓰지 말아 주세요. 저는 오히려 이렇게 젊은 아가씨와 대화를 나눌 수 있어서 무척 즐거운 걸요."

우아하게 웃는 그녀의 얼굴에는 진심이 느껴졌다. 베시는 멍하니 그녀를 바라보았다. 저스틴도 상당히 특이한 귀족이긴 했지만, 이 귀부인 역시 특이한 사람이다 싶었다.

보통 귀족이라면 평민과 합석을 절대 할 리도 없고, 어쩔 수 없이 한 자리에 앉게 된다면 노발대발할 게 뻔했다. 그런데 먼저 나서서 합석을 제안하고, 불편해하지 말라고 다독여 주는 사람이라니.

이 사람, 정말 귀족이 맞는 걸까?

베시가 약간 의심 섞인 시선으로 자신을 보고 있다는 것도 모른 채 공작 부인은 입을 열었다.

"참, 그러고 보니 자기소개를 안 했네요. 저는 세라 하이네라고 한답니다. 실례가 아니라면 아가씨의 이름을 물어도 될까요?"

상냥한 부인은 예의가 바르기까지 했다. 베시는 순순히 제 이름을 밝혔다.

"베시라고 합니다."

다만 자신의 성까지 말해 주고 싶지 않았기에 이름만 알려주었다. 성을 밝히지 않는 사연에 호기심을 가질 법도 하건만, 세라는 그냥 베시의 이름이 참 사랑스럽다 칭찬만 해주었다.

"베시는 혹시 여행자인가요? 입고 있는 코트가 참 특이해요."

보통이라면 보기 흉하다고 표현했을 코트를 특이하다고 표현하다니. 베시는 세라의 부드러운 성품에 감탄이 절로 나왔다.

"네, 뭐. 정확히는 '취직' 때문에 귀향한 거지만요."

"어머, 그럼 원래는 수도 출신인가요? 얼마 만에 한 귀향인가요?"

선천적으로 수다 떠는 걸 좋아하는 것인지 아니면 베시에게 흥미를 느낀 것인지 세라가 이것저것 물어보기 시작하였다.

덕분에 저스틴이 다시 자리로 돌아올 때쯤에는 세라와 베시 모두 한결 편하게 대화를 나누고 있었다.

"헤에, 그럼 그 크레페 집은 오전보다는 오후에 가는 게 더 좋은 건가요?"

"그럼요! 낮에는 언제나 사람이 많아서 가끔 생크림이 조금 부족하게 들어갈 때가 있답니다. 제 추천은 폐점 시간 1시간 전에 가는 거예요."

아주 중요한 비밀 이야기를 하는 사람처럼, 세라는 수도에 있는 디저트 가게의 온갖 정보를 소곤거렸다. 덩달아 베시도 일급 기밀을 엿듣는 신인 병사처럼 심각해졌다.

얼마나 세라의 말에 심취했는지 그녀는 저스틴이 다시 제 옆 자리로 돌아왔다는 것조차 눈치채지 못하고 있었다.

"어머, 그 나라에는 그런 디저트가 있나요? 굉장하네요!"

"그것만이 아니에요. 삶은 배를 이용한 디저트 요리도 유명한데—"

저스틴은 신이 난 세라와 세라만큼 들뜬 베시를 어이없다는 눈으로 바라보고 말았다.

조금 전까지 어딘지 모르게 화가 난 얼굴을 하고 있던 여자라고는 믿기지 않을 만큼 베시의 얼굴이 밝았다. 그는 맑게 갠 하늘처럼 빛나는 베시의 푸른 눈동자를 힐끔 본 뒤, 생각하였다.

역시나 저 촌스러운 안경이 거슬린다고.

저스틴이 귀족 거주 지구에서 베시와 마주했던 건 벌써 며칠 전 일이었다. 평소 같으면 진즉 잊어버렸을 기억이었다.

그런데도 어째서인지 그는 종종 촌스러운 뿔테 안경의 여자를 생각하고는 하였다.

참 이상했던 여자였지, 라고.

그렇기에 이 가게 안에서 생각지도 못하게 그녀를 다시 본 순간, 그는 고개를 돌려 버리고 말았다.

무시하려던 의도보다는 당혹스러움이 더 큰 탓이었다.

이 넓은 수도에서 안면 없는 상대를 우연히 두 번이나 만날 확률은 그렇게 높지 않았다. 그런데 그 희박한 확률에도 불구하고 저스틴은 그녀와 또다시 만나게 되었다.

우연이라면 정말 대단한 우연이었다.

"자, 주문하신 애플파이 한 홀과 사과 차 나왔습니다아!"

베시와 세라가 전 세계 디저트에 대한 이야기로 한창 꽃을 피우고 있던 사이, 줄리아가 쟁반에 커다란 애플파이와 사과 차를 들고 등장하였다.

그녀가 솜씨 좋게 척척 접시와 컵을 테이블에 내려놓자, 베시는 고개를 갸웃하였다.

"어? 저 사과 차는 안 시켰는데요."

그 말에 줄리아는 의미심장한 얼굴로 저스틴을 힐끔 본 후, 후후 웃었다.

"서비스예요. 그렇게 큰 파이를 꾸역꾸역 전부 먹으면 목이 멜 것 같다고 하시네요."

응? 같다고 하시네요? 마치 다른 사람의 말을 전하는 것 같은 묘한 그 뒷말에 베시는 고개를 갸웃하였다. 하지만 곧 코 아래서 뿜어져 오는 달콤한 향에 정신을 빼앗기고 말았다.

시선을 아래로 내리니 따끈함 김이 모락모락 피어나는 애플파이에서는 향긋한 냄새가 올라오고 있었다. 베시에게 있어서는 더할 나위 없는 행복의 향기였다.

'그래, 이거! 이걸 위해 나는 오늘 그렇게나 여러 가지 고난을 이겨낸 거야!'

사실 딱히 고생한 일은 없고, 심지어 아직 날도 밝건만 베시는 멋대로 자신의 하루를 불행했던 것으로 날조해 버렸다. 사실 베시의 안에서 오늘 불행의 절정은 저스틴 하이네와 애플파이 가게에서 조우한 것이었다.

이 힘들었던 하루를 빨리 아름답게 마무리하자며 베시는 나이프를 들어 올려 파이를 크게 한 조각 썬 후, 그것을 포크로 쿡 찍어 입안에 넣었다.

"……와—"

맙소사. 입안에 애플파이를 넣은 베시는 그 형용할 수 없는 황홀함에 그대로 굳어 버리고 말았다.

입안에서 새콤함과 달콤함이 절묘한 조화를 이루며 천천히 퍼져 나갔다. 그리고 동시에 파사삭, 부서진 파이지는 녹아내리듯 목구멍으로 넘어갔다.

어떻게 이렇게 맛있을 수 있지? 베시는 세라가 마치 제 일처럼 줄리아의 애플파이를 자랑한 이유를 알 수 있을 것 같았다.

자신조차도 지나가는 사람을 붙잡고 이런 끝내주는 애플파이를 먹어 봤다는 걸 자랑하고 싶은 기분이었다.

"후후, 어때요, 베시? 정말 맛있죠?"

"네! 이제까지 먹어 본 애플파이 중에 제일 맛있어요!"

얼마나 기분이 좋은지 베시는 전에 없이 활짝 웃는 얼굴로 세라의 질문에 대답하였다. 그것을 본 세라는 덩달아 기분 좋게 웃으며 고개를 끄덕였다.

하지만 베시 옆에 앉아 있던 저스틴은 다소 당황한 얼굴로 베시를 볼 수밖에 없었다.

'이 여자, 이런 얼굴도 할 줄 아는 여자였나.'

비록 베시를 보는 게 이번이 두 번째였지만, 저스틴은 지금 그녀가 세라를 향해 보이는 저 얼굴이 평소의 모습과는 다른 얼굴이리라 짐작할 수 있었다.

첫 만남에서 자신을 향해 이죽거리던 그 얼굴과 지금 저 얼굴은 달라도 너무 달랐으니까.

"안 되겠네요, 이거 포장도 해 가야겠어요."

베시가 아주 심각한 얼굴로 접시를 내려다보며 중얼거리자 세라가 웃음을 터트렸다.

"좋은 생각이에요. 나도 종종 그러거든요. 내가 줄리아한테 포장을 부탁해둘테니까 베시는 안심하고 애플파이를 즐겨요."

세상에 친절하기도 해라. 베시는 눈짓으로 고맙다는 인사를 하며 신나게 접시 위의 애플파이를 비워나갔다. 그 먹는 모습이 얼마나 보기 좋은지 세라뿐만이 아니라 저스틴도 잠시 물끄러미 베시를 지켜볼 정도였다.

자그만 붉은 입술이 쉴 새 없이 움직이는 것을 보니 기분이 조금 묘하였다. 이제까지 그가 본 그 어떤 입술보다도 붉은— 예쁜 입술이었다. 애플파이를 한 조각 크게 씹어 넘기는 모습마저도 보기 흉하지 않다 싶을 정도로.

베시가 쉴 새 없이 파이를 먹어 넘기자 그녀의 입주변에 조금씩 바싹한 애플 파이 부스러기가 묻어났다. 그것을 본 저스틴은 무심코 손을 뻗었다. 남들이 그랬다면 지저분하다는 말부터 먼저 튀어나왔겠지만, 이상하게도 베시의 모습은 딱히 추해 보이지 않았다. 오히려 천진난만한 아이처럼 귀엽게 보일 뿐이었다.

"어머?"

베시의 먹는 모습을 흐뭇하게 바라보고 있던 세라가 눈을 휘둥그레 떴다.

저스틴이 긴 손가락 끝으로 베시의 입가를 닦아 주는 모습에 그녀는 적잖이 당황하였다. 여자에게 무심하게 굴기로는 수도에서 제일가는 막내 시동생이 생전 처음 보는 여자의 입가를 닦아 주는 모습이라니.

저스틴은 세라가 당황한 것을 눈치채지 못했는지 베시를 향해 무뚝뚝하게 말했다.

"턱에 구멍이라도 났습니까. 칠칠치 못하기는."

"……남이야 흘리든 말든 뭔 상관인가요."

흥, 왜 또 시비람. 얄미운 저스틴의 말에 베시는 날카롭게 응수하였다.

그녀는 낡은 쥐색 코트 안에서 수건 하나를 꺼내서 제 입 주변을 거칠게 문질렀다.

얼마나 박박 문질러 댔는지 작은 그녀의 입술이 조금 도톰하게 부어오를 정도였다. 저스틴은 괜히 헛기침을 한 번 하였다.

"보기 흉하니까 한마디 한 것뿐입니다."

"그럼 그냥 보지 마세요."

저스틴은 꼬박꼬박 시비를 걸었고, 베시는 한 마디도 져 주는 법이 없었다.

세라는 이제 놀라움을 넘어서 즐거움마저 느끼며 자신의 시동생과 베시를 번갈아 보았다.

아무래도 이 두 사람은 초면이 아닌 모양이었다. 그렇지 않고서야 어지간한 여자는 길가에 널린 돌보다도 못하게 생각하는 저스틴이 이렇게까지 베시를 신경 쓰는 게 말이 되질 않았다.

"내가 턱에 구멍이나 났건, 손가락이 부러졌건 신경 끄세요. 왜 남 일에 간섭이에요?"

뾰족한 목소리로 대답한 베시는 줄리아가 서비스로 내준 사과 차를 한 모금 마셨다.

별것도 아닌 일로 화를 내서인지 목이 말랐다.

일단 목을 한 모금 축이고 마저 화를 내자. 그렇게 생각하던 그녀의 분노는 새콤달콤한 찻물이 혀에 닿는 순간 스르르 녹아 사라지고 말았다.

맛있다.

애플파이도 그랬지만, 이 사과 차도 무심코 한숨이 나올 만큼 맛있었다.

어느새 자신에게 괜히 시비를 걸던 저스틴에 대해서는 새하얗게 잊어버린 채, 베시는 기분 좋게 사과 차를 들이켰다.

저스틴은 베시가 기분 좋게 차를 홀짝이자 입을 꾹 다물었다. 그의 얼굴에 어느덧 만족스러운 기색이 떠올라 있었다. 어리둥절하여 두 남녀를 지켜보던 세라는 저스틴이 베시가 마시는 차를 유심히 바라보고 있다는 사실을 깨달았다.

"……아!"

분명 저스틴은 차를 주문한다고 자리를 비웠다.

하지만 줄리아가 막상 차를 내온 건 저스틴이나 세라가 아닌 베시에게였다. '서비스'로 내준 사과 차.

'서비스에요. 그렇게 큰 파이를 꾸역꾸역 전부 먹으면 목이 멜 것 같다고 하시네요.'

조금 전 줄리아가 의미심장하게 했던 말을 떠올린 세라는 깜짝 놀랐다. 어머나, 세상에. 우리 도련님에게 이런 자상한 면이 있을 줄이야.

이유나 사연은 모르지만 저스틴이 베시를 조금 특별하게 대하고 있는 게 분명했다. 세라는 베시의 옆얼굴을 힐끔거렸다. 수수하고 투박한 옷차림이었지만, 묘하게 눈길이 가는 아가씨였다. 하얀 피부며 붉은 머리칼은 제법 화사하여 이것저것 꾸미면 깜짝 놀랄 만큼 빛이 나는 모습이 되리라.

세라는 제 몫의 차를 마시며 쥐색 코트를 입은 아가씨가 무엇을 하는 아가씨일지, 그리고 저스틴과는 어떻게 알게 된 사이인지 혼자 상상에 잠겼다.

그 사이, 베시는 4인분의 애플파이를 거의 다 먹어치우고, 남은 한 조각을 천천히 음미하였다. 카운터에서 경이로운 눈으로 그것을 지켜보던 줄리아가 곧 예쁘게 포장된 애플파이를 테이블로 가져다주었다.

베시가 계산을 하려고 했지만, 세라는 그것을 만류하였다.

"이렇게 만난 것도 인연인데 이 애플파이는 제가 선물할게요."

"하지만—"

그러면 이 남자가 또 싫은 소리를 잔뜩 할 것 같은데. 베시는 옆자리에서 찻잔을 만지작거리는 무심한 얼굴의 저스틴을 힐끔거렸다.

그것을 지켜보던 세라가 흥미진진한 눈빛을 한 채 입을 열었다.

"베시. 혹시 우리 도련님이랑 아는 사이인가요?"

"네?! 하, 아니요. 제가 이 사람이랑 아는 사이일 리가요."

얼핏 듣기에는 어찌 제가 '귀족'과 아는 사이이겠냐고 말하는 것 같았지만, 실상 그녀의 말에 담긴 뜻은 그러한 것이 아니었다.

그것을 알아차린 저스틴은 얼굴을 팍 찌푸렸지만, 세라는 이상하다는 얼굴로 고개를 갸웃할 뿐이었다.

"어머나, 그런가요? 도련님이 이렇게 친절하게 누군가를 대하는 게 처음이라서 전 두 사람이 아는 사이인 줄 알았어요."

"친절? 이게 친절한 건가요?"

베시는 포크를 손에 쥔 채, 어이없다는 얼굴로 저스틴을 다시 보고 말았다. 그녀는 방금 전 저스틴이 저에게 턱에 구멍이라도 난 거냐고 빈정거리던 것을 잊지 않고 있었다. 이 남자의 이런 태도가 친절한 거면, 이 세상에는 온통 자애로움과 다정함이 흘러넘치는 거라고 봐야 하지 않을까.

"그럼요. 저스틴 하이네라고 하면 수도에서 여자에게 무심한 기사로 얼마나 유명한데요. 그동안 울린 아가씨만 해도 별처럼 무수하답니다. 우리 도련님이지만, 정말 못된 남자라니까요."

세라가 장난스럽게 한 말에 저스틴은 살짝 얼굴을 찌푸렸다.

다른 사람 상대면 헛소리는 그만하라고 빈정거릴 텐데, 세라에게는 도저히 그럴 수 없었다. 큰형님이 누구보다 사랑하는 여인이자 하이네 공작 부인인 그녀는 저스틴이 감히 거역할 수 없는 상대였다.

"헤에, 그렇군요. 어쩐지 몸이 다부져 보인다 싶었는데, 기사님이시구나."

저스틴에 대한 관심이 없는 것처럼 베시가 심드렁한 목소리를 냈다. 그러자 세라는 디저트에 대해 말할 때처럼 열띤 목소리로 저스틴에 대한 신상 정보를 줄줄 읊기 시작하였다.

"베시도 이 수도 출신이라면 알죠? 제국에는 4개의 기사단이 있다는 거. 우리 도련님은 그 중에서도 가장 실력 좋은 사람만

들어갈 수 있다는 하얀 사자 기사단의 기사랍니다. 그것도 15살이라는 어린 나이에 입단을 했고, 스무 살이 되었을 때는 최연소로 부단장이 되었는 걸요.”

‘어라? 부단장? 그러고 보니 하얀사자 기사단 부단장이라면—’

베시는 크리스와 대화를 나누던 것을 떠올렸다. 분명 은빛 매 기사들이 기사직을 박탈하라 하던 기사가 하얀 사자 기사단의 부단장이 아니었던가.

그런 사람이 지금 이렇게 밖에 있어도 되는 거야? 베시는 저도 모르게 저스틴을 힐끔거렸다. 그 시선을 눈치챈 저스틴이 불편하다는 듯 베시에게서 고개를 돌려버렸다. 딴에는 머쓱함을 감추려는 행동이었지만, 베시는 그것을 단단히 오해하고 말았다.

“그 뿐만이 아니랍니다. 도련님이 하실 줄 아는 건 또 얼마나 많은지 몰라요. 우리 도련님처럼 책임감 강하고, 성격 좋고, 능력 있는 남자는 그리 흔하지 않을 거예요.”

마치 제 친동생, 혹은 아들 자랑을 하는 것처럼 세라의 목소리가 자부심으로 가득 차 있었다. 가족끼리 사이가 정말 좋은 모양이었다. 베시는 다시 한 번 옆을 힐끔거렸다. 저스틴은 아직도 그녀에게서 시선을 돌린 채, 앞만 보고 있었다. 그 모습을 보고 있자니 괜히 기분이 상했다. 지가 얼마나 대단하— 기는 하지만, 저렇게 노골적으로 무시할 건 없잖아. 저 정나미 뚝뚝 떨어지는 얼굴이라니.

어느새 저스틴을 향한 베시의 눈빛에 이글거리는 분노가 새겨

졌다. 저 무뚝뚝한 얼굴이 당혹감에 물들어 일그러지는 모습이 보고 싶다. 그렇게 생각하는 것과 동시에 베시의 입이 스르륵 벌어졌다.

"그렇군요. 알고 보니 제가 그렇게 대단한 분과 나란히 앉아 있었던 거네요. 마음 같아서는 키스라도 받고 싶을 정도예요."

심술을 부리듯 베시는 키스라는 단어를 유독 강조하였다.

"어머나, 키스?"

갑작스러운 단어에 세라가 눈을 휘둥그레 떴다. 아무리 장난이라도 쉽게 입에서 튀어나올 말은 아니었다. 하지만 베시의 눈에는 그런 세라의 반응이 아니라 오로지 저스틴의 모습만이 비췄다. 유감스럽게도 저스틴은 전혀 당황한 얼굴이 아니었다.

"……미안하지만, 아무리 부탁받아도 당신에게 '키스'할 마음은 없습니다. 차라리 돌덩이에 입을 맞추면 모를까."

베시가 일부러 얄밉게 한 말에 저스틴은 삐딱하게 대답하였다. 첫 만남이 첫 만남이었던 만큼 두 사람 사이에서 '키스'는 금구나 다름없었다. 그 심드렁한 반응에 베시는 맥이 빠졌다. 충동적인 기분이 가라앉으니 약간 반성하는 마음이 들었다. 내가 지금 뭐하는 짓이람.

"어머나, 저스틴 도련님! 그런 식으로 숙녀에게 무안을 주다니!"

정작 뒤늦게 당황한 세라가 허둥지둥 저스틴을 꾸짖기 시작하였다.

“아, 괜찮아요. 부인. 신경 쓰지 마세요. 맞는 말이라고 생각하니까요.”

베시는 얼른 그녀를 만류하였다. 키스를 들먹이며 먼저 시비를 건 건 자신이었다. 그런 상황에서 저스틴만 야단을 맞게 하면 어쩐지 좀 미안했다.

“하지만, 베시— 미안해요.”

속상해 죽겠다는 얼굴로 세라가 사과를 하자 베시는 얼른 고개를 저었다.

“아니에요. 정말 전 괜찮은 걸요.”

조금 전까지는 아무렇지 않던 마음이 세라의 사과 때문에 오히려 무거워지고 말았다.

분위기가 더 이상해지기 전에 슬슬 자리에서 일어서야겠다. 베시는 얼른 접시에 남아 있던 애플파이의 마지막 한 조각을 입에 털어넣었다.

“오늘은 동석을 허락해 주셔서 감사했습니다, 공작 부인. 덕분에 즐거운 시간이었어요. 애플파이도 잘 먹겠습니다.”

세라의 기분을 풀어 주기 위해 베시는 일부러 명랑한 목소리를 냈다. 그러자 세라도 안심한 듯, 웃는 얼굴로 답했다.

“별말씀을요, 베시. 나야말로 오랜만에 젊은 아가씨와 대화를 나눌 수 있어서 즐거웠는걸요. 기회가 된다면 또 만나고 싶네요.”

이런 귀부인과 자신이 또 만날 기회가 또 있을 리가 없다 생각하였지만, 베시는 고개를 끄덕이며 웃었다.

자리에서 일어선 그녀는 세라에게 다시 한 번 고개를 숙였다. 그리고 여전히 베시에게 무심한 척 앉아 있는 저스틴을 힐끔 본 뒤, 자리를 벗어났다.

세라는 인사조차 없이 가만히 앉아 있는 저스틴과 그대로 가게를 빠져나가는 베시를 번갈아 보면서 살짝 얼굴을 찌푸렸다.

"도련님. 베시는 유쾌하고 재미있는 아가씨였는데 정말 너무 무례하셨어요."

"먼저 무례했던 건 저 여자였습니다. 저를 일부러 시험하려 들지 않았습니까."

세라가 저스틴을 흘겨보자 그는 얼른 식어 버린 찻잔을 들어 입가를 감추었다. 세상에서 가장 지겨운 큰형수의 잔소리로부터 도망치기 위해서였다.

그때, 그는 베시가 앉아 있던 자리에 놓여 있는 손수건 하나를 발견하였다.

방금 베시가 입을 닦기 위해 꺼내 들었던 그 투박한 무명 손수건이었다.

그는 얼른 그것을 집어 올렸다. 무언가를 말하려던 세라는 그것을 보고 눈을 동그랗게 떴다.

"어머, 그건 베시의 손수건 아닌가요?"

손수건을 쥔 저스틴은 잠시 생각에 잠겼다. 그녀가 가게를 나간 지 얼마 되지 않았으니, 지금 나간다면 이것을 전해 줄 수 있을 것 같았다.

하지만 굳이 그렇게까지 할 필요가 있나, 하는 생각도 들었다.

첫 만남이 최악이었던 상대였다. 아무리 생각해도 상성이 맞지 않는 게 분명했다. 자신이 지기 싫어하는 만큼, 베시라는 그 붉은 머리의 여자 역시 고집이 셌다. 언제 어디서든 얼굴을 마주하면 다투게 될 게 분명했다. 그러니 이제 이대로 잊고, 무시하는 게 옳았다.

그러나 이상하게 그게 뜻대로 되질 않았다.

"……전해 주고 오겠습니다."

이유는 알 수 없지만, 이대로 있으면 안 될 것 같다는 생각이 들었다. 설령 마주치면 또다시 서로를 향해 빈정거림을 쏟아 낼지언정, 이걸 빌미로 그녀를 다시 만나야 할 것 같았다.

그 정체 모를 기분에 당황하면서도 저스틴은 바로 자리에서 일어섰다.

"그래요, 도련님. 마침 슬슬 '약속' 시간도 되었네요. 베시에게 손수건을 전해 주면 도련님은 바로 그분을 뵈러 가 보세요. 저는 사람을 불러서 마차를 타고 집으로 돌아갈게요."

그 말을 들은 저스틴은 그제야 시간이 제법 흘렀다는 걸 깨달았다. 회중시계를 꺼내 확인해 보니 세라의 말대로 정말 약속 시간이 가까워져 있었다.

일정이 어긋나지 않도록 조금 서두르자며 저스틴은 빠르게 움직였다.

*   *   *

오늘은 일진이 사나운 날인 게 틀림없었다.

줄리아의 애플파이를 나온 베시는 아까 전 들었던 설명을 떠올리며 곧바로 '실버 대거'를 찾았다. 하지만 어렵사리 찾아간 실버 대거 사무실은 텅 비어 있었다.

그녀는 아래층에 있는 가게 주인에게서 실버 대거가 며칠 전에 다른 곳으로 옮겨 갔다는 사실을 확인할 수 있었다. 심지어 가게 주인은 실버 대거의 새로운 주소지가 어디인지 모른다고 하였다. 허탕도 이런 허탕이 없었다.

뭐 하나 되는 일이 없네. 베시는 투덜거리며 거리로 나섰다.

사실 실버 대거가 어디로 옮긴 것인지 알아보려면 방법이 없는 것은 아니었다.

하지만 흥신소의 위치를 공공연하게 물어보고 다닐 수는 없었다. 베시를 수상하게 여긴 누군가가 경비대에 신고라도 한다면 일이 아주 번거로워질 게 분명하였다.

아예 용병 길드나 찾아볼까. 그 편이 더 빠를 것 같은데.

베시는 생각에 잠겨 걸음을 옮겼다. 그러다 보니 본의 아니게 사람들이 많이 오고 다니는 상점가에 다다르게 되었다.

누군가가 자신의 어깨를 툭 친 순간, 베시는 자신이 번화한 거리에 있다는 것을 깨달았다.

수많은 사람들의 틈새에서 이리 치이고 저리 치이는 것이 짜증 났던 베시는 몸을 틀어 길을 벗어나려고 하였다.

조금 한산한 곳에 가서 맛있는 애플파이를 한 조각 먹으며 다시 방법을 생각해 봐야겠다는 마음으로.

그때, 그녀는 무언가 작은 것이 자신의 뒤를 쫓아오고 있다는 것을 깨달았다.

힐끔 뒤를 보니 키가 작고, 깊게 모자를 눌러 쓴 아이가 그녀의 뒤를 쫓고 있었다.

민첩한 몸놀림의 아이는 베시와 눈이 마주친 순간, 자연스럽게 시선을 돌렸다.

그것을 본 베시는 소년이 자신을 '대상'으로 골라잡은 것이라는 걸 깨달았다.

왜 하필 날 고른 걸까.

베시는 소년이 자신을 소매치기 상대로 잡은 이유를 알 수 없었다.

거리에는 그녀 말고도 돈이 많아 보이는 행인은 수없이 많았다. 화려하고 세련된 옷차림의 사람들에 비하면 베시는 오히려 조금 빈곤해 보이는 편이었다.

은근슬쩍 호기심이 발동하였다. 베시는 소년이 대체 왜 자신을 고른 것인지, 그리고 어떤 식으로 자신의 지갑을 슬쩍 훔쳐갈지 궁금하였기에 일부러 소년에게 틈을 보여 주기로 하였다.

그녀는 길을 벗어나려던 걸음을 돌려 사람들이 많은 곳으로 걸어 나갔다. 소년 역시 베시를 따라오며 자연스럽게 접근하기 시작하였다.

사람들이 많을수록 소년이 베시에게 다가오기는 더 쉬웠다. 그것을 잘 알고 있는 베시는 소년이 행동을 개시하기 좋은 환경을 만들어 주었다.

소년이 점차 베시에게 가까워지기 시작하였다.

작은 체구 덕분인지 소년은 혼잡한 사람들 틈바구니를 잘도 비집고 들어왔다. 아이는 마치 베시를 스쳐 지나가려는 것처럼 움직이고 있었다.

하지만 손은 교묘하게 베시의 주머니를 노리고 있었다. 그 행동은 주의 깊게 살펴보지 않는 한 절대 알아차릴 수 없을 정도로 자연스러웠다.

소년의 일거수일투족을 주시하고 있던 베시는 그 손이 자신의 옷 끝에 살짝 닿았다는 것을 바로 알아 차렸다.

곧 온다.

베시가 그렇게 생각한 순간, 소년이 그녀의 코트 주머니 속에 손을 뻗으려고 하였다.

감히 어딜. 베시는 코웃음을 치며 소년의 손을 낚아채려 하였다.

이대로 소년에게 본때를 보여 줄 생각이었다.

그러나 그것보다도 더 빠르게 누군가가 소년의 손을 낚아챘다.

"아앗!"

소년의 입에서 작은 비명 소리가 터져 나왔다.

아픔보다는 놀람에 가까운 소리였다. 베시 역시 소년의 손목을 잡고 있는 상대를 보고 깜짝 놀랄 수밖에 없었다.

"저스틴 하이네?!"

방금 전까지 자신에게 심술궂은 말이나 하던 남자가 무슨 이유인지 바로 제 옆에 서 있었다.

그것도 베시의 지갑을 슬쩍하려던 소매치기 소년의 손목을 단단히 붙잡은 채.

"당신이 여긴 대체 왜……?"

베시가 눈을 휘둥그레 뜬 채 질문을 던지자 저스틴이 베시를 향해 힐끗 시선을 던졌다.

그 눈은 마치 무언가를 말하고 싶어 하는 것처럼 보였다. 하지만 그는 곧 아무 말 없이 소년을 질질 끌고 사람이 적은 골목으로 향하였다.

상황이 심상치 않다는 것을 감지한 것인지 행인들이 절로 길을 내주었다.

덕분에 저스틴은 소년과 함께 순식간에 골목길로 사라졌다.

그것을 멍하니 보던 베시는 자신이 넋을 놓고 있을 때가 아니라는 걸 깨닫고, 후다닥 그들의 뒤를 따라갔다.

"이거 놔! 뭐 하는 거야!"

건물 그늘이 져서 조금 싸늘한 골목길 안.

소년의 쨍한 목소리가 사납게 울려 퍼졌다. 하지만 저스틴은 소년의 손목을 잡은 손을 결코 놓아주지 않았다.

그뿐만이 아니라 그는 울던 아이가 자지러지게 놀라 기절할 것 같은 험상궂은 얼굴로 소년을 보고 있었다.

"지갑."

"하아? 뭐라는 거야!?"

"아까 저 아가씨한테서 지갑을 훔치려고 했을 텐데?"

"무, 무슨 소리야!"

정곡을 찔린 소년은 팔짝 뛰었다.

저스틴에게 잡힌 손목의 아픔이 점점 심해졌지만 소년은 계속 사실을 부정하였다. 여기서 순순히 사실을 인정하기라도 한다면 경비대로 끌려갈 거라는 건 직감적으로 알 수 있었다.

망할. 재수가 옴 붙었다는 생각을 하며 소년은 초조하게 발을 굴렀다. 자신의 손을 잡고 있는 사내의 손힘은 여간 강한 게 아니었다. 게다가 뒷골목을 전전하며 살아온 소년 특유의 직감이 이 남자는 경비대나 기사단과 관련이 있을 거라 경고하고 있었다.

이대로 가다가는 또 경비대의 철창신세를 져야 할지도 모른다. 그런 불안감을 느낀 소년은 발끝에 힘을 꾹 주었다.

소년은 벌써 여러 번 좀도둑질로 경비대에 붙잡힌 전적이 있었다. 초범이 아니다 보니 이번에 경비대에 붙잡힌다면 쉽게 풀려나지 않을 게 분명하였다.

소년이 남자의 가랑이 사이에 발차기라도 한 방 꽂고 도망가야 하나 하는 위험한 생각을 하는 찰나, 구원의 손길은 예상 밖의 곳에서 뻗어 왔다.

"잠깐만요! 그 아이, 제가 아는 아이에요!"

갑작스러운 소리에 놀란 소년과 저스틴이, 소리가 들린 방향을 향해 고개를 돌렸다.

어느새 사람들 틈바구니에서 힘겹게 빠져나온 베시가 숨을 가볍게 헐떡이며 그들 근처로 다가왔다.

베시는 사람들한테 치이느라 흐트러진 머리 몇 가닥을 쓸어 넘기며 저스틴을 올려다보았다. 그녀의 그런 모습에 저스틴의 미간 사이가 살짝 찌푸려졌다.

하지만 그는 곧 이내 무심한 얼굴로 베시와 소년을 번갈아 보았다.

그 말을 도저히 믿을 수 없다는 눈빛으로.

물론 누구보다도 베시의 말에 놀란 건, 다름 아닌 소매치기 소년이었다.

비록 베시가 너무나 당당하게 주장하는 통에 무심코 자신이 정말 이 촌스러운 뿔테 안경의 여자와 아는 사이가 아닐까 생각하긴 했지만.

"그러니까 그 아이 손 좀 놓아주세요."

"……정말입니까? 정말 이 아이와 아는 사이입니까?"

저스틴은 베시의 말을 도저히 믿을 수 없다는 눈을 하였다.

그 눈빛이 얼마나 예리한지 내심 등 뒤에서 식은땀이 쭈뼛 흐를 정도였다. 하지만 이 남자의 기세에 눌려 이대로 물러설 수는 없었다.

'가십시오. 오늘 있는 일은 불문하겠습니다. 대신 당신 역시 방금 있었던 일에 대해서는 그 누구에게도 발설하지 않도록 하십시오. 그렇지 못하겠다면—'

저스틴과 처음 만났을 때의 일이 문득 떠올랐다.

길에서 허가받지 않은 열매를 팔던 소녀를 매섭게 다그치던 이 기사가 소매치기 소년을 어떻게 대할지는 뻔하였다.

비록 제 지갑을 탐한 발칙한 꼬맹이긴 하나, 일단 애 하나는 살리고 봐야 했다.

"그럼요, 제가 왜 거짓말을 하겠어요. 그치?"

베시는 사근사근한 목소리로 소년을 향해 물었다. 이름을 알면 친근하게 이름도 불러 줄 텐데, 유감스레 그녀는 소년의 이름을 몰랐다. 그러니 최대한 이름을 부르지 않고 친한 척을 할 수밖에 없었다.

소년은 잠시 얼빠진 얼굴을 했지만 곧 환하게 웃는 얼굴로 고개를 끄덕였다.

"응, 누나!"

방금 전까지와는 달리 소년은 해맑은 어린아이인 것처럼 굴었다. 가증스러울 정도의 변화였다. 하지만 베시는 그런 소년의 연기에 제대로 맞장구를 쳐주었다.

"네가 자꾸 그렇게 장난치려고 하니까 이런 오해를 받는 거잖니. 그렇게 못된 장난은 치면 안 된다니까."

"헤헤, 미안. 누나를 몰래 깜짝 놀라게 해 주려고 했는데, 나도 이럴 일이 생길 줄은 몰랐어. 앞으로는 안 그럴게."

누가 보면 정말로 몇 년은 알고 지낸 누나 동생 사이인 것처럼 베시와 소년은 말을 맞추었다.

저스틴은 여전히 미심쩍다는 얼굴로 베시를 가만히 보더니 나지막한 목소리로 입을 열었다.

"최근 이 근처에서 소매치기 사건이 자주 발생한다고 들었습니다."

"어머, 그래요? 그거 참 흉흉한 일이네요. 조심해야겠다."

"범인의 인상착의가 짙은 갈색 머리칼에 주근깨가 많은 소년이라고 하던데."

"헤에, 그렇구나. 그럼 그런 아이를 보면 주의해야겠네요."

"이 아이도, 짙은 갈색 머리칼에 주근깨가 많은 걸로 보입니다."

저스틴이 모자 사이에서 삐쭉 튀어나온 소년의 머리칼을 가리켜 보였다.

베시는 그것을 보고 빙그레 웃었다.

"그런가요? 하지만 갈색 머리칼에 주근깨가 많은 아이는 어딜

가나 있잖아요. 이 다스티 안에서만 찾아도 수십, 아니 수백 명은 되지 않겠어요?"

"……."

베시의 말에 저스틴은 입을 꾹 다물었다. 그녀의 말대로 짙은 갈색 머리에, 주근깨가 가득한 얼굴이라는 것은 흔해 빠진 인상착의였다. 그것만으로도 소년을 소매치기범이라고 확신할 수는 없는 노릇이었다.

그는 잠시 베시를 뚫어져라 바라보았다. 청록색 눈동자의 깊은 곳에서 모든 것을 경계하는 짐승 같은 눈빛이 일순 감돌았다.

베시는 혹시라도 저스틴이 '그럼 이 아이의 이름이 뭡니까?'라고 물었을 때는 무어라 대답해야 할지 고심하였다.

"……이 아이는 당신과 아는 사이고, 장난을 치려고 했던 것뿐이다, 라. 그런 걸로 해 두죠."

저스틴은 소년을 한 번 내려다보더니 천천히 쥐고 있던 손을 놓아주었다.

저스틴에게서 벗어날 수 있게 된 소년은 날아오르듯 뛰어 베시의 옆에 바짝 붙어 섰다.

"그런 걸로 해 두는 게 아니라 진짜 그런 거예요. 저스틴 하이네 경."

베시는 보란 듯 소년의 어깨를 가볍게 톡톡 두들겨 주었다. 그리고 팔이 아프다느니 너스레를 부리며 자신이 들고 있던 쇼핑백, 그러니까 애플파이가 담겨 있던 봉투를 소년에게 들려주었다. 그것은 소년과 자신이 친한 사이라는 것을 저스틴에게 보여 주기 위한 의도적인 것이었다.

저스틴은 말없이 두 사람을 지켜보았다. 그는 분명 베시의 옆에 선 소년이 베시의 지갑을 훔쳐 가려고 했다고 확신하였다.

하지만 피해자가 될 뻔한 베시 본인이 소년과 아는 사이라고 주장하는 한, 저스틴도 어찌 할 방도가 없었다.

그로서는 대체 왜 그녀가 소년을 싸고도는지 알 수 없을 뿐이었다.

"그나저나 어쩐 일이세요? 혹시 제 뒤를 밟거나 그런 건 아니죠?"

빨리 저스틴에게서 벗어나기 위해 베시는 일부러 밉살맞게 입을 열었다. 자신의 말에 저스틴이 얼굴을 찌푸리며 예의 삐딱한 말을 내뱉으리라 생각하며.

그러나 베시의 생각과 달리 저스틴은 고개를 끄덕였다.

"네. 당신을 쫓았습니다."

"네? 왜요?"

혹시 내가 모르는 사이에 가게에서 무전취식을 하고 튀었던가. 베시가 심각하게 그런 고민을 하는 사이, 저스틴은 주머니에서 손수건을 꺼내 베시에게 건네주었다. 커다란 손 안에 들려 있는 무명 손수건을 본 베시가 아, 짧게 입을 열었다.

"손수건……."

"정신을 대체 어디다 두고 다니는 겁니까. 어린애도 아니고,

물건 간수 정도는 스스로 잘하도록 하십시오."

꼭 저렇게 쓸데없는 말을 덧붙이네, 이 남자. 순순히 고맙다고 말하려던 베시는 입술을 삐죽였다. 저스틴 하이네라는 이 남자는 사실 듣기 싫은 소리를 안 하면 죽는 병에 걸린 게 아닐까 싶었다.

"고마워요."

그래도 그가 일부러 수건을 가져다주려 한 건 사실이었기에 베시는 짧게 인사하였다.

"……별말씀을."

그녀가 순순히 감사 인사를 하리라 생각하지 못했던 것인지 저스틴이 한 박자 느리게 답했다. 베시는 수건을 주머니에 구겨 넣은 뒤, 저스틴을 향해 가볍게 고개를 숙였다.

어차피 반갑지 않은 얼굴, 더는 만나지 말자는 뜻을 담은 인사였다.

"그럼 실례할게요. 공작 부인에게도 다시 한 번 인사 전해 주세요. 이거 고맙다고."

베시는 에릭이 들고 있는 애플파이 봉투를 가리켜 보였다.

무언가를 말하려는 것처럼 입을 살짝 열었던 저스틴은 곧 입을 다물더니 고개를 두어 번 끄덕이고 말았다.

그녀는 에릭의 어깨를 토닥거리더니 저스틴을 향해 등을 돌렸다. 그리고 소년을 데리고 도망치듯 골목길을 벗어났다.

조금 씁쓸한 얼굴을 한 저스틴을 그곳에 홀로 남겨 둔 채.

*　*　*

골목길을 빠져나온 베시는 한산한 길이 나올 때까지 소년과 나란히 걸었다.

소년은 도망치려 하였지만, 베시는 잡고 있는 그 손을 결코 놓아주지 않았다.

하지만 그 와중에도 그녀가 생각하고 있는 건 도망치려는 소년에 대한 것이 아니었다.

'……별말씀을.'

어째서일까. 어딘지 모르게 쓸쓸한 얼굴을 하고 있던 저스틴이 계속 마음에 걸렸다. 마치 무언가를 말하고 싶어 하던 그 눈빛도.

괜히 미련이 남은 베시는 뒤를 힐끔 돌아보았다.

이미 골목에서 한참 멀어진 탓에 저스틴의 모습이 보일 리가 없건만.

이제 정말 다시는 볼일이 없겠지.

이 넓은 수도에서 아무 약속도 없이 두 번이나 만났으면 충분히 재미있는 우연이었다.

그런 우연이 세 번은 없으리라.

괜히 가슴 안쪽이 울컥하였다. 이유 모를 감정이었다.

"당신, 대체 뭐가 목적이야?"

불현듯, 소년이 입을 열었다. 그 말에 베시는 퍼뜩 정신을 차렸다.

남매처럼 손을 마주 잡은 그들은 어느새 사람이 거의 없는 작은 거리를 걷고 있었다.

"일단 통성명부터 할까? 이름이 뭐야?"

"내가 왜 아줌마한테 그런 걸 알려 줘야 해."

저스틴 앞에서는 누나라고 부르며 살갑게 굴던 소년의 태도가 180도 달라졌다.

어쭈, 요거 봐라. 베시는 피식 웃으며 소년의 손을 쥐고 있는 손에 힘을 꾹 주었다. 그녀는 힘이 그렇게 센 편은 아니었지만 어린 소년 상대로는 충분히 효과가 있을 것 같았다.

"지금이라도 경비대에 같이 갈래? 이 누나가 경비대까지 데려다줄까?"

베시가 누나라는 글자에 유독 힘을 주어 말하자 에릭은 잠시 침묵하더니 입을 열었다.

"……에릭."

"성은?"

"고아한테 성이 있을 리가 없잖아."

그렇게 말하는 에릭의 목소리는 또래에 어울리지 않게 담담하였다.

자신의 출신을 부끄러워하는 것도 아니고 슬퍼하는 것도 아닌 목소리. 너무 일찍 세상을 알아 버린 아이의 목소리였다. 베시는 잠시 아무 말 없이 생각에 잠겨 있다가 다시 입을 열었다.

"에릭. 하나만 물을게. 어째서 내 지갑을 훔치려고 한 거야? 스스로 이런 말하는 것도 좀 웃기지만 나 그렇게 돈이 많아 보이는 옷차림은 아니잖아?"

그렇게 말하며 베시는 자신의 모습을 슬며시 내려다보았다. 그녀의 복장은 수도에 처음 온 날 거의 그대로였다.

죽은 쥐색의 낡은 코트. 그 안에는 하얀 블라우스와 아래는 검은 면바지. 그리고 조금 연한 갈색의 단화. 한창 멋 부리기 좋아하는 연령대의 여성의 옷차림이라고는 할 수 없는, 수수하기 짝이 없는 옷차림이었다.

에릭 역시 베시의 옷차림을 힐끔 보며 코웃음을 쳤다.

"흥. 돈이 많아 보이는 상대라고 다 돈이 많은 건 아니거든? 그리고 정말 돈 많은 사람을 건드렸다가는 위험해질 때도 있으니까."

"그런 이유로 날 고른 거야?"

"그런 이유랄까…… 사실 아줌, 아니 누나가 입고 있는 코트는 분명 낡긴 했지만, 그 코트 피아트 공국 생산품이잖아? 이쪽으로는 피아트 공국 물건은 수입이 잘 안 되어서 모르는 사람들도 많겠지만, 거기 옷은 사용하는 원단 품질이 훌륭하니까 돈 좀 있는 여행자들의 필수품이고. 그러니까 겉보기에는 없어 보여도 잘하면 지갑에 돈 좀 넣고 다니는 여행자겠다, 싶었어. 여행자라면 신고가 번거로우니까 여차해서 걸려도 잘 넘어갈 수도 있고."

에릭의 말에 베시는 속으로 감탄하였다. 아이의 눈썰미와 상황 판단력 치고는 제법 쓸 만하였다. 베시는 내친김에 몇 가지를 더 에릭에게 물어보기로 하였다.

"에릭. 이곳에서 젊은 아가씨들이 가장 자주 찾는 가게가 어디인지 알아?"

"응? 그런 건 왜 묻는데."

"잔말 말고 빨리 말해 봐."

"……옷 가게라면 여기서 세 블록 정도 가면 있는 에투스 부인의 양복점. 그 부인 솜씨가 좋은데다가 점원들이 손님의 체형에 맞는 옷을 잘 골라 주거든. 음식점이라면…… 데이트 코스로 유명한 곳이 파비앙의 레스토랑. 가격은 좀 비싸지만 특등석의 야경이 끝내준대서 몇 달 치 예약이 밀려 있을 정도야. 그리고 케이크 가게라면……."

에릭의 입에서는 다스티의 주요 정보가 줄줄 흘러나왔다.

역시나. 베시는 에릭이 무척 영민할 뿐더러 이 도시에 관한 정보에 능통하다는 것을 깨달았다.

그리고 자신에게 지금 필요한 것은 바로 이런 정보통이었다.

"그럼 한 가지 더. 실버 대거가 어디로 이전했는지 알아? 예전 사무실 말고 지금 사무실."

"……누나, 대체 뭐하는 사람이야?"

에릭의 눈에 의심이 솟아올랐다. 난데없이 흥신소의 위치를 묻다니.

게다가 베시는 모르고 물은 게 분명하였지만, 실버 대거는 그냥 보통 흥신소는 아니었다.

겉으로는 인력 알선이나 잃어버린 물건이나 애완동물 찾기 같은 평범한 일을 하지만, 뒤로는 위험한 일을 하는 곳이기도 하였다.

그것을 잘 알고 있는 에릭은 베시를 경계할 수밖에 없었다. 에릭이 불안하게 베시를 올려다보자 그녀는 아무 말 없이 가볍게 에릭의 손을 쥐고 있는 쪽 팔을 흔들었다. 잔말 말고 어서 말하지? 그 말없는 재촉에 에릭은 푹 한숨을 내쉬며 말했다.

"아까 누나가 멍 때리고 있던 상점가 근처야. 거기 사장 아저씨가 돈 좀 크게 벌어서 사무실을 거기로 이전했거든."

"번화가에 흥신소를? 드문 일이네."

베시는 살짝 고개를 갸웃하였다.

흥신소라는 게 남 앞에서 공공연히 떠들고 다닐 말한 일을 하는 건 아니다 보니, 아무래도 남의 눈을 피하는 외진 곳에 자리를 잡을 수밖에 없었다. 그러니 흥신소가 번화가로 이전을 했다는 말은 의외일 수밖에 없었다.

하지만 베시는 곧 한 가지를 깨달았다.

"아! 과연. 그래서구나."

"뭐가?"

"홍신소를 번화가로 옮긴 이유. 번화가에는 귀부인들뿐만 아니라 사람들의 출입이 잦잖아. 그러니 외진 곳까지 몰래 숨어 의뢰를 하러 가는 것보다도 훨씬 더 자연스럽게 그곳을 찾아갈 수 있을 거 아냐. 들키고 싶지 않은 상대에게 들켰을 때도 여차하면 물건을 사러 갔던 거라고 둘러대면 그만이니까."

"……헤에, 누나 머리가 그렇게 나쁘진 않구나."

베시의 말에 에릭이 가볍게 감탄사를 내뱉었다.

나무를 숨긴다면 숲으로.

홍신소 영업 자체가 불법은 아니었으나 아무래도 업종 특성상 불법적인 행위에 연루되는 일이 많다 보니 그들은 경비대의 단속을 꺼려할 수밖에 없었다.

가게에 따라서는 부패한 경비대원과 은밀한 거래를 주고받는 식으로 단속을 피하는 곳도 있었지만, 이 경우에는 발각되었을 때 책임져야 할 리스크가 너무 컸다.

그러나 각양각색의 상점이 즐비한 번화가에서 영업을 한다면 아무래도 단속을 피할 수 있는 방법도 많아졌다.

잠시 말없이 걷는 사이, 두 사람은 어느새 조금 외진 골목길 근처 접어들고 있었다.

그것을 깨달은 베시는 에릭의 손을 놓아주었다. 그리고 주머니에서 은화 하나를 꺼내 에릭에게 건네주려 하였다.

남을 쉽게 믿지 않는 고아 소년은 미심쩍은 얼굴로 그것을 보기만 할 뿐 받지 않았다. 애초에 생판 모르는 타인이 내미는 돈을 덥석 받는 건 순수한 게 아니라 멍청한 것이었다.

"이게 뭐야?"

베시는 어깨를 으쓱하며 답하였다.

"정보료. 넌 내가 필요로 하는 것을 알려 주었고, 그건 돈이 될 만한 거라 대가를 지불하는 거야."

"……이런 게?"

에릭은 여전히 이해할 수 없다는 얼굴을 하였다. 홍신소의 위치야 그렇다 치더라도 수도에서 유명한 옷 가게나 디저트 가게에 대한 정보가 돈이 될 것이라고는 생각하기 어려웠다. 에릭이 여전히 경계의 끈을 늦추지 않자, 베시는 소년의 손에 조금 강제적으로 은화를 쥐어 주며 말했다.

"응, 난 그런 시시콜콜한 정보들이 좀 필요하거든. 그러니까 어때? 전직 생각 없니?"

"전직? 뭘?"

"언제 붙잡힐지 모르는 불안정한 일은 관두고 내 까마귀로 전직할 생각."

"뭐?"

베시의 말에 에릭은 놀라 눈을 깜빡였다. 까마귀가 되라고? 에릭이 느끼는 당혹감은 그것이 무슨 말인지를 이해하지 못해서가 아니었다.

베이론 제국에서는 흔히 정보책을 까마귀로 비유하고는 하였다. 그래서 정보를 사려는 사람들은 직접적인 말을 입에 담는 대신 까마귀가 필요하다는 말을 하였다.

그것을 잘 아는 에릭은 자신의 옆에 서 있는 이 붉은 머리 여자의 정체를 의심할 수밖에 없었다.

한참 동안 의심스럽게 베시를 올려다본 에릭이 이윽고 입을 열었다.

"누나, 혹시 다른 나라에서 온 스파이야?"

"뭐? 스파이? 하하하."

에릭의 말에 베시는 깔깔 웃음을 터트렸다. 눈치 빠른 그녀는 에릭이 왜 그런 엉뚱한 소리를 꺼낸 것인지 금방 이해하였다.

하지만 암만 그래도 스파이라니. 내가 무슨 삼류 첩보 소설 속 주인공도 아니고.

그녀의 웃음소리가 요란스러웠기에 근처 가게에 있던 사람이 창밖을 힐끔 내다볼 정도였다. 베시는 입술을 꾹 다물어 웃음을 참으며 입을 열었다.

"에릭, 혹시 국립도서관에 대해 알아?"

"누나 뭐 물어보는 거 되게 좋아한다. 국립도서관이라면 알지. 지금 관장이 없고, 곧 문 닫기 직전인 거기 아냐. 은빛 매 기사들이 하루 빨리 국립도서관 허물고 거기다가 연습장 지으려고 매주 성당에서 기도를 올린다던데."

"정보가 느리네? 거기 관장 새로 생겼어."

"뭐? 누군데?"

수도에 있는 대부분의 사람들은 국립도서관의 관장을 맡으려는 사람이 없다는 것을 잘 알고 있었다.

그것은 에릭 역시 마찬가지였다.

길에서 주워들은 이야기만으로도 국립도서관의 관장이라는 게 얼마나 불편할 자리일지는 알 수 있었다. 그러니 관장이 생겼다는 말에 에릭은 놀랄 수밖에 없었다.

베시는 꽤 많이 놀란 에릭을 향해 손가락으로 자신을 가리켜 보였다.

"응, 나."

"……뭐?"

"그러니까 나. 새로운 도서관의 관장은 나라고."

뭐라는 거야. 에릭은 얼굴을 찌푸렸다. 에릭의 눈이 베시의 머리부터 발끝까지 훑었다. 그리고 에릭은 눈으로 말하였다. 이 여자가 미쳤나.

베시는 그런 에릭의 시선에 불쾌해하는 법 없이 어깨를 으쓱하였다.

"네가 믿거나 안 믿거나 자유인데, 어쨌든 내가 오늘부터 그곳 관장이야. 근데 사실 나는 이 나라를 좀 오래 떠나있었거든. 그래서 수도에 대한 정보가 조금 부족한 게 많아."

"……그래서 나같이 정보를 물어다 줄 까마귀가 필요하다?"

에릭은 여전히 베시를 못 믿겠다는 얼굴을 하고 있었다. 베시는 그런 에릭을 향해 지갑에서 금화 하나를 꺼내 들어 보여 주었다. 에릭의 째진 눈이 번쩍였다.

금화라니. 좀도둑질을 일삼는 어린 소매치기 손으로는, 아니 굳이 좀도둑이 아니더라도 평민들이 좀처럼 만지기 어려운 거금이었다.

"네가 그럴 마음이 있다면 계약금은 우선 금화 하나. 한 달에 한 번씩 정기적으로 나는 너한테 내가 제공 받은 정보의 가치를 계산해서 돈을 지불할 거야. 지금보다는 훨씬 생활이 나아질걸? 정보가 도움이 되었을 때는 특별 보너스도 줄게."

"……내가 계약금만 먹고 튀면 어쩌려고?"

"넌 날 거스를 수 없을걸."

"에헤, 나를 너무 믿는 거 아냐? 아님 너무 만만하게 보는 거야, 누나?"

에릭이 조금 도발적인 눈으로 베시를 보았다. 어린 소년의 것치고는 제법 잘 벼른 칼날 같은 시선이었다.

베시는 웃으며 자신의 주머니에서 수첩과 펜을 꺼내 들었다. 그리고 무언가를 중얼거리며 순식간에 휘리릭 적어 나갔다.

에릭은 그녀가 무엇을 하는지 알 수 없어 멍하니 그것을 지켜보았다. 이윽고 작성이 끝난 메모지를 베시가 에릭에게 보여 주었다.

《에릭은 당장 세 번 고양이처럼 울고 네 번 돌고 '나는 고양이다' 라고 외칠 것.》

그 글자가 무엇인지 인지하기도 전에 에릭의 몸이 멋대로 움직였다.

에릭은 메모지에 적힌 대로 고양이 울음소리를 세 번 내고, 네 번 빙그르르 돌고 '나는 고양이다'라고 우렁차게 외쳤다.

그 동작을 끝내는 것과 거의 동시에 에릭의 얼굴이 새빨갛게 물들었다.

"이, 이게 뭐야!? 몸이 갑자기, 멋대로!"

"말했잖아. 날 거스를 수 없을 거라고."

"뭐야? 호, 혹시 당신, 마녀야!?"

에릭의 눈에 경악이 가득 차올랐다.

다른 나라에 비한다면 베이론 제국에 사는 마녀의 수는 많지도 적지도 않았다. 하지만 대부분은 수도에서 멀리 떨어진 외곽에 조용히 사는 경우가 많았기에 수도의 사람들은 좀처럼 마녀를 볼 기회가 없었다.

게다가 도시에 사는 마녀들 중 상당수는 자신이 마녀라는 것을 감추었다.

베시는 대답 대신 메모지에 간단한 계약 문장을 적어 넣어 에릭에게 내밀었다. 그것은 조금 전 베시가 에릭에게 말한 것과 거의 동일한 내용이었다.

"마녀의 저주에 대해서는 들어 본 적이 있겠지?"

"……내가 안 하겠다고 하면?"

"뭐, 그래도 상관없긴 한데 그럴 경우에는 역시 경비대에 가야 하지 않겠어?"

치졸한 협박이었다. 경비대에 질질 끌려갈 것이냐 아니면 마녀의 쫄다구 노릇이냐.

생각지도 못한 곳에서 인생의 전환점을 맞이한 에릭은 속으로 머리를 감싸 쥐었다.

마음 같아서는 경비대에 붙잡히는 게 훨씬 나을 것 같았지만, 눈앞에 있는 마녀를 거스르기에는 그는 너무 영리하였다. 그녀를 거부하면 단지 경비대에 잡히는 것만으로 일이 끝날 것 같지 않았다.

암만 생각해도 순순히 계약서에 사인을 하는 게 신상에 이로울 듯하였다.

계약서를 대충 훑어본 영리한 에릭이 모든 것을 포기한 얼굴로 사인을 하자, 그것은 곧 허공에서 모습을 감추었다.

그토록 보기 힘들다는 마녀의 계약이 백주 대낮 길거리 한복판에서 벌어졌다.

하지만 때마침 길에는 행인이 아무도 없었기에 에릭만이 오로지 그 신비한 광경을 목격하였다.

"우와, 뭐야, 이건? 어떻게 된 거야? 이것도 마법이야?"

"마녀가 쓴 계약서는 모두 마녀들의 도시인 하얀 달밤에 보내지거든. 이제 이 계약을 어기면 마녀의 저주가 널 찾아간다는 걸 잊지 마렴."

"네, 네. 알겠습니다."

에릭은 낡은 모자를 고쳐 눌러쓰며 코끝을 비볐다.

암만 생각해도 오늘은 재수가 옴 붙은 날이었다. 약간 풀이 죽은 에릭의 모습을 본 베시는 에릭을 향해 손가락을 튕겼다.

금화가 포물선을 그리며 허공으로 날자 에릭이 당황하여 손을 뻗었다. 그것은 곧 정확하게 에릭의 빈 손바닥 위로 떨어졌다. 차가운 금화의 감촉에 금세 에릭의 기분이 좋아졌다.

남들은 속물적이라 욕할지도 모르지만, 돈은 삶을 위한 필수 요소였다. 게다가 베시의 말대로 하루하루가 불안정한 도둑질을 하는 것보다야 마녀의 까마귀가 되는 것이 훨씬 나을지도 모르는 노릇이었다.

"앞으로 잘 부탁한다, 까마귀."

"……뭐, 일단은 나도 잘 부탁해. 누—님."

고용주에게 너무 건방진 태도를 취하는 게 좋지 않다고 생각한 것인지 베시를 부르는 에릭의 호칭에는 조금 애교가 생겼다. 베시는 웃으면서 "베시 에일. 베시라고 불러도 돼."라며 짧은 자기소개를 하였다.

"너 신분증명서는 제대로 있지? 위조품 아닌 진품."

"일단은."

"좋아, 그럼 앞으로 성문 통과해서 도서관으로 직접 오는 건 아무 문제없겠네. 그럼 일주일에 한 번 정도는 도서관에 와 줘. 올 일이 있을 때는 최대한 자연스럽게, 그럴싸한 구실을 만들어서 오도록 해. 그게 어려울 것 같으면 문지기들에게는 미리 말을 해 둘게."

"괜찮아. 그 정도는 잘할 수 있거든?"

베시의 말에 에릭이 툴툴거렸다. 자신을 무어로 보는 거냐고 말하는 듯한, 소년의 귀여운 허세에 베시가 피식 웃었다. 에릭은 베시가 웃는 것을 보고 어른들이 하는 것처럼 작게 헛기침을 하였다.

"흠, 흠. 그럼 베시. 이제부터 매주 금요일에 갈게. 필요한 정보가 있으면 나한테 미리 연락해도 돼."

"오케이! 아, 참!"

고개를 순순히 끄덕이던 베시가 얼굴을 확 찌푸렸다.

그녀는 비로소 오늘 자신의 외출 목적이 하나도 제대로 이루어지지 않았다는 것을 깨달았다.

까마귀도 까마귀지만 지금 당장 필요한 건 청소부가 아니던가. 베시는 혹시나 하는 기대를 담아 에릭에게 물었다.

"에릭, 너 혹시 청소 잘해?"

"응? 갑자기 무슨 청소?"

"빨리 대답이나 해 봐."

"……지금 세 들어 사는 집주인한테 차라리 돼지우리가 더 깨끗할 거라는 말을 들은 적이 있어."

"돼지우리는 원래 깨끗해."

베시는 한숨을 푹 내쉬었다. 여차하면 청소도 시켜 먹으려고 했는데 일이 그렇게 순순히 풀리지는 않았다. 별 수 없지. 어째든 까마귀는 까마귀답게 정보만 잘 물어 오면 그만이었다.

"뭔지는 잘 모르겠지만 청소를 못하면 안 되는 거야?"

에릭이 불안해 보이는 얼굴로 물었다. 베시는 고개를 저었다.

"뭐, 그럼 됐네. 아, 일단 내 집 주소 알려 줄게."

그렇게 말한 에릭은 자신의 주소를 알려 주었다. 그리고 그때까지도 들고 있던 애플파이 봉투를 베시에게 내밀었다.

베시가 그것을 소중하게 받아 들자 에릭은 인사를 건네고 큰길가로 뛰어가 버렸다.

사람들 틈바구니에 섞인 작은 소년의 모습은 곧 보이지 않게 되었다. 그것을 지켜보고 있던 베시는 코트 주머니에 비어 있는 손을 푹 찔러 넣었다.

생각대로 안 된 일이 더 많았지만 일단은 괜찮은 까마귀를 하나 고용한 것에 만족하기로 하였다.

무엇이든 첫술에 배가 부를 수는 없는 법이었다.

베시는 천천히 걸음을 옮기며 자신이 서 있던 길가를 벗어났다.

잠깐 실버 대거나 다른 흥신소를 찾아 나설까 생각도 해 보았지만, 쓸데없이 많이 돌아다닌 덕분에 다리가 제법 피곤하였다.

오늘만 날은 아니니까.

베시에게 주어진 시간은 많았다. 그것을 잘 알고 있는 그녀는 예카테리아 성 방향으로 몸을 틀었다.

맛있는 애플파이를 또 먹을 생각에 신나게 걸어가던 그녀는 문득, 저 멀리에 있는 야외 테라스에 앉아 있는 사람의 모습이 자신이 알고 있는 누군가와 흡사하다는 것을 깨달았다.

하지만 그가 이런 곳에 있을 리가 없다는 것을 알고 있는 베시는 곧 고개를 돌렸다.

다른 사람과 그를 착각한 것이려니, 중얼거리며.

* * *

"저놈의 쥐색 코트는 좀 버리면 좋겠는데 말이지. 안경도 너무 안 어울리고."

야외테라스에 앉아 멀리서 사라져가는 붉은 머리의 마녀, 베시를 물끄러미 보던 크리스가 툭 중얼거렸다. 그리고 테이블 위에 놓여 있던 찻잔을 집어 들어 커피를 소리 없이 한 모금 마셨다.

그는 평소와는 다른 머리 스타일과 안경으로 가벼운 변장을 한 상태였다. 다행스럽게도 황태자의 얼굴을 아는 사람이 많지 않은 덕분에 먹히는, 정말 가벼운 변장이었다.

"……쥐색 코트? 안경?"

그 맞은편에서 무심한 얼굴로 커피를 마시던 저스틴은 크리스의 말에 그가 바라보던 곳으로 시선을 돌렸다.

물론 베시의 모습이 완전히 사라진 후였기에 그는 크리스가 무엇을 보고 있는지 알 턱이 없었다. 크리스는 그제야 고개를 돌려 저스틴을 보았다.

"아, 신경 쓰지 말게. 별 건 아니야. 난 쥐색을 별로 좋아하지 않아서 말이야."

"그렇습니까."

"참고로 좋아하는 색은 붉은색이네. 싱싱한 장미 같은…… 음, 그래. 크림슨 색상을 매우 좋아하지."

누가 묻지도 않았는데 크리스는 자기가 좋아하는 색이며 싫어하는 색을 줄줄 늘어놓았다.

듣기 싫다는 것처럼 커피를 한 모금 소리 내어 들이켠 저스틴이 심드렁하게 물었다.

"그러시군요. 그런데 갑자기 왜 그런 불필요한 정보를 알려주십니까? 전하의 고상한 색상 선호 취향이 조만간 기사단 정기시험에 나오기라도 합니까?"

말투며 어조는 기가 막히게 정중했지만, 결국 그 뜻은 '그래서 어쩌라고?' 였다.

성질머리하고는. 크리스가 피식 웃었다. 다른 사람 같으면 차마 생각만 하고 입 밖으로 내지 못했을 말이었다.

그러나 저스틴은 좋은 의미로도, 나쁜 의미로도 솔직한 남자였다. 저스틴에게는 참으로 다행스럽게도 크리스는 그런 저스틴의 한결같음이 싫지 않았다.

"응? 아니, 그냥 그렇다고 말하고 싶었을 뿐이네."

"실없는 건 여전하시군요."

저스틴의 표현에는 정말 거침이 없었다. 하하 웃던 크리스는 다른 곳에서도 그런 말실수를 하지 말라며 가볍게 주의를 주었다.

"괜찮습니다. 방금 건 말실수가 아니라 솔직한 제 심정을 표현한 겁니다."

사람이 모처럼 충고를 해 줘도 순순히 받아들이는 법이 없다니까. 크리스는 혀를 끌끌 찼다.

"경은 언젠가 그 입 때문에 신세를 망칠지도 몰라."

"절 망칠 수 있는 건 제 자신뿐입니다. 하지만 저는 스스로 저를 망칠 생각이 없으니 전하의 그 저주는 무효합니다."

가슴을 넓게 편 저스틴이 당당하게 말하였다. 그 얼굴을 얄밉다는 듯 노려보던 크리스의 얼굴이 불현듯 변하였다.

"아까 전부터 말했던 것 같은데 말이지."

"네, 전하."

"그놈의 전하 소리 좀 그만하라고 했잖아, 제이."

조금 전까지는 여유 넘치는 '황태자'의 얼굴을 하고 있던 크리스가 갑자기 아이처럼 토라진 얼굴을 하였다.

그것은 저스틴이 어렸을 때부터 숱하게 봤던 '크리스 형님'의 얼굴이었다.

저스틴의 둘째 형과 크리스는 절친한 사이였고, 덕분에 저스틴 역시 어릴 때부터 크리스와는 교류가 잦은 편이었다.

뿐만 아니라 반 듀벨 황가와 하이네 공작가 사이에서도 오랜

시간 이어 온 깊은 교류가 있었다.

황태자인 크리스가 저스틴의 무례함을 어느 정도 묵인해 주는 이유는 바로 오랜 시간 동안 쌓아 온 친밀함이 두 사람 사이에 존재하기 때문이었다.

"넌 옛날에는 조금 귀여운 맛이 있었—던 것 같은데."

아니던가. 크리스가 기억을 더듬으며 저스틴의 어린 시절을 회상하였다. 그러자 저스틴이 고개를 저었다.

"안 귀여웠습니다. 그리고 제가 귀여워서 어디에 씁니까."

"음, 귀부인들에게는 아주 호평일 게 틀림없지."

"그럼 더더욱 필요 없습니다."

"아니지, 제이. 날 봐. 생각지도 못한 순간에 얼핏 보이는 남성의 귀여움이라는 건 여성에게 굉장히 매력적인 요소라니까?"

"그래서 전하께서 수많은 여성들과 불철주야 염문을 뿌리고 다니시느라 바쁜 이유는 전하가 귀엽기 때문이다?"

"아니지. 그건 내가 '황태자'이기 때문이겠지."

조금 전의 장난스러운 기색은 어디로 사라진 것인지 크리스가 금세 다시 '황태자'의 얼굴을 하고 있었다.

저스틴은 속으로 혀를 쯧, 찼다. 능구렁이 같으니라고.

베이론의 황태자 크리스는 영리한 만큼 속내를 알기 어려운 인물로도 유명했다. 시종들이 가장 모시기 어렵다고 여기는 인물 3년 연속 순위 1위를 석권했을 만큼.

"어쨌거나 흠, 뭐. 요새는 유독 붉은색이 그립단 말이지. 아무래도 집무실에 장미라도 좀 장식을 해 둬야겠어."

크리스가 쿠키 하나를 집어 올리는 것을 보며 저스틴은 그가 왜 굳이 색에 대한 이야기를 꺼낸 걸까 잠시 생각해 보았다.

하지만 곧 그 말의 의미를 파악하려는 것을 포기하였다. 저 인간의 생각을 이해하려고 하는 건 세상에서 두 번째로 무의미한 짓이었다. 황태자의 헛소리에 관심을 끈 저스틴은 의자 등받이에 기대며 홀로 생각에 잠겼다.

'붉은 머리라.'

붉은색과 쥐색. 크리스가 말했던 그 색들 때문에 어느덧 그의 머릿속에는 한 사람의 모습이 흐릿하게 떠올랐다. 그녀와 직접 통성명을 나눈 적은 없지만, 세라는 그녀를 베시라고 불렀다.

저스틴은 방금 전, 눈에 뻔히 보이는 거짓말까지 해가며 소매치기 소년을 감싼 베시를 생각하였다.

눈앞에 있는 남자만큼이나 그 여자의 행동은 이해하기가 어려웠다.

처음 만났을 때부터.

조금이라도 힘주어 잡으면 부러질 것 같이 가녀린 주제에 무모하게 다른 사람을 도우려 나선 것도 그렇고, 자신에게는 얄밉게 굴다가도 애플파이 하나에 그렇게 행복한 얼굴을 하는 것도 그랬다.

지금도 그러하였다. 다시 볼 일이 없는 그녀가 자꾸 신경이 쓰였다. 지금 이 순간, 또 어딘가에서 무언가 트러블에 휘말려 든 건 아닐까.

저스틴이 깊은 생각에 잠겨있다는 것을 알아차린 크리스가 그의 눈앞에서 가볍게 손가락을 튕겼다.

"제이?"

"……왜 그러십니까."

손을 거둔 크리스가 히죽 웃으며 농담을 던졌다.

"아니, 궁금해서 말이야. 하이네 공작 부인과의 데이트는 즐거웠나? 이 수도 최고 미인 중 한 명과의 데이트였을 텐데."

크리스의 말대로 세라는 수도 내에서는 최고 미인 중 한 명으로 손꼽혔다.

그녀가 저스틴의 큰형이자 하이네 공작인 알렉스와 결혼할 때, 수도에 있는 많은 남성들이 베개를 눈물로 적셨다는 말이 있을 정도였다.

"표현이 바르지 못합니다. 데이트가 아닌 외출이었습니다."

"하하. 부끄러워 하기는. 네가 하이네 공작 부인과 자주 데이트를 즐긴다는 건 이미 수도에서 유명한 사실이잖아."

세라는 막내 시동생인 저스틴을 친동생처럼 매우 귀여워하여 가끔 그를 데리고 쇼핑을 나서고는 하였다. 그것을 잘 알고 있는 크리스는 종종 이렇게 저스틴을 놀리려고 들었다.

"저는 근신 중인 몸이라 이유 없이 외출을 할 수 없으니 형수님의 도움을 받았을 뿐입니다."

저스틴의 그 말에 크리스가 기가 막힌다는 얼굴을 하였다.

"……제이. 네가 언제 이유가 있어서 외출했었어? 넌 늘 그냥 내키는 대로 공작 저를 나오지 않았나?"

크리스의 말에 저스틴은 그게 무슨 소리냐는 듯 반박하였다.

"이유는 있었습니다. 처음 성을 찾아갔을 때는 단장을 뵙고 말씀을 드릴 건이 있기 때문이었습니다."

"그래, 알다 마다. 감히 날 협박하려고 했잖아."

크리스는 단장이 우울한 얼굴로 자신의 앞에 섰던 것을 떠올리고 피식 웃었다.

이렇게 제멋대로이지만, 하필 또 능력은 있는 부하를 둔 하얀 사자 기사단의 단장이 조금 가엽게 느껴졌다. 빅터가 들었으면 '그걸 아는 분이!'라고 이를 갈았을 터였다.

"그 후에는 재무부에서 파손 기물 보상 관련 서류 작성을 위해 저를 직접 불러 성에 갔을 뿐입니다."

"……응, 좀 심하게 화려하게 싸우긴 했지. 그래. 다 좋다고 치자. 그럼 대체 왜 또 그 사이에 그렇게 사고를 치고 다닌 거야?"

며칠 전까지만 해도 크리스는 저스틴을 집무실로 불러들일 생각이었다. 하지만 그가 근신 처분을 받은 주제에 하도 문제를 일으키고 다니는 통에 성으로 부르기가 조금 어려웠다.

크리스가 원망 어린 눈으로 저스틴을 보았고, 저스틴은 어깨를 으쓱하였다.

"사고 친 적 없습니다."

"응, 그래. 네 대단한 점은 지금 그 말이 진심이라는 거지."

"전 언제나 진심입니다. 전하와 다르게."

"어허! 여기서는 그 호칭을 좀 쓰지 말라니까."

"……크리스 형님."

싫어 죽겠다는 얼굴로 저스틴이 호칭을 바꾸자 크리스가 히죽 웃었다.

그는 어릴 때 이후로는 자신을 줄곧 '전하'라고 부르던 녀석이 오랜만에 자신을 형님이라 불러 주니 기분이 좋아졌다. 잃었던 동생을 다시 찾은 것처럼.

"뭐, 좋아. 이미 지나간 일에 대해 입 아프게 말하는 건 내 취미가 아니지. 그 건은 그냥 넘어가자."

"……"

저스틴은 이미 할 말은 다 하신 것 아니냐는 반박 대신 커피를 한 모금 더 마셨다.

"그나저나 그럼 여기 오기 전에는 하이네 공작 부인과 어딜 다녀왔나?"

화제를 돌리려는 것처럼 크리스가 다른 말을 꺼내자 저스틴도 순순히 그에 응해 주었다.

"줄리아의 애플파이라는 곳에 갔습니다. 형수님께서 그곳의 애플파이를 좋아하셔서."

"아. 그곳이라면 나도 이름은 들어 봤지. 하이네 공작이 퇴근길에 자주 들른다는 가게 아닌가? 그곳의 애플파이가 그렇게 맛있나?"

"……맛—"

분명 맛은 있었다.

저스틴은 단 것을 별로 좋아하는 편은 아니었지만 그곳의 애플파이는 단지 달기만 한 게 아니라 사과 특유의 상큼한 맛도 잘 살아 있어 부담 없이 한 조각 정도는 먹을 수 있었다. 어째서 그 애플파이가 다스티의 유명 디저트 중 하나로 손꼽히는지 알 법도 하였다.

애플파이의 맛을 떠올리던 저스틴의 머릿속에는 다시 베시의 모습이 떠올랐다.

자신에게는 내내 부루퉁한 얼굴을 보인 주제에 애플파이 하나에 세상을 다 가진 것처럼 즐거워하던 그녀. 그 환하게 웃는 얼굴이 묘하게 반짝거리는 것처럼 보이던 그 여자.

'어째서 또다시 그 여자 생각이 나는 거지?'

저스틴은 조금 당황하고 말았다.

처음에는 그녀의 얼굴이 유독 눈에 밟히던 이유가 그 촌스러운 안경 때문이라 생각하였다.

하지만 그는 벌써 세 번이나 그녀와 얼굴을 마주했다. 그러니 그 촌스러운 안경 때문에 신경이 쓰인다는 건 이유가 되지 않았다.

이렇게까지 그 여자가 거슬리는, 무언가 다른 이유라도 있는 걸까?

곰곰이 생각에 잠겨 있던 저스틴은 곧 한 가지 답을 냈다.

그렇게 행복하게 음식을 먹는 여자를 본 건 처음이었으니까.

이제까지 저스틴이 식탁에서 본 여성들은 하나같이 즐거워 보이지 않았다.

식탁 예절을 지켜야 한다며 입은 참새만치 조그맣게 벌리고, 음식은 간에 기별이 가는지 마는지도 모르게 조각내어 넣고, 최대한 얼굴이 일그러지지 않도록 새침을 떠는 모습.

그래서 저스틴은 여성과의 식사를 별로 좋아하지는 않았다.

그리고 같은 이유에서 귀족들과의 만찬도 즐기지 않았다.

음식이 코로 들어가는지 입으로 들어가는지도 모르는 그런 불편한 자리는 질색이었다.

하이네 공작가의 막내아들인 그가 갖은 핑계를 대며 무도회며 파티를 피하는 이유는 바로 거기 있었다.

그는 차라리 성 내부에 마련되어 있는 공공 식당에서 땀내 나는 기사들과 부대끼며 먹는 밥이 좋았다.

그래서이리라. 이제까지 봤던 그 누구보다도 행복하게, 어린아이처럼 싱글벙글하며 애플파이를 먹던 그 모습이 유별나서 그 여자 생각이 또 나는 것뿐이리라.

그 외에는 절대 다른 이유가 있을 리 없다며 저스틴은 생각을 정리하였다.

"제이? 그래서 맛이 어땠다고?"

자신을 부르는 크리스의 목소리에 저스틴은 정신을 차렸다. 그리고 담담한 말투로 "좋았습니다. 아주."라고 말을 끝맺었다.

크리스는 흥미로운 눈으로 저스틴을 보다가 미소를 지었다.

"흠, 그렇군. 그렇다면 다음에 나도 한 번 그곳 애플파이를 사러 직접 가 봐야겠어."

"제정신이십니까, 전하."

제국의 황태자가 애플파이를 직접 사러 성 밖으로 빠져나오다니. 머리에 무슨 문제라도 있는 게 아니냐며 저스틴은 싸늘한 눈으로 크리스를 바라보았다.

"거, 참! 여기서 그렇게 부르면 안 된다니까! 형님이라고 불러야지, 제이."

저스틴이 자신을 차갑게 보거나 말거나 크리스는 냉큼 저스틴을 나무랐다.

"그리고 말이지, 제이. 제발 부탁인데, 입 좀 조심해. 아무리 너와 나 사이여도 황태자한테 할 소리야, 그게? 네 입은 불경죄로 엄한 처벌을 받을 입이라니까."

"괜찮습니다. 불경한 발언은 상황과 때를 봐 가며 합니다."

그게 더 나쁜 거 아닌가. 크리스는 어이없다는 얼굴을 하고 말았다.

"그리고 제가 입을 조심해야 한다면, 전— 크리스 형님은 행동을 조심하셔야 합니다. 고작 애플파이 하나 때문에 성을 빠져나갈 생각은 절대 하지 마십시오."

어릴 때부터 봐 온 사이였기에 저스틴은 크리스가 어떤 사람인지 잘 알고 있었다.

황태자는 싱글벙글 웃는 얼굴로 남의 뒤통수를 신나게 후려갈기는 그런 남자였다.

그라면 틀림없이 애플파이를 사러 가리라. 그날의 기분에 따라서 호위 기사조차 대동하지 않고.

최악의 상황을 예상한 저스틴은 얼굴을 찌푸렸다.

아무래도 크리스의 전속 호위 기사인 빅터에게 미리 일러둘 필요가 있을 것 같았다.

"걱정마. 그렇게 무모하게 움직일 생각은 없어. 단지 맛있는 애플파이를 친구에게 선물하고 싶어서 말이야."

"친구?"

이 황태자에게 그렇게 부를 만한 인물이 레이몬드 형님 말고 또 있었던가. 저스틴이 기억을 더듬는 사이, 크리스가 말을 이었다.

"이번에 새로 관장으로 부임한 그녀도 애플파이를 좋아하거든. 뭐, 정확히는 맛있는 음식 전부를 좋아하겠지만. 그중에서도 달콤한 걸 말이지."

크리스가 꺼낸 '관장'이라는 단어에 저스틴이 흥미를 보였다.

"새 관장, 이라 하시면 국립도서관의 관장이 되었다는 그 마녀입니까?"

아직 아는 이가 많지는 않으나 까마귀를 곳곳에 둔 일부 귀족은 이미 도서관의 새 관장이 마녀라는 정보를 접한 상태였다. 그것을 알고 있는 크리스는 피식 웃었다.

"오, 과연 정보가 빠르군. 역시 하이네 공작이라니까."

알렉스 하이네 공작은 재무부 장관을 역임하고 있는데다가 사교적인 인물이라 여러 정보를 빠르게 입수하는 편이었다. 그러다 보니 저스틴 역시 큰형을 통해 저절로 얻는 정보가 많았다.

무엇보다도 현재 도서관에 대한 정보는 그에게 아주 중요한 것이었다. 봉사 활동 처분을 명령받은 그가 당분간 머물러야 할 곳이었으니까.

"랜돌프 경이 충격으로 앓아누웠다는 소식을 들었습니다. 그 마녀, 아니 새 관장은 대체 어떤 사람입니까?"

은빛 매 기사인 랜돌프가 성 밖에서 알몸으로 춘 것이 벌써 나흘 전 일이었다. 정확히 마녀가 에카테리아 성을 찾아왔던 날이었다. 그날 대체 무슨 일이 있었던 것인지, 랜돌프는 집 밖으로 나가지도 못하고 두문불출하고 있었다.

성 안에서는 그 사건을 두고 랜돌프 경이 술에 취해서 백주 대낮에 주사를 부린 것이라고 소문이 돌았지만, 몇몇 이들은 실상은 전혀 다르다는 걸 알고 있었다.

물론 저스틴 역시 랜돌프의 정신 나간 기행이 마녀의 마법 때문이라는 걸 알고 있었다. 그러니 자연스럽게 그런 끔찍한 마법을 휘두르는 마녀의 정체가 궁금할 수밖에 없었다.

"음, 한마디로 설명하기는 어려워. 엄청난 괴짜거든."

그거야 그럴 테지 싶었다. 다 큰 사내의 옷을 홀라당 벗겨 성문 밖에서 미친놈처럼 춤을 추게 하다니. 보통 정신머리와 마음가짐으로는 저지를 수 있는 짓이 아니었다.

저스틴은 머릿속으로 보편적인 마녀에 대한 이미지를 몇 가지 떠올렸다.

검버섯이 핀 주름진 얼굴, 조금 사나워 보이는 눈을 빛내며 입꼬리가 쭉 찢어진 사나운 할머니의 모습.

베이론은 특별히 마녀를 차별하지는 않았지만 그렇다고 해서 마녀가 살기 좋은 환경은 아니었다.

그러다 보니 자연스럽게 대부분은 마녀를 이야기책 속에 나오는 삽화로밖에 접할 기회가 없었다. 그리고 그 삽화는 사람들에게 마녀에 대한 잘못된 인식을 심어 주었다.

모든 마녀는 나이 지긋한 노파일 거라는 편견을.

"어쨌든 재미있는 사람이라는 건 분명하지."

황태자가 이렇게 말할 정도라면 정말 보통 인물은 아닐 것이다. 저스틴은 제법 진지한 얼굴로 말했다.

"조금 더 구체적으로 설명해 주시죠. 그 설명으로는 그저 '재미있는' 사람이라는 것밖에 알 수 없잖습니까."

저스틴은 이제부터 세 달 동안, 그 정체불명의 괴짜 마녀 밑에서 무보수 봉사 활동을 해야만 했다. 그러니까 아무리 사소한 것이라도 좋으니 정보가 필요했다. 혹시라도 괴짜 마녀의 심기를 거스르는 날에는 두꺼비로 변한다거나 알몸으로 성 안에서 훌라댄스를 추는 끔찍한 일을 당할지도 모르는 노릇 아닌가.

"구체적이라……."

“새 관장이 어떤 걸 좋아하고 싫어하는지, 그런 간단한 정보라도 알려 주셨으면 합니다. 어쨌거나 전 당분간 그 마녀 밑에 있어야 하는 거 아닙니까.”

크리스는 잠깐 생각하는 척을 하였다. 가만있어 보자. 감히 나에게 제대로 된 처벌을 준비하지 않으면 명령에 불복할 거라 협박을 다 했겠다?

이 괘씸한 기사를 어떻게 곯려줄까 생각에 잠겼던 크리스는 히죽 웃었다. 악랄한 황태자가 아주 못된 생각을 떠올렸다는 증거였다.

“우리 제이가 그렇게까지 말한다니 어쩔 수 없군. 내가 특별히 엄청난 정보를 알려 주지. 그녀의 이름은 이네딧 부인이야. 그녀가 좋아하는 것은 아까 말한 대로 달콤한 것, 그리고 바로 나. 싫어하는 것은 나를 제외한 이 세상 모든 남자들이지.”

점잖은 얼굴로 저스틴에게 알려 준 정보는 90%가 날조된 것뿐이었다.

하지만 크리스는 자신의 이 거짓말이 단지 개인적인 분풀이는 아니라고 스스로를 속였다.

사실 이 거짓말은 저스틴, 그리고 베시를 위한 일이기도 하였다.

“도서관에 갈 때는 이 정도만 알아도 충분할거야.”

만일 저스틴에게 사실을 알려 주고, 도서관에 보낸다면 어떻게 될까. 경계심 강한 길 고양이 같은 베시는 틀림없이 저스틴을 곧바로 쫓아내리라.

하지만 지금 이대로라면, 베시는 잘못된 정보를 얻고 도서관으로 걸어 들어온 저스틴에게 흥미를 느낄 것이다. 그리고 한동안 저스틴을 곁에 두며 이런저런 장난을 쳐 대는 사이에 어느새 저스틴 본인에게 친근함을 갖게 되리라.

크리스의 눈에는 베시와 저스틴의 궁합이 꽤 잘 맞을 것처럼 보였다.

'그러니까 이건 결코 사적인 보복이 아니야, 음, 그렇고 말고.'

이미 저스틴과 베시가 구면이라는 걸 알지 못하는 크리스는 속으로 듣는 이 하나 없는 핑계를 대었다.

"……전, 크리스 형님."

습관적으로 크리스를 전하라고 부르려던 저스틴은 자신의 실수를 깨닫고 서둘러 호칭을 바꾸었다. 크리스는 턱을 괸 채 히죽 웃는 얼굴로 고개를 까닥여 보였다.

"진실을 말씀해 주십시오."

저스틴은 눈치가 없는 남자가 아니었다. 히죽거리는 크리스의 꼴 보기 싫은 얼굴에서 그는 석연찮음을 느꼈다.

아마도 저 긴 말 중 진짜는 단 한 마디뿐이겠지.

그의 결론은 매우 정확하였다.

다만 그는 크리스의 말 중 후반만이 거짓이고, 초반은 진짜라고 생각하였다.

즉, 저스틴은 새 도서관 관장은 '이네딧 부인'이라는 잘못된 정보를 얻고 만 셈이었다.

실제로는 그녀가 달콤한 것을 좋아한다는 쓸모없는 정보만이 진실이었는데.

"진실? 진실이라니 무슨 진실?"

저스틴이 무슨 생각을 할지 짐작하면서도 크리스는 일부러 모르는 척 능청을 부려 댔다.

"……새 관장님께서 크리스 형님을 좋아하신다는 말씀은 농담으로 알아들었습니다."

"어허? 무슨 소리야, 제이! 왜 그게 농담이라고 생각해? 정말 그녀는 날 좋아한다니까? 그렇지 않고서야 이런 복잡하고도 미묘한 상황에서 그녀가 선뜻 관장 자리를 맡아 줄 리가 있겠어?"

어라. 듣고 보니 그것도 그럴싸하군. 크리스의 말에 저스틴은 순간 납득하고 말았다.

분명 크리스가 말한 대로였다.

그럴싸한 대가가 없다면 괴짜 마녀가 굳이 망해 가는 도서관의 관장직을 수락할 이유는 없었다.

저스틴은 잠시 상상해 보았다.

조금 신경질적으로 생긴 중년 여성이 달콤한 디저트를 만족스러운 얼굴로 먹다가 크리스를 보고 넋을 잃는 모습을.

조금은 끔찍한 상상에 기분이 나빠진 저스틴은 얼른 커피로 입안을 헹구었다. 크리스의 느끼하게 웃는 모습 따위를 상상했다는 게 몸서리치게 싫었다.

“뭐, 그녀의 심기를 거스르지 않으려면 그녀가 시키는 일만 묵묵하게 잘하면 그만일 거야. 그녀는 맡은 일을 잘하는 사람을 아주 좋아하거든.”

“……알겠습니다.”

불안함이 아직 남아 있었지만, 저스틴은 크리스의 이번 말은 거짓이 아니라고 생각하였다.

“후후. 네가 도서관에서 일하는 모습이 아주 기대 되는걸? 구경이나 한번 갈까 싶은데, 어때?”

“전 상관없습니다. 제 손이 미끄러져서 전하의 후두부에 책 모서리가 꽂히는 불행한 사고가 벌어질지도 모르지만.”

이번에도 어김없이 무례하다 못해 불경한 말이었지만, 크리스는 하하 웃었다.

이유는 모르겠지만 그 모습이 상당히 즐거워 보였다. 저스틴은 히죽거리며 커피를 마시는 크리스의 모습을 잠시 쳐다보았다. 그가 저렇게까지 기분 좋은 얼굴을 하고 있는 게 묘하게 거슬렸다.

역시 크리스가 자신에게 무언가를 숨기고 있다는 생각이 들었다.

그게 무엇일까 생각하던 저스틴은 곧 다른 사실을 한 가지 깨달았다.

“……크리스 형님. 한 가지 더 질문해도 되겠습니까?”

“응? 뭐, 대답해 줄 수 있는 거라면 대답해 주지. 물어봐.”

"저에게 도서관 봉사 활동을 명하신 이유는 무엇입니까?"

"……그거야 네가 올바른 처벌을 받길 원했기 때문이지."

"제가 여쭙는 것이 그런 뜻이 아니라는 걸 알고 계시지 않습니까."

조금 곤란해진 크리스는 입을 꾹 다물어 버렸다.

예의 바른 독설로 무장한 이 기사는 참 골치 아프게 제법 영특하기까지 했다. 그리고 그 영특한 기사는 크리스가 이번 명령을 내린 진짜 이유가 다른 곳에 있다는 것을 눈치챈 것 같았다.

크리스는 들고 있던 찻잔을 내려놓고 한숨을 쉬었다.

"……그녀의 마법이 어떤 것인지는 들었나?"

"들은 바가 없습니다. 제가 아는 건 랜돌프 경이 마법을 쓰는 도서관의 새 관장에게 크게 혼쭐이 났다는 것, 그리고 지금 막 들은 그녀의 이름이 전부입니다."

저스틴의 말에 크리스는 흠, 하는 소리를 내며 턱을 쓰다듬었다.

"그럼 간단하게 말해 두어야겠군. 그녀가 사용하는 마법은 '적는' 행위를 통해 발동돼."

"적는 행위?"

베시의 마법을 직접 본 적이 없는 저스틴은 크리스의 말을 좀처럼 이해할 수 없었기에 고개를 갸웃하였다.

크리스는 테이블 위에 있는 냅킨 한 장을 펼쳤다. 그리고 그 냅킨 위에 글씨를 쓰는 시늉을 하였다.

"이렇게 글씨를 쓰는 것만으로도 그녀는 마법을 부릴 수 있어. 즉, 그녀가 적으면 그것이 그대로 마법이 되는 거지."

"……마녀의 마법이라는 것은 그런 것이었습니까? 제가 이야기책에서 읽었던 것과는 상당히 다르군요."

답지 않게 저스틴은 감탄하였다. 그가 이제까지 알고 있던 마녀라는 것은 지팡이나 빗자루를 휘둘러서 마법을 부리는 여자들이었다. 그러니 글씨를 쓰는 것만으로 마법을 쓸 수 있다는 이야기는 제법 신기하게 들렸다.

"하하. 그렇게 생각하는 것도 무리는 아니지. 사실 일반 사람들이 상상하는 마녀와 실제 마녀는 차이가 많이 나거든. 게다가 마녀에 따라서 마법을 쓰는 방법은 천차만별이기도 하고. 그중에는 말하는 것만으로도 마법을 쓸 수 있는 엄청난 마녀도 존재한다고 들었어. 아마 글씨를 써서 마법을 부리는 마녀는 내 친구인 그녀, 한 사람뿐일 거야."

"그렇군요."

흥미롭다는 듯, 고개를 끄덕이던 저스틴은 크리스가 펼쳐 놓은 냅킨을 보고 살짝 얼굴을 찌푸렸다.

"크리스 형님. 그럼 설마 그 마녀, 이네딧 부인은 반드시 '적어야만' 마법을 쓰실 수 있는 겁니까?"

"그런 것 같더군."

아, 그렇군. 저스틴은 비로소 깨달았다. 크리스가 어째서 자신을 도서관에 세 달이나 보내 놓기로 결심한 건지.

"제가 그 마녀를 보호해야 하는 겁니까?"

저스틴 하이네가 적이 아니라 아군이라 얼마나 다행인지 모르겠다고 속으로 생각하며 크리스는 기분 좋게 웃었다.

소름 돋도록 눈치가 빠른 사내였다. 그리고 크리스는 이런 자를 좋아하였다.

단 한 마디의 말로 먼 미래를 예측할 수 있는 영리함과 실력을 갖춘 자를.

"……그녀의 마법은 아주 강력해. 마녀들의 도시인 하얀 달밤에서도 손꼽힐 정도로 뛰어난 실력이지. 하지만 네가 눈치챈 것처럼 그녀의 마법에는 문제점이 있어."

"마법을 발동시키기 위해서는 반드시 적는 행위를 거쳐야 한다면, 직접적인 전투나 암습에는 속수무책이겠군요. 맞습니까?"

역시나 영리한 사내였다. 크리스는 흐뭇해하는 한편 심각하게 고개를 끄덕였다.

"그래. 그러니 최대한 빨리 그녀를 위해 든든한 울타리를 만들어 둘 필요가 있지."

아직은 괜찮았다.

은빛 매 기사들이나 다른 이들이 베시가 가진 힘의 약점을 깨닫지 못하고 있는 동안은 문제가 없으리라.

하지만 머지않은 미래에 누군가가 반드시 그녀의 약점을 깨달을 터였다.

저스틴이 그것을 깨달은 것처럼.

그렇다면 그녀는 위험에 노출 될 가능성이 있었다. 그것을 막기 위해 크리스는 저스틴을 도서관으로 보내기로 한 것이었다.

"이제 새 관장은 은빛 매 기사들의 공적이 되겠지. 물론 나의 친우는 상대에게 호락호락 당할 정도로 약하지는 않지만, 그래도 여차하는 순간을 대비해야 하지 않겠어?"

저스틴의 봉사 활동은 처분은 겉으로 보기에는 그저 형식적인 처벌에 불과했지만, 사실은 다중의 위험에 노출될 황태자의 친구를 보호하는 장치이기도 하였다.

크리스의 뜻을 단번에 파악한 저스틴은 천천히 고개를 끄덕였다.

"알겠습니다."

"응. 제이, 네가 내 뜻을 알아주니—"

"그 마녀가 혹시라도 위험에 처하는 일이 발생하면 수단과 방법을 가리지 않고, 그녀의 안전을 확보하도록 하겠습니다."

"……아니, 수단과 방법은 좀 가려 줘. 넌 좀 때로는—"

성질머리를 죽일 필요가 있다고 크리스가 애처롭게 말하려고 했지만, 저스틴은 황태자의 말을 깔끔하게 무시하였다.

"걱정하지 않으셔도 됩니다. 늘 그래 왔던 것처럼 알아서 잘하겠습니다."

"알아서 잘한 적이 있었어, 네가?"

"늘 잘하고 있지 않습니까. 걱정 마십시오. 전하의 친구 분은 제가 반드시 안전하게 지키겠습니다."

저스틴은 저만 믿으라는 것처럼 자신만만한 얼굴을 하였다. 그 너무나 당당한 얼굴이 오히려 크리스의 불안함을 부추겼다.

사실은 이 기사를 도서관에 보내는 게 실수였던 건 아닐까.

폭풍 같은 마녀, 베시 에일과 화산 같은 기사, 저스틴 하이네가 만나면 내가 계산했던 것보다도 더 큰일이 벌어지는 건 아닐까.

크리스는 매우 진지하고, 심각하게, 미간을 문지르며 생각해 보았다.

빅터가 들었다면 그걸 이제 아셨냐며 울먹였을, 때늦은 후회였다.

4.
도서관에는 기사도 필요하다

베시가 까마귀 하나를 손에 넣고 도서관으로 돌아온 이튿날.

그녀는 1층 천장에서 물이 샌다며 울상인 이네딧 부인을 진정시키고 급하게 2층으로 올라갔다.

나무 계단에서 너무 심하게 삐걱거리는 소리가 들렸기에 그녀는 잠시 '여기에도 메모지를 좀 붙여 둘까.'하는 생각마저 할 정도였다.

2층 화장실 수도관이 터져 있다는 것을 알아차린 베시는 임시방편으로 '물이 새지 않는다.'라는 메모지 하나를 붙였다. 물론 정말 임시방편에 지나지 않았기에 곧 업자를 불러야만 했다.

베시는 보수가 필요한 곳을 전부 확인하기 위해 2층을 둘러보았다.

2층 상황은 1층보다도 더 심각하였다. 그녀는 외부 반출 금지 도서가 있는 3층으로는 올라갈 생각조차 하지 않았다.

올라가는 순간 계단이 무너질 것 같았기 때문이었다.

"1층 열람실 책장 전부 새로 제작 필요, 2층 화장실 보수 필요, 연결 계단 보수 필요……."

혼잣말을 중얼거리며 그녀는 애용하는 수첩에 필요한 사항들은 꼼꼼히 적어 나갔다. 대충 견적을 잡아보아도 보수 비용이 만만치 않게 들 터였다. 베시는 머리를 긁적였다.

크리스가 추가 예산 편성을 약속하기는 하였으나 그것은 어디까지 이용객이 증가한 상황에서 받을 수 있는 것이었다. 그러려면 건물 보수는 지금 남아 있는 예산으로 최대한 효율적으로 해결을 해야만 했다.

"……팔자에도 없는 돈 계산이나 해야 하네."

베시는 투덜거리며 2층에 있는 열람실에 들어가 장서 목록도 체크해 보았다. 다행히 여기 있는 서적은 훼손이 심하지 않아 다시 쓸 수 있는 것이 많았다.

다만 사람 손을 타지 않았기에 전반적으로 가벼운 손질이 필요하였다. 무엇보다 책이 중구난방으로 분류가 되어 있었기에 베시는 고개를 저었다.

역시 사람이 필요해, 사람이. 어디 돈 안 받고 내가 시키는 대로 고분고분 일해 주고도 이의를 제기 하지 않을 호구가 없을까.

천연덕스러운 얼굴로 끔찍한 생각을 하던 베시는 문득 멈칫하였다.

고개를 갸우뚱한 그녀는 삐걱거리는 낡은 나무 바닥을 천천히 밟아 뒤로 두 걸음 물러섰다.

그 얼굴에는 의아하다는 기색이 가득하였다.

"……이게 뭐지?"

그렇게 중얼거리며 베시는 방금 자신이 무심코 지나쳤던 책장을 향해 눈을 돌렸다. 다른 곳과 달리 책이 빽빽하게 꽂혀 있는 그곳은 얼핏 보기에는 다른 곳과 전혀 다른 점이 없어 보였다.

하지만 베시의 예리한 눈썰미는 그 책장이 다른 책장과 다른 점을 가지고 있다는 것을 눈치챘다.

"여기만, 책이 제대로 꽂혀 있네?"

다른 곳은 엉망진창으로 꽂혀 있던 책들이 유독 질서정연하게, 그리고 도서분류법에 맞게 꽂혀 있는 책장.

베시는 그 앞에 멈추어 섰다. 그리고 책의 타이틀을 하나하나 살펴보기 시작하였다.

『만일의 세계』

『왕과 열두 종소리의 탑』

『용을 찾는 아이들』

『사랑의 증표』

얼핏 보기에는 아무런 문제도 없는 책들이었다. 베시는 혹시나 하는 마음에 책을 뽑아 스르륵 내용을 살펴보았다.

대부분이 모험과 낭만을 다룬 소설들이었고, 책장 안에도 큰 이상은 없었다.

하지만 베시는 석연치 않은 기분을 느꼈다.

엉망진창인 도서관에서 유독 질서정연하게 관리가 되어 있는 책꽂이라는 것은 상당히 수상하지 않은가.

베시는 도끼눈을 뜨고 한동안 그 책꽂이를 노려보았다.

무언가가 그녀의 머릿속에서 깜빡, 깜빡 희미한 빛을 냈다.

어라, 이거 혹시 어쩌면?

한동안 책꽂이를 노려보던 베시가 무언가를 깨달으려는 그 때였다.

갑자기 아래층에서 요란한 소리가 들려왔기에 베시는 화들짝 놀랐다.

깊은 생각을 방해받고 만 베시는 얼굴을 팍 구겼다.

조금 전까지만 해도 깊은 의식 너머에 가라앉아 있던 무언가가 떠오를 것 같았었는데, 불청객의 방해로 그 생각이 그대로 다시 가라앉아버리고 만 것이었다.

한동안 콧김을 내뿜으며 꺼져 버린 전구에 다시 불을 붙이려던 베시는 머리를 흔들어 버렸다.

'중요한 일이면 또 생각이 나겠지.'

그것보다도 중요한 건 지금 당장 도서관에 들어온 불청객의 존재를 확인하는 것이었다.

공식적으로 재개장 준비에 들어간다고 안내문을 써 붙인 도서관에 굳이 찾아올 사람은 아무도 없을 터였다.

베시는 이 도서관에 올법한 인물에 대해 생각해 보았다. 제일 먼저 떠오른 인물은 크리스, 그리고 그 뒤에 떠오른 것은 은빛 매 기사 정도였다.

어라, 잠깐. 은빛 매 기사? 혹시 전에 내가 여기서 내쫓아서 알몸으로 춤추게 만들었던 기사라도 온 건가?

거기에 생각이 미친 베시의 눈이 반짝 빛났다.

설마 하니 학습 능력 없이 그 기사가 또 돌아온 거라면, 그 머저리를 실컷 골려 주면 되겠다는 생각에 가슴이 벅차올랐다.

어린 시절부터 남 싫어하는 짓을 하는 데에는 다양한 방면으로 통달한 그녀는 신이 났다. 심지어 자신의 생각을 방해했다는 원한도 풀 수 있는 좋은 기회가 아닌가.

머저리 기사를 놀려 줄 방법 101가지를 구상하며, 베시는 단걸음에 계단을 따라 내려왔다.

하지만 그녀는 계단을 다 내려오기도 전에 그 자리에 멈추어 서고 말았다.

크다.

계단을 따라 내려오던 베시가, 입구 근처에 서 있는 사람을 발견했을 때 제일 먼저 한 생각은 그것이었다. 그리고 남자의 얼굴을 확인한 순간, 그녀는 놀랐다.

그곳에 서 있는 남자는 베시가 다시 만날 거라고 생각하지 않았던, 아니 정확히는 다시 만나고 싶지 않았던 남자였으니까.

맙소사, 대체 왜 저 남자가 여기에 있는 거지?

"……당신이, 어째서 여기에 있는 겁니까."

베시와 똑같은 생각을 한 듯, 입구 근처에서 서 있던 남자도 당혹스러운 얼굴을 하였다.

"당신이야말로 왜?"

이제 정말, 다시는, 절대 볼일이 없을 거라 생각했던 그 얄미운 기사가 눈앞에 있었다. 너무나 갑작스러운 상황에 이게 서서 꾸는 꿈은 아닌가 하는 생각마저 들었다. 그것은 저스틴 역시 마찬가지인지, 그는 미동조차 없었다.

잠시 동안 두 사람은 그렇게 서로를 바라보았다.

베시는 저스틴의 청록색 눈동자를, 저스틴은 베시의 푸른 눈동자를.

그때, 갑자기 베시의 등 뒤에서 무언가가 부스럭거리는 소리가 들려왔다.

저스틴의 시선이 자신의 옆으로 향한 것을 깨달은 베시 역시 몸을 돌려 뒤를 보았다. 그곳에는 이네딧 부인이 멋쩍은 얼굴을 하고 빗자루를 든 채 서 있었다.

"아, 제가 착각을 좀 했나보군요."

그렇게 말한 이네딧 부인은 재빠르게 빗자루를 자신의 몸 뒤로 감추었다.

아무래도 그녀는 은빛 매 기사들이 베시에게 해코지를 하려고 들이닥친 게 아닐까 걱정하며 달려온 것 같았다.

"호, 호호."

이네딧 부인이 어색하게 웃으며 비질을 하는 흉내를 하였다. 그것을 안쓰럽게 바라보던 베시는 힐끔 저스틴을 보았다.

저스틴의 무표정한 얼굴에서는 어떤 감정도 읽을 수 없었다.

'아니, 저 남자가 대체 무슨 생각을 하는지 알 수가 있어야지.'

벌써 세 번째, 아니 네 번째 만남이었지만 마주하는 매 순간이 썩 반갑지는 않은 남자였다.

한동안 입을 다물고 저스틴을 흘겨보던 베시는 한숨을 푹 내쉬었다. 이런 무거운 분위기는 그녀의 성격상 참기 어려웠다.

"아— 혹시, 정말 희박하고 말도 안 된다고 생각하면서 물어보는 건데, 책 빌리러 왔나요?"

"그래 보입니까."

"아뇨."

"다행히 많이 멍청하지는 않은 모양이군요."

아, 맞네. 이 남자 그 저스틴 하이네 맞네.

베시는 자신의 신경을 쿡쿡 찌르듯 건드리는 저스틴의 말투에 부글부글 화가 치밀어 오르는 것을 느꼈다.

수도에서 유일하게 얼굴과 이름을 아는 상대건만 다시 그를 만났다는 반가움은 전혀 없었다. 오히려 대체 왜 또 여기서 이 남자를 마주해야 하는가에 대한 분노가 더 컸다.

"……책 빌리러 온 게 아니면 대체 여긴 왜 오셨나요, 기사님? 여기는 도서관이지 기사님 놀이터가 아닌데."

"여기가 도서관인 건 나도 압니다. 그래서 온 거고."

그렇게 대답한 저스틴은 자신의 주머니에서 봉투 하나를 꺼내 들었다. 그는 멋쩍게 빗자루를 벽 한쪽에 세워 놓고 있던 이네딧 부인을 향해 말했다.

"부인이 이네딧 부인이십니까."

"네? 아, 네! 제가 이네딧이 맞긴 한데."

잘 서지 않는 빗자루를 낑낑거리며 세우던 이네딧 부인이 화들짝 놀라며 손을 들어 보였다.

덕분에 빗자루는 멋지게 바닥으로 다이빙을 하며 요란한 소리를 내고 말았다. 아이고. 베시는 속으로 한숨을 쉬며 어쩔 줄 몰라 하는 이네딧 부인 대신 빗자루를 주워 들었다.

저스틴은 그런 베시를 힐끔 보더니 약간 업신여기는 것 같은 얼굴을 하였다. 마치 빗자루가 그녀와 참 잘 어울린다는 것처럼.

그것이 괜한 자격지심이라 생각하면서도 베시는 이 번지르르한 남자의 얼굴에 빗자루를 내던지고 싶다는 충동을 아주 강하게 느꼈다.

"저, 제가 그래서 이네딧인데. 기사님은 대체 무슨 일로―"

베시와 저스틴 사이에서 흐르는 불온한 공기를 감지한 이네

듯 부인이 얼른 입을 열었다. 그러자 저스틴이 그제야 이곳에 온 목적이 기억났다는 얼굴로 이네딧 부인에게 성큼성큼 다가갔다.

“처음 뵙겠습니다, 이네딧 부인. 하얀 사자 기사단의 부단장인 저스틴 하이네라고 합니다.”

이네딧 부인 앞에 선 저스틴은 깍듯하게 그녀에게 인사를 하였다. 그리고 크리스 황태자에게 받아 왔던 처분 명령서를 이네딧 부인에게 내밀었다.

“오늘부터 세 달 간 이곳에서 봉사 활동을 명받았습니다.”

“저스틴 하이네?”

얼떨결에 처분 명령서를 받아 든 이네딧 부인은 화들짝 놀랐다.

성에서 일하는 사람, 아니 수도에 사는 사람 치고 그의 이름을 모르는 사람은 거의 없었다.

미혼 여성이든 기혼 여성이든 상관없이 저스틴은 여성에게 인기가 상당히 많은 기사 중 한 명이었다. 이네딧 부인 역시 저스틴에 대한 동경이 담긴 소문을 여러 가지 들어본 바가 있었다.

“관장님은 이 나라를 떠나 생활하고 계시던 마녀라고 들었습니다. 그래서 아마 자세한 것에 대해서 모르시리라 생각하지만 얼마 전 저는 기사단 간의 가벼운 다툼에 얽힌 적이 있습니다. 그리고 그에 대한 처분으로 도서관에서 봉사 활동을 할 것을 명받았습니다."

곧 죽어도 자신이 잘못했다고는 생각하지 않는 저스틴은 매우 주관적인 입장으로 상황을 설명해 주었다.

그것도 한 번도 수도를 떠나 본 적이 없는, 이네딧 부인이 이미 아주 잘 알고 있는 내용을 줄줄이.

"하아. 네, 그러셨군요."

이네딧 부인은 어리둥절한 얼굴을 하면서도 고개를 끄덕였다. 사실 저스틴은 자신이 생각하는 것보다도 훨씬 더 유명인이었다.

수도에서 그를 모르는 사람은 거의 없었다.

그것은 그가 베이론 제국의 2대 명문가인 하이네 공작가의 막내아들이기 때문만은 아니었다.

제국 건국에서도 큰 공을 세웠던 하이네 공작가는 건국 이래로 수많은 관리를 배출한 것으로 유명한 가문이었다.

심지어 저스틴의 두 형들조차도 각각 재무부 장관과 법무부 공직자로 활약하고 있었다. 그러다 보니 자연스럽게 사람들은 하이네 공작가를 '문(literary)'의 가문이라고 생각하였다.

하지만 그런 하이네 공작가에서도 일원 중 한 명은 반드시 기사의 길을 택하였다.

모든 일에는 균형이 필요하다는 초대 공작의 유언에 따른 풍습이었다.

그리고 이번 대에서 기사의 길을 택한 것은 바로 막내아들인 저스틴이었다.

심지어 그는 15살이라는 어린 나이에 최고의 기사들이 모이는 하얀 사자 기사단에 입단하였을 뿐만이 아니라 최연소로 부단장을 역임할 만큼 뛰어난 실력을 갖추고 있었다.

그러니 당연하게도 저스틴 하이네는 수도의 유명 인사일 수밖에 없었다.

"앞으로 잘 부탁드리겠습니다, 관장님."

저스틴은 이네딧 부인을 향해 깊게 고개를 숙여 인사를 하였다. 그가 예상했던 것처럼 얼굴에 검버섯이 핀 할머니는 아니었으나 어쨌든 마녀는 마녀였다. 그는 이 사람 좋아 보이는 인상의 부인에게 최대한 예우를 다할 셈이었다.

"관장?"

하지만 이네딧 부인은 어리둥절한 얼굴로 베시를 보았다.

베시 역시 상황이 어떻게 돌아가는 것인지 알 수가 없었기에 어깨를 으쓱하였다.

"어…… 저스틴 경. 왜 이렇게 정중하게……."

저한테 인사를 다 하시는 건가요. 그리고 관장이라니 그건 또 무슨 말이람……. 당황한 이네딧 부인은 제대로 말을 하지 못한 채, 눈만 껌벅거렸다. 그러자 저스틴은 의아하다는 얼굴을 하였다.

물론 그녀가 도서관의 새 관장이라 믿고 있는 저스틴으로서는 당연한 반응이었다.

"그거야 관장님에게 정중하게 인사를 올리는 건 당연한 일이지 않습니까."

아하, 그렇게 된 거구나. 단 몇 마디의 말을 듣고, 순식간에 상황 파악을 끝낸 베시는 히죽 웃었다. 크리스가 수작을 부려둔 게 분명했다.

물론 베시와 달리 이네딧 부인은 여전히 머리 위에 물음표를 달고 있었다. 이네딧 부인이 쓸데없는 말을 하기 전에 베시가 재빨리 선수를 쳤다.

"어머나! 어쩜, 좋은 집안 귀족 도련님답게 예의가 굉장히 바른 분이시네요. 그렇죠, 관장님?"

베시는 활짝 웃었다. 엉겁결에 도서관의 새 관장이 된 이네딧 부인은 입을 헤 벌리고 베시를 바라보았다.

그녀가 상황을 파악하고 낯빛을 바꾼 것은 베시가 저스틴을 향해 이렇게 말했을 때부터였다.

"저는 관장님의 조수 겸 사서로 일하고 있는 베시 에일이에요."

"당신이 관장님의 조수 겸 사서?"

그런 사실을 미리 들은 적이 없는 저스틴이 의심스럽다는 얼굴로 베시를 보았다.

베시는 얼른 웃는 얼굴로 고개를 끄덕인 뒤, 잽싸게 이네딧 부인의 옆에 가서 팔짱을 꼈다.

"저는 원래부터 부인과 알던 사이라서요. 이번에 부인께서

도서관 관장이 되었다기에 일을 도우려고 같이 왔어요. 마침 여기는 사서가 대부분 그만두었다고 듣기도 했고요."

만일 저스틴이 평소에 조금이라도 도서관에 관심이 있었다면 그는 도서관에 중년 부인 사서가 한 명 남았다는 사실을 알 수 있었을 터였다.

하지만 도서관이라는 시설에 당최 관심이 없었던 저스틴은 베시의 말에 그저 그런가 보다 생각하고 말았다. 이 도서관의 사서 대부분이 은빛 매 기사들 때문에 전부 쫓기듯 그만두었다는 사실 정도는 그도 알고 있었으니, 베시의 말을 딱히 의심할 여지가 없었다.

그는 이네딧 부인 옆에 선 베시를 향해 곤란함을 감춘 채, 무뚝뚝하게 말했다.

"……그렇습니까. 설마 여기서 당신을 만나게 될 줄은 몰랐습니다."

"호호. 정말 그러네요. 저도 몰랐어요."

두 사람의 말에는 각각 깊은 의미심장함이 숨어 있었다. 베시는 눈꼬리를 가늘게 접으며 말했다.

"이제부터 모르는 게 있으면 저한테 물어보세요. 제가 하나부터 열까지 아주 잘, 알려 드리죠."

마치 꼬장꼬장한 선배가 어수룩한 신입을 향해 잘 지도해 주마 선언하는 것 같은 거만한 태도였다. 그것을 멍하니 지켜보던 이네딧 부인은 새하얗게 질린 얼굴로 고개를 붕붕 내저었다.

내가 사서라니, 그리고 진짜 관장님이 조수라니! 그리고 관장님이 저스틴 경을 가르치다니!

하나부터 열까지 전부 다 말도 안 되는 소리였다.

그녀는 대체 왜 저스틴이 자신을 관장으로 생각하고 있는 건지 알 수가 없었다. 하지만 어쨌든 그 잘못된 인식부터 바로잡아야겠다고 생각하며 입을 열었다.

"저스틴 경, 저는……."

"아! 그럼 이제부터 저스틴 경은 매일 이곳에 오시는 건가요? 휴일 없이 매일요?"

일부러 이네딧 부인의 말을 가로막은 베시는 일부러 쓸데없는 질문을 던졌다. 베시의 목적은 이네딧 부인이 입을 열 틈을 주지 않는 것이었다.

"본의는 아니지만 그렇습니다. 전하의 말씀에 따르자면 이 도서관은 차라리 새로 세우는 게 나을 정도로 엉망진창인 상태라 한동안 눈코 뜰 새 없이 바쁠 거라고 하시더군요."

차라리 그럼 진짜 허물고 새로 짓는 게 낫지 않나. 그런 당연한 생각을 마음에 품은 채, 저스틴은 담담하게 말을 이었다.

"그러니— 다시 한 번 말씀드리다시피 정말 본의는 아니지만, 저 역시 도서관 정비에 최대한 조력하도록 하겠습니다."

본의가 아니라는 걸 두 번이나 강조한 그 말에서는 봉사 활동에 대한 그 어떤 열정도 느껴지지 않았다.

이렇게까지 하기 싫은 티를 팍팍 내다니. 베시가 입을 헤, 벌리며 저스틴을 바라보았다. 하지만 당황은 찰나에 불과했다. 자고로 사람이라면 오히려 저럴수록 더더욱 힘든 일을 시키며 괴롭혀주고 싶은 법 아니던가. 심술기가 거하게 발동한 베시는 히죽거리며 답했다.

"그래요? 안 그래도 남자 일손이 부족해서 문제였는데 정말 잘 되었네요. 좀 해 주셔야 할 일이 많겠지만, 앞으로 잘 부탁드릴게요, 저스틴 경."

그녀의 웃는 얼굴을 본 저스틴의 표정은 미묘하게 굳어졌다.

그것은 그를 잘 아는 사람만이 눈치챌 수 있는 아주 사소한 변화였다. 그렇기에 그 자리에 있는 누구도 저스틴이 베시의 웃는 얼굴에 동요했다는 것을 알아차리지 못했다.

"……잘 부탁합니다, 에일 양."

원래라면 아무 거리낌 없이 그녀의 이름을 불렀겠지만, 도서관에서 당분간 함께 얼굴을 맞대는 사이니 기본적인 예의는 지켜야 할 것 같았다.

저스틴이 딱딱한 얼굴로 자신을 에일 양이라고 부르자 베시는 가벼운 어조로 말했다.

"그냥 베시라고 불러도 돼요. 성으로 불리는 거, 별로 좋아하지는 않거든요."

"그렇습니까. 알겠습니다, 베시."

사양 없이 바로 편하게 이름을 부르는 걸 보면 역시 뻔뻔한 남자였다. 스스로 그러라고 했건만, 저스틴이 너무나 쉽게 자신의 이름을 부르자 베시는 괜히 기분이 묘하였다.

"아, 기왕이면 저도 좀 편하게 당신을 불러도 되나요?"

어딘지 모르게 짓궂은 눈빛으로 베시가 물었다. 저스틴은 그녀가 물은 말이 '나 같은 평민이 당신 같은 귀족을 편하게 대해도 되냐?'는 뜻이라는 것을 알아차렸다.

설마 이 여자는 자신이 이런 유치한 일로 화를 낼 거라고 생각하는 걸까. 저스틴은 뻔히 보이는 베시의 도발을 가볍게 받아주기로 하였다.

"상관없습니다. 어차피 제가 여기 길게 머무를 것도 아니니."

"흐음. 그럼 저스틴 군이라고 불러도 되나요?"

헉, 천하의 하이네 공작가의 막내아들을 군이라고 부르다니!

옆에서 두 젊은이의 신경전을 구경만 하고 있던 이네딧 부인은 다시 한 번 경악하였다.

심지어 저스틴이 미간을 찌푸리고 있는 것을 보고 그녀는 땀이 밴 손끝을 꾹 쥘 수밖에 없었다. 혹시라도 저스틴이 격노하는 것이 아닐까, 생각하고.

하지만 이네딧 부인의 생각과 달리 저스틴은 그저 굉장히 어이없다는 어조로 말하였다.

"군이라니. 제가 그렇게 불릴 나이로 보입니까?"

네 눈은 그냥 장식품 같은 거냐는 어조로 저스틴이 묻자 베시가 고개를 갸웃하였다.

"그래요? 나이가 몇인데요?"

“23세입니다.”

“에이, 뭐야. 나보다 어리네.”

베시는 그림으로 그린 것처럼 활짝 웃었다. 베시를 잘 아는 사람이라면 그녀의 그 얼굴이 단순히 웃는 얼굴이 아니라는 것을 알아챘을 터였다.

베시를 그렇게 오래 본 것도 아닌 저스틴과 이네딧 부인조차도 약간의 떨떠름한 기분을 느낄 정도였다.

“난 26살이니까 내가 저스틴 군보다 누나잖아요. 편하게 불러도 된다고 했으니까 저스틴 군이라고 해도 되죠? 어차피 도서관에는 길게 있다 갈 것도 아니니까. 그렇죠?”

다 네가 했던 말에 나는 조금 보태기만 하는 거란다. 그러니까 넌 이 완벽한 논리에 반박할 수 없겠지.

베시는 어울리지도 않게 고개를 갸웃거리며 정신없이 저스틴을 몰아붙였다. 그의 얼굴에 순간적으로 살기에 가까운 기색이 스쳤다. 하지만 그는 곧 무표정한 얼굴로 한숨을 쉬었다.

“짜증 나니까 그만하시죠. 설마 그런 가증 떠는 태도가 본인과 어울린다고 생각하는 겁니까.”

“어머, 그렇게 안 어울렸어요? 정말로?”

베시는 일부러 더 인위적인 동작으로 고개를 갸웃거렸다. 이러다가 저 뻔뻔함에 세뇌되어 그녀가 정말 귀여워 보일까 겁이 난 저스틴은 한숨을 쉬었다.

“호칭은 편한 대로 부르시죠. 어차피 내가 무슨 말을 해도 당신은 듣지 않을 거라는 생각이 드니까."

그렇게 말한 저스틴은 이네딧 부인을 향해서도 고개를 꾸벅 숙였다.

"관장님께서도 부르고 싶으신 대로 편히 불러 주십시오."

"아, 저기 그러니까, 저는……."

이네딧 부인은 이때야말로 저스틴의 오해를 풀 타이밍이다 싶어 잽싸게 입을 열었다.

하지만 베시의 행동이 그보다 더 재빨랐다.

"자, 자! 그럼 결정이네요. 저스틴 군! 다시 만난 게 썩 반갑지는 않은데, 기왕 이렇게 된 거 우리 잘 지내봐요."

"……그건 내가 할 말입니다. 정말 내키지는 않지만, 어쨌거나 있을 동안에는 잘 지내봅시다."

이게 정말 잘 지내보자는 걸까, 아니면 그냥 시비를 거는 걸까.

저스틴과 베시를 지켜보던 이네딧 부인은 진지하게 고민하였다. 아무래도 이 두 사람은 초면이 아닌 게 분명하다는 생각이 매우 강하게 들기 시작하였다.

"관—"

가만히 베시의 눈치를 살피던 이네딧 부인은 베시의 팔을 턱 붙잡았다. 그리고 이제 슬슬 제대로 된 사정을 설명해 달라고 말하려고 하였다.

그러나 이번에도 베시는 이네딧 부인의 입을 막았다.

"아, 그러고 보니까! 아까 분명 1층에 있는 책들 전부 복원실로 옮겨야 한다고 하지 않았나요?"

"네? 아, 네……? 그랬죠. 책을 일단 복원실로 옮겨서 복원 작업을 하자고 아까……."

제가 아니라 관장님이 그러셨잖아요. 이네딧 부인의 끝말은 소리가 아니라 눈빛으로 완성이 되었다.

베시는 그런 이네딧 부인의 매서운 눈초리 앞에서도 그저 빙긋 웃을 뿐이었다. 그리고 그 웃는 얼굴 그대로 돌기둥처럼 서 있는 저스틴을 바라보았다.

"저스틴 군, 잘되었네요. 첫 일이에요. 제1열람실에 있는 책을 저어어언부! 복원실로 가져다주시겠어요?"

자신에게 사사건건 싫은 소리를 퍼붓는 남자를 마음껏 부려먹을 수 있다는 기쁨에, 베시의 얼굴은 환하게 빛나고 있었다.

저스틴은 다시 한 번 살기 어린 시선으로 베시를 바라보았지만, 곧 그 흉흉한 눈빛을 거두었다.

아무리 생각해도 이 여자는 자신이 째려본다고 해서 겁먹고 주눅들 여자는 아니었다.

"제1열람실은 저기 다 떨어져 가는 표지판이 붙어 있는 곳입니까?"

"맞아요. 거기가 제1열람실이에요. 나중에 도서관 안내는 따로 해 줄 테니까 오늘은 일단 일부터 시작해요. 아, 혹시 저런 종류의 일을 한 번도 해 본 적 없어서 어려우시다면 제가 처음에는 좀 알려 드려야 하려나요? 좀 귀찮긴 하지만 친절하게 알려 드리죠, 뭐.”

보통은 안내부터 하고 일을 천천히 배워나가는 것이겠지만, 베시는 부러 못되게 굴었다. 그 눈에 보이는 뻔한 심술에 저스틴은 동요하지 않았다.

베시가 심술을 부리는 것처럼 저스틴도 오기가 생겼다.

지금 저 촌스러운 뿔테 안경의 여자는 저스틴이 금방 이 일을 포기할 거라고 생각하고 있는 것 같았다.

그도 그럴 것이 보통 귀족이라면 저런 허드렛일을 제 손으로 하는 법이 없었다. 그러나 저스틴에게는 다른 이들이 모르는 어린 시절이 있었기에 그는 이런 허드렛일을 하는 것에 아무런 거부감이 없었다.

무엇보다 자신을 은근히 얕잡아 보는 베시의 눈빛과 말투에 부아가 절로 치밀어 올라왔다.

“필요 없습니다. 저런 단순한 일을 못할 정도로 멍청하지는 않으니까.”

물론 내가 왜 지금 여기서 이 여자가 시키는 일을 해야 한단 말인가, 하는 생각은 들었다. 하지만 베시가 지금 내린 지시는 어쨌든 이곳에 있는 세 달 동안은, 자신이 해야 할 일이었다.

그렇다면 최대한 완벽하게 일을 마쳐서 저 촌스러운 뿔테 안경이 걸쳐진 콧대를 납작하게 눌러 주는 게 속 시원하지 않겠는가.

티가 팍팍 나게 걸어 온 시비를 피하는 것은 그의 신념에 반하는 것이었다.

체념 반, 오기 반으로 저스틴은 입고 있던 코트를 벗었다. 잘 단련된 근육이 몸에 딱 달라붙는 티 덕분에 도드라지게 드러났다. 그것을 본 이네딧 부인이 마치 어린 소녀처럼 얼굴을 짧게 붉혔다. 베시 역시 감탄하듯 휘파람을 불고 싶어졌다. 저 정도로 몸을 만들려면 정말 어릴 때부터 단련을 해왔겠지, 싶었다.

두 여자의 감탄어린 시선을 받으며 저스틴은 코트를 옆에 있는 다 망가진 의자에 대충 걸쳐 두었다. 척 보기에도 비싼 코트에게는 너무 가혹한 취급이었다.

베시가 쓴웃음을 짓는 사이, 저스틴은 그대로 제1열람실로 향하였다.

이네딧 부인과 베시는 그런 저스틴의 뒷모습을 물끄러미 지켜보았다. 그리고 그가 그대로 복도 너머로 사라지자 이네딧 부인은 그것을 확인하고, 베시의 팔을 확 잡아당겼다.

"관장님! 대체 무슨 생각이세요? 제가 관장이라고 거짓말을 하시다니!"

이네딧 부인이 마치 붉게 무르익은 토마토같이 노한 얼굴로 베시를 노려보았다. 하지만 베시는 그런 이네딧 부인 앞에서도 능청을 부릴 뿐이었다.

"어머? 이네딧 부인. 그게 무슨 말이에요? 전 거짓말 안 했어요. 저쪽이 멋대로 그렇게 믿고 있었을 뿐이지."

“그, 그러고 보니 대체 왜 저스틴 경은 제가 관장이라고…….”

혼란스러워 하는 이네딧 부인을 보고 베시는 피식 웃었다.

“그거야 뭐. 성질 고약한 그놈이 저 고지식해 보이는 기사님에게 거짓말과 온갖 비방이 섞인 헛소리를 한 거겠죠.”

“그놈? 그놈이라니 대체, 누구…….”

“누구긴 누구겠어요.”

베시는 아직도 이네딧 부인이 손에 쥐고 있는 봉사 활동 명령서를 자연스레 빼앗아 들었다. 그리고 그것을 물끄러미 내려다보며 입을 열었다.

“크리스 반 듀벨. 여자에 환장한 그 난봉꾼 말이에요.”

“크, 크리스 반 듀벨!? 서, 설마 지금 황태자 전하를 말하시는 건가요? 화, 황태자 전하를 나, 난봉꾼이라니……!”

이네딧 부인의 통통하고 발그스름한 볼이 순식간에 파랗게 물들었다. 한 나라의 황태자를 깎아내리는 일에 한 치의 거리낌도 없는 베시와 달리 이네딧 부인은 매우 선량하고 예의 바른 사람이었다.

“관장님, 아무리 전하와 아는 사이라 하셔도 그런 말씀은 삼가세요! 무엇보다 그런 말투는 숙녀가 쓸 말투가 아니며…….”

이네딧 부인은 베시의 고상하지 못한 말투에 대한 주의를 늘어놓기 시작하였다.

“또한 앞으로 이 도서관의 관장이라는 중책을—”

으으, 실수했다. 불과 며칠 밖에 지나지 않았지만, 그녀가 상당한 잔소리꾼이라는 걸 이미 알고 있는 베시는 어찌해야 좋을지 고민하였다. 이대로 있다간 오늘 오후까지도 폭풍 잔소리 세례에 시달려야 할 게 뻔했다. 그녀는 기나긴 잔소리에서 벗어나기 위해 재빠르게 화제를 전환하였다.

"어, 어쨌든! 부인, 크리스는 일부러 거짓말을 한 걸 거예요. 그냥 이유 없이 그런 게 아니라니까요?"

"일부러, 라니…… 전하께서 왜 일부러 그런 말을 하신 거죠?"

이네딧 부인의 그 물음은 지극히 당연한 것이었다. 베시의 눈길은 이네딧 부인이 쥐고 있는 처분 명령서의 가장 하단에 머물러 있었다.

크리스 반 듀벨.

멋들어진 사인이 꼭 겉멋 든 황태자 그 자체였다. 베시는 코웃음을 치며 입을 열었다.

"그거야 보여 주기 위해서겠죠."

"보여 주다니, 무얼요?"

베시의 대답은 짧았고, 의미 불명이었다. 이네딧 부인은 답답해 죽겠다는 얼굴로 베시의 다음 말을 재촉하였다.

그제야 베시는 고개를 들어 이네딧 부인을 보았다. 그 눈동자에는 크리스가 그랬던 것처럼 장난기 어린 기색이 서려 있었다.

"간단히 말하자면 자신이 보낸 기사가 믿을 만한 사람이란 걸 보여 주기 위해서 그런 거라는 뜻이에요."

"……죄송하지만, 관장님. 저는 관장님 말씀이 잘 이해가 안 가네요. 저스틴 경이 믿을 만한 사람이라는 걸 보여 주기 위해 크리스 전하께서 제가 관장이라는 거짓말을 하셨다고요?"

이네딧 부인이 이해할 수 없다는 얼굴로 묻자 베시가 고개를 끄덕였다.

크리스가 저스틴에게 거짓말을 한 주요 이유는 '심술'때문이리라. 하지만 동시에 단지 그것 때문만은 아니리라. 그 능청맞은 황태자의 행동에는 나름대로 타당한 이유가 있으니까.

제 생각을 정리하며 베시가 천천히 입을 열었다.

"있죠, 이네딧 부인. 전 저 기사님이 이곳에 온 게 그다지 마음에 들지 않아요."

"아, 그러고 보니 관장님은 혹시 저스틴 경과 아는 사이이신 건가요? 아까 두 분이 대화하는 걸 보면 초면은 아니신 것 같던데."

둘 사이에서 대체 무슨 일이 있었던 거냐고 묻는 것처럼 이네딧 부인이 호기심 어린 눈을 하였다. 구구절절하게 아름답지 못했던 첫 만남을 설명하고 싶지 않았기에 베시는 어깨를 으쓱하였다.

"그냥 어쩌다 보니. 딱히 좋은 일은 아니었어요."

"……그럼 관장님께서 개인적인 감정 때문에 저스틴 경을 싫어하시는 건가요?"

이네딧 부인의 질문에 베시는 얼른 고개를 저었다.

물론 갑자기 나타난 저스틴의 존재에 당황했고, 자신에게 여전히 까칠하게 구는 남자에게 조금 약이 오른 건 사실이다.

하지만 그렇다고 해서 크리스가 보낸 기사가 저스틴이라 싫은—건가?

아니라고 부정하려던 베시는 잠시 멈칫하였다. 만일 크리스가 보낸 자가 저스틴이 아니라 다른 사람이었다면 지금보다는 덜 약 오르고, 덜 피곤했을 것 같다는 생각이 들었다.

그럼 결국, 자신의 이 괜한 심술은 도서관에 찾아온 기사가 저스틴 하이네라서 그렇다는 결론이 나왔다.

'뭐야, 그럼 그냥 저 남자를 내보내는 게 낫지 않나?'

베시가 진지하게 그런 고민을 하던 그때.

쿵쿵거리는 요란한 소리가 제1열람실에서 들려왔다.

손바닥만큼 열린 문 너머에서 들려오는 소리가 리드미컬하였다. 소리로 짐작하건대, 아무래도 저스틴이 무언가를 바닥에 떨어트린 모양이었다.

얄미울 정도로 변화 없는 얼굴의 남자가 지금은 어떤 표정을 짓고 있을까. 그 모습을 머릿속에 그려 본 베시의 입가에 히죽거리는 웃음이 걸렸다.

잘 생각해 보니 베시가 굳이 저 남자를 쫓아낼 필요가 전혀 없었다.

그녀가 할 일은 그저 저스틴을 최대한 부려 먹는 것뿐. 무리한 요구에 화가 난 그가 제 발로 나가게 만들면 된다.

어느새 베시는 머릿속으로 저스틴 하이네의 인내심을 시험하는 계획을 차근차근 세워 나가기 시작하였다.

"관장님?"

퍼뜩 정신을 차리니, 이네딧 부인이 불안하게 자신을 보고 있었다.

베시가 혹시라도 무슨 못된 생각이라도 품고 있는 게 아닌가 걱정하는 것처럼.

제 생각을 들키면 부인의 따가운 잔소리가 다시 시작되리라 생각한 베시는 얼른 고개를 저었다.

저스틴을 속이는 것에 대해서 이네딧 부인을 납득시킬 만한 좋은 핑곗거리가 있었다.

"아, 아뇨! 그런 건 아니에요. 저는 저 사람이 좋고 싫음을 떠나서, 저 기사를 보낸 사람이 크리스라는 게 싫어요. 저스틴 하이네는 정말 봉사 활동을 위해 온 것이긴 하겠지만, 동시에 제 감시역이기도 할 거예요. 크리스는 제가 예측 불허의 행동을 하는 걸 조금이라도 막고 싶을 테니까."

자연스레 자신이 어느 은빛 매 기사에게 엄청난 수치를 안겨 준 일이 떠올랐다. 모르긴 몰라도 그 일 때문에 크리스는 제법 골치가 아팠으리라.

베시는 하필 크리스가 보낸 기사가 '저스틴 하이네'인 이유를, 그리고 그가 저스틴에게 굳이 거짓말을 한 이유를 생각해 보았다.

기본적으로 크리스 반 듀벨이라는 남자는 머리가 좋았다. 그리고 속이 시커먼 사내였다.

베시는 그 점을 잘 알고 있었기에 크리스가 그저 장난으로 저스틴에게 거짓말을 한 건 아닐 거라고 생각하였다.

아니, 물론 장난 치고 싶은 마음은 좀 많이 컸겠지만.

"그래서 전 저 기사를 믿지 않아요. 지금으로서는 믿을 마음도 없고. 그건 크리스도 잘 알고 있을 거예요. 내가 여차하면 자신이 보낸 기사를 그냥 돌려보낼 거라는 것도 말이죠. 그러니까 일부러 저 기사님을 보낸 거겠죠."

크리스는 확신했을 것이다.

자신을 싫어하는 베시가, 그래도 저스틴 하이네는 인정하게 될 것이라고.

"결국 이건 시험이에요. 힘든 일이라고는 한 번도 해 본 적 없는 기사 도련님께서 힘든 일도 마다않고 잘 따라줄지, 그리고 자신보다 신분 낮은 평민 여자가 이런저런 참견을 해도 얼마나 참아 줄지를 확인하기 위한 시험."

베시의 말에 이네딧 부인은 도저히 이해할 수 없다는 얼굴로 고개를 갸웃하였다.

"그럼 대체 관장님께서 저스틴 경의 사람 됨됨이를 파악하는 것과 저를 관장으로 오해하는 것 사이에 무슨 관계가— 아!"

고개를 갸우뚱하고 있던 이네딧 부인은 입을 작게 벌리고 짧은 감탄을 뱉었다.

그녀는 이제 베시가 무슨 말을 하고 있는 것인지, 크리스가 어떤 의도로 이런 성가신 일을 만든 것인지 알 수 있었다.

저스틴 하이네, 그는 지금 베시를 평민 출신의 일반 사서로 알고 있을 터였다. 그리고 이제부터 그 평민 사서 밑에서 봉사 활동이라는 이름의 막노동을 강요받을 것이다.

일반적인 기사, 그것도 귀족 출신의 기사라면 그것을 순순히 참을 리가 없었다.

요컨대 크리스는 저스틴이 신분에 연연하지 않고 제 할 일을 하는, 믿을 수 있는 자라는 걸 베시에게 보여 주려는 셈이었다.

"……전하도, 관장님도 정말 너무들 하시는군요. 저스틴 경의 충성심과 인성을 이런 걸로 시험해 보려고 하시다니요."

이네딧 부인의 비난에 베시는 빙그레 웃을 뿐이었다.

"뭐, 그렇게 화내지는 마세요. 오래 속여 먹을 생각은 없어요. 하루 이틀 정도면 충분하겠죠. 만일 저 기사님이 평민 계집 따위의 잔소리가 지긋지긋하다며 뛰쳐나간다면, 그걸로 끝이니까요. 전 크리스가 보내는 사람을 더 이상 받아들이지 않을 거예요."

"……관장님. 저스틴 경이 비록 여러 가지 소문으로 유명한 분이긴 하지만, 동시에 바른 성품으로 이름 높기도 하답니다. 신분으로 사람을 판단하고 그러실 분은 절대 아니라고 생각해요."

이네딧 부인은 베시가 그를 잘 모른다고 여긴 것인지, 얼른 저스틴에 대해 설명해 주었다.

평민 출신의 기사 친구가 모욕을 당하자 마치 제 일처럼 저스틴이 화를 내고 싸웠다는 것, 그 외에도 불의를 보면 참지 못하여 이런저런 문제에 휘말린 적이 있다는 것.

이미 저스틴의 겉보기와는 다른 불같은 성질을 몇 번 본 적 있는 베시는 피식 웃었다.

"두고 볼일이죠. 다른 데서는 불의를 못 참는 정의로운 기사님이었어도 알고 보니 그 실체가 전혀 다른 것일지도."

"하지만—"

그럴 리는 절대 없을 텐데.

이네딧 부인은 조금 전, 제1열람실로 향한 저스틴의 뒷모습을 떠올렸다.

귀족 중에는 자신의 신분을 무기 삼아, 방패 삼아 자신보다 계급이 낮은 자들을 멸시하는 이들이 많았다.

이네딧 부인 역시 평민이기에 그런 불쾌한 경험은 있었다. 그렇기에 오히려 그녀는 알 수 있었다.

저스틴은 그런 사람들과는 다른 부류의 사람일 것이라는 걸.

"일단 두고 보죠."

베시는 어깨를 으쓱하였다. 그녀의 의지가 굳건하다는 것을 깨달은 이네딧 부인이 한숨을 푹 내쉬었다. 어쩜 이렇게 너무하실까, 전하도, 관장님도.

일개 사서에 불과한 그녀가 관장이나 황태자의 뜻을 거스를 수는 없었다.

이네딧 부인의 생각을 알기라도 한 것처럼 베시는 마치 동화 속에 나오는 못된 마녀처럼 웃었다. 그녀와 매우 잘 어울리는 얼굴이었다.

"어—"

베시가 입을 열어 무언가를 말하려고 하던 찰나.

또다시 제1열람실에서는 우당탕거리는 소리가 들려왔다.

안에 있는 물건을 다 때려 부수는 게 아닌 가 염려될 정도로 요란한 소리였다. 그녀는 천천히 제1열람실 방향으로 향하였다. 그리고 손바닥만큼 열려 있던 문을 밀어 조금 더 문을 열었다.

문틈 사이로 저스틴이 바삐 움직이는 것이 보였다. 청소나 정리를 별로 해 본 적 없는 티가 나는 움직임이었다. 그것을 잠시 지켜본 베시는 입을 열었다.

"어쨌든 앞으로 며칠만이에요. 길지는 않을 거예요."

저스틴이 벗어 둔 코트를 조심스레 집어 올리던 이네딧 부인은 베시의 소리를 듣고 고개를 돌렸다. 베시는 여전히 열람실 안을 바라보고 있었다.

"만일 저 기사님이 저를 참아 낸다면, 그땐……."

베시가 막 말을 멈춘 사이, 저스틴은 십여 권의 책을 양손 가득 들어 올리고 있었다. 어울리지 않게 허둥지둥하는 그 모습이 무척 우스꽝스러웠다.

어느새 베시의 입가에는 조금 전의 심술궂은 미소와는 다른 유쾌한 웃음이 서려 있었다.

“그땐, 인정해 주죠. 저 얄미운 기사님을.”

*　　*　　*

저 남자, 생각보다는 근성 있는 타입이네.

베시는 저스틴을 하루 정도 관찰한 후, 그런 결론을 내렸다.

보통 기사라면, 그리고 귀족이라면 낡아 빠진 책을 옮기는 단순노동 따위, 한 시간도 채 못 가 내던지고 도망갈 게 뻔하였다.

하지만 저스틴은 자신의 검은 셔츠가 먼지 때문에 하얀 셔츠로 변하든 말든 개의치 않고 주어진 일을 해 나갈 뿐이었다.

심지어 해가 지고도 한참 동안이나 그는 쉼 없이 일하였다.

그 기세에 주눅이 든 이네딧 부인은 퇴근 시간을 넘기고서도 집에 가지 못할 정도였다.

결국 이네딧 부인이 안절부절못하는 얼굴로 귀가하란 말을 하고 나서야 그는 이네딧 부인과 베시에게 정중히 인사하고 도서관을 나섰다.

이튿 날에도 그는 정확하게 도서관 개관 시간 20분 전에 도서관에 나타났다. 그러더니 누가 시키지도 않았는데 어제 하다 만 작업을 다시 시작하였다.

심지어 더러워져도 괜찮아 뵈는 옷을 입고 온 걸 보면 그의 의욕이 얼마나 대단한지를 알 수 있었다.

처음에는 '본의는 아니지만.'이라는 말을 두 번이나 하며 봉사 활동을 귀찮게 여겼던 남자라고는 믿을 수 없는 모습이었다.

게다가 정말 곤란하게도, 저스틴 하이네는 제법 영리하기까지 하였다.

"관장님, 관장님이 저스틴 경에게 알려 주신 건가요?"

제1열람실 근처에 놓여 있는 의자에서 장서 목록을 뒤적거리던 베시는 이네딧 부인의 말에 천천히 고개를 들었다.

"뭘요?"

"저스틴 경에게 책 수레를 사용하라는 말을 해 주신 거, 관장님 아니신가요?"

"응? 난 그런 말 한 적 없는데요? 아니, 그것보다 우리 도서관에 책 수레가 남아 있는 게 있긴 해요? 다 망가지지 않았어요?"

어리둥절한 얼굴로 베시가 묻자, 이네딧 부인이 저걸 보라는 것처럼 손짓을 하였다.

고개를 쭉 빼어 제1열람실 안을 들여다보니, 책을 수레에 담아 여유롭게 옮기는 저스틴의 모습이 보였다. 저건 대체 어디서 찾아온 거래?

"그럼, 아무래도 창고에 있던 것 중 제일 상태가 괜찮은 걸 스스로 고치신 모양이에요."

"네!? 저 남자가요?"

베시는 저도 모르게 깜짝 놀라고 말았다. 귀족 도련님이 망가진 손수레를 수리해서 쓴다고? 뭐야, 그거 무서워.

"저 사람, 사실 귀족 아닌 거 아니에요? 무슨 귀족이 수레를 고쳐요?"

고개를 절레절레 저으며 베시는 보고 있던 장서 목록을 곱게 접어 이네딧 부인에게 건넸다. 베시의 말에 기겁한 이네딧 부인이 목을 움츠리며 소리를 질렀다.

"관장님!"

"알아요, 알아. 그냥 해 본 말이에요."

그녀는 낡아 빠진 의자에서 일어선 뒤, 제1열람실 쪽으로 다가갔다. 환기를 하겠다는 명목으로 문을 반쯤 열어 둔 덕에 분주히 움직이는 저스틴이 눈에 아주 잘 들어왔다.

베시는 팔짱을 턱 꼈다. 생각보다 오래 버티네, 저 남자.

정리를 하는 내내, 탁한 먼지를 실컷 먹어 목이 아플 터인데도 저스틴은 엄살 한 번 부리지 않았다.

그녀의 계산으로는 오늘쯤에는 분명 짜증 가득한 얼굴로 달려와 이딴 일을 왜 시키는 거냐고 화를 내야만 했는데.

이제까지 하고 싶은 말을 참는 법 없이 시원시원하게 내뱉던 남자가 제 예상과는 다르게 행동하니 조금 당황스럽기는 하였다.

"그럼 관장님. 적어도 일단 좀 쉬라고 하는 게 어떨까요. 어제 오늘 사이로 쉬지도 않고 일하셔서 힘드실 텐데……."

이네딧 부인이 눈치를 보며 조심스레 꺼낸 말에 베시는 잠시 생각에 잠겼다가 고개를 끄덕였다.

"그래요. 그럼 물이라도 한 모금 마시게 해 줘야겠네요. 호흡 곤란으로 쓰러지기라도 하면 곤란하죠. 뭐, 연약한 귀부인도 아니고 그 정도야 아니겠지만."

이네딧 부인은 짧은 다리로 바닥을 통통 튕기듯 뛰어가 재빠르게 물 한 잔을 들고 왔다. 베시는 그것을 공손하게 두 손으로 받아, 한창 작업에 몰두하고 있는 저스틴의 등 뒤로 다가갔다.

"물이라도 한 잔 마시고 하지 그래요?"

조금 더 살갑게 말을 붙일 수도 있었건만, 베시의 입에서 나온 건 시비조의 밉살맞은 말이었다. 이미 베시가 자신에게 다가오고 있는 걸 기척으로 알던 저스틴은 천천히 고개를 돌렸다. 제 가슴 부근에 물이 찰랑찰랑 담겨 있는 컵이 있었다. 그는 베시가 내민 그 컵을 물끄러미 내려다보았다.

"……독 안 탔어요."

저스틴의 눈빛이 적을 경계하는 기사처럼 살벌하다는 것을 눈치챈 베시가 입을 삐죽거렸다.

사람이 모처럼 좋은 마음으로 선행을 베풀려고 했더니 너무하는 거 아닌가. 베시의 말에도 한동안 컵을 위험 독극물 보듯 보던 저스틴이 천천히 입을 열었다.

"고맙습니다."

그 얼굴은 마치 고맙다는 말을 하면 죽기 때문에 어쩔 수 없이 말한다는 것처럼 오만상이었다. 사실은 먼지 때문에 지은 표정이었지만, 그걸 알 리 없는 베시는 입을 삐죽였다.

사람이 저렇게까지 싫은 얼굴을 할 수 있다니.

구긴 종이처럼 주름진 미간을 지켜보던 베시는 문득 저스틴의 뺨에 무언가가 묻어 있다는 것을 깨달았다. 아무래도 먼지 묻은 손으로 이마의 땀을 한 번 닦아 낸 모양이었다.

쯧쯧, 칠칠치 못하기는. 혀를 끌끌 찬 베시는 손을 들어 올리고 저스틴에게 한 걸음 다가섰다.

그것은 순전히 무의식중에 나온 행동이었다. 평소에 친한 이의 얼굴에 묻은 걸 거리낌 없이 닦아 주던 버릇 때문이었다.

하지만 그녀가 간과한 것이 하나 있었다.

베시와 저스틴은 친구도 지인도 아닌, 그냥 일면식이 있는 사이에 불과하다는 점이었다.

"지금 뭐하는 겁니까."

그녀가 손을 뻗기도 전에 저스틴은 얼른 뒤로 물러섰다. 그가 베시를 이상하다는 얼굴로 보자 그녀는 그제야 자신이 무슨 일을 하려고 했는지를 깨달았다.

아차, 이 남자랑 나 안 친하지, 참. 베시는 내심 당황하였지만, 당당하게 대답하였다.

"뺨에 뭐가 묻어 있어서요."

"설마 직접 닦아 주려고 한 겁니까?"

미심쩍다는 듯 저스틴이 묻자, 베시는 더더욱 머쓱해지고 말았다. 잘 생각해 보니 친하지도 않은 사람이 이런 접촉을 하려고 하면 불쾌할 수도 있을 것 같았다.

"미안해요. 버릇 같은 거라서요."

저스틴의 왼쪽 눈썹이 꿈틀거렸다.

"버릇? 당신은 누군가의 얼굴에 무엇이 묻어 있으면 친하지도 않은 남자에게라도 이렇게 가까이 다가오는 버릇이 있는 겁니까?"

이 여자는 위기의식이라는 게 없는 건가.

저스틴은 그녀가 평소에도 이런 식으로 아무에게나 다가가는 건 아닐까 매우 걱정이 되기 시작하였다. 첫날도 분명 초면의 자신에게 다가와서 괜한 도발을 하지 않았던가. 그 날 일은 저처럼 신사적인 상대가 아니었다면 분명 엄한 일이 벌어질 법한 상황이었다.

베시는 억울한 얼굴로 반박하였다.

"딱히 그런 건 아니에요. 이건 그냥…… 무심코 그런 거거든요. 당신 뺨에 묻어 있는 게 너무, 너무, 너무 거슬려서요."

그렇게 내 얼굴이 더러운 건가. 저스틴은 무심코 손등으로 뺨을 닦아 냈다. 그러자 손등에 묻어 있던 먼지가 그대로 뺨에 다시 묻었다.

그 사실을 알려 줄까 생각하던 베시가 입을 꾹 다물었다. 자신이 무슨 행동을 하기만 해도 빈정거리는 남자에게 굳이 친절을 베풀 필요는 없을 것 같았다. 저 먼지덩어리를 계속 얼굴에 달고 있으라지, 흥.

"쓸데없는 참견해서 참 미안해요. 물이나 마셔요."

베시는 이제는 미지근해졌을 물컵을 가리켰다. 그냥 물이나 마시게 할걸. 쓸데없이 그에게 신경을 쓴 탓에 불필요한 시간만 쓰고 말았다.

잠시 망설이던 저스틴은 물컵에 담긴 물을 쭉 들이켰다.

"……감사합니다."

물을 단숨에 들이마신 저스틴이 짧게 감사를 표하였다. 얄미운 말만 골라 하는 남자였지만, 이런 예의 바른 점 하나만은 칭찬해 줄만 하였다. 텅 빈 컵을 받아 든 베시는 "천만에요."라고 짧게 대답하고, 본론으로 들어갔다.

"일은 잘되어 가요? 하고 싶은 말 있으면 해도 되는데."

슬슬 고집을 접고, 나에게 힘들다고 불평해 보라는 뜻에서 베시가 히죽 웃었다.

이렇게까지 대놓고 자리를 깔아 주면 옳다구나 하고 입을 열지 않을까 하는 기대가 들었다.

하지만 저스틴 하이네는 베시의 생각보다 강적이었다.

"그럭저럭 잘되어 가는 것 같습니다. 별로 어려운 일이 아니라서."

저스틴의 말대로 그가 하는 일은 그렇게 어려운 일이 아니었다.

제1열람실에 있는 책을 복원실에 옮기는 정말 단순한 작업이었으니까. 그러나 아무리 수레를 사용하고 있다 해도 수천 권의 장서를 혼자 옮기는 게 쉬울 리가 없었다.

"그래요? 하지만 제1열람실에 있는 책이 좀 많지 않나요? 힘들면 힘들다고 말해도 되는데."

어디 한 번 힘들다고 말해 봐. 역시 귀족 도련님은 근성이 없다고 실컷 비웃으며 크리스에게 돌려보내 주지.

베시가 눈을 반짝반짝 빛내며 저스틴을 올려다보았다.

그녀는 자신이 무슨 생각을 하고 있는지 숨길 마음이 눈곱만큼도 없었고, 덕분에 저스틴 역시 베시가 지금 자신에게 시비를 걸려고 한다는 걸 쉽게 알아차릴 수 있었다.

저스틴은 진심으로 고민해 보았다.

'이 여자, 제정신인가.'

그는 아무리 앞뒤 분간을 못하는 얼간이라 하더라도 귀족에게 이런 시비를 거는 어리석은 자를 본 적이 없었다.

평민은 대부분 귀족을 마주하면 고개조차 들지 못하였으며 어쩌다가 대화를 나눌 기회가 있어도 긴장하여 말조차 제대로 하질 못했다.

하지만 눈앞의 이 여자는 달랐다.

마치 어느 나라의 고귀한 왕녀라도 되는 것처럼 당당하고 제 행동에 주저함이 없었다.

새삼 신기한 생물을 관찰하듯, 저스틴은 찬찬히 베시를 훑어보았다.

처음 만났을 때와 다름없는 촌스러운 뿔테 안경, 그리고 하나로 대충 묶은 머리, 죽은 쥐색 코트에서는 당최 품위라는 게 느껴지지 않았다. 그런데도 묘하게 그녀는 남들과 다르다는 생각이 들었다.

안경 속에 감추어진 겨울 하늘처럼 맑고 푸른 눈동자 때문일까. 아니면 갓 핀 장미처럼 윤기가 흐르는 머리칼 때문일까. 그것도 아니면 자신만만하면서도 선이 도톰한 저 입매 때문일까.

그것도 아니면 이 여자가 사실은—

한동안 물끄러미 베시를 바라보던 저스틴은 퍼뜩 정신을 차렸다. 자신이 저도 모르게 그녀를 오래도록 쳐다보고 있었다는 걸 깨달았기 때문이었다.

"그럴 필요 없습니다. 힘들지 않으니까."

당혹감을 감추기 위해 저스틴은 얼른 말을 덧붙였다.

"제1열람실에 있는 책은 이제 거의 다 옮겼습니다. 덕분에 복원실에 빈 공간이 없으니 그 문제나 좀 해결하시죠."

"네? 제1열람실에 있는 책을 거의 다 옮겼다고요?"

화들짝 놀란 베시가 저스틴의 넓은 어깨 너머로 시선을 던졌다. 그제야 책이 빼곡하게 들어차 있던 책장 대부분이 텅텅 비어 있는 것이 보였다.

당황한 베시는 잠시 생각에 잠겼다. 원래대로라면 제1열람실에 있는 책을 옮기는 일만 해도 이틀하고도 반나절은 더 걸리리라 예상을 했었다.

하지만 저스틴이 수레를 수리해서 책을 나른 탓인지, 생각보다도 훨씬 더 진척이 빨랐다.

이거 상황이 내 계획과는 너무 다르네. 베시는 조금 곤란한 얼굴로 생각에 잠겼다.

그녀의 계산대로라면 아직도 제1열람실에는 많은 책이 남아 있어야 했다. 그걸 본 베시는 왜 이렇게 일이 더디냐고 하며 그의 요령 없음을 지적할 생각이었다.

하지만 매우 효율적인 방식으로 빠르게 일을 해치워 버린 저스틴 때문에 베시의 계략은 전부 수포로 돌아가고 말았다.

"……당신, 진짜 대단하네요."

베시는 순수한 의미로 감탄하였다. 보통 사람이라면 아무리 수레를 쓴다 해도 이 정도로 빠르게 책을 옮기기가 어려웠다. 그러나 이 작업속도로 짐작하건대 저스틴은 한 번도 쉬지 않고, 계속 일을 해 왔다는 결론이 나왔다.

그렇게 계속 중노동을 했음에도 불구하고, 저스틴의 얼굴에서는 힘든 기색 하나 느껴지지 않았다. 그녀의 눈이 어느덧 저스틴의 적당하게 근육이 붙은 양팔이며 떡 벌어진 어깨를 향했다.

아카데미에서 검술학과 학생을 숱하게 봐 온 베시는 저스틴이 상당히 강도 높은 훈련을 한 기사라는 걸 알아차렸다. 그렇기에 그녀의 감탄은 '댁, 제법 운동 좀 했는데?'라는 뉘앙스에 가까웠다.

하지만 그것을 알 리 없는 저스틴은 베시의 말에 기분이 조금 좋아졌다. 자신을 골탕 먹이려던 여자가 순순히 자신을 인정하지 않았는가. 그는 답지 않게 어깨에 힘을 주었다.

"흠, 흠. 이 정도는 별것도 아닙니다. 기사로서 수련을 해 왔으니, 제가 아닌 다른 기사라도 충분히……."

"어머. 정말 '기사'라면 다들 이 정도는 충분히 하는 건가요?"

저스틴이 별 생각 없이 내뱉은 그 말에 베시의 눈이 번쩍거렸다. 사냥감을 발견한 살쾡이 같은 눈빛이었다.

그녀가 무언가 안 좋은 계획을 꾸미고 있다는 증거였지만 정작 저스틴은 그것을 눈치채지 못한 채, 고개를 끄덕였다.

"물론입니다. 훈련을 게을리 하지 않은 기사라면 이 정도는 당연합니다. 만일 이런 일을 하고 나가떨어지는 기사가 있다면 기사라고 감히 자청할 자격도 없죠."

다른 기사들이 그랬으면 '그건 너 같은 체력 괴물이나 그런 거겠지!'라고 억울해했을 말을 내뱉으며 저스틴이 고개를 치켜들었다. 그 모습이 묘하게 제 자랑을 하는 아이같이 보였기에 베시는 순간 웃음을 터트릴 뻔하였다.

"뭡니까."

베시가 입가를 실룩거리고 있다는 걸 깨달은 저스틴이 얼굴을 찌푸렸다. 또다시 괜한 신경전을 벌이기 싫었던 베시는 얼른 고개를 저었다.

"아, 아무것도 아니에요. 어쨌든 대단하네요. 그럼 저스틴 군은 지금 별로 지치지도 않은 거죠?"

"지쳐 보입니까, 내가?"

자존심이 상한 것인지 저스틴이 눈을 번쩍 빛냈다.

"아니요, 딱히 그런 건 아니고요. 그냥 혹시나 저스틴 군이 지쳤나 싶어—"

"지치지 않았습니다. 이 정도는 점심 먹기 전에 하는 가벼운 운동 수준입니다."

이마에서 흐르던 땀이 어느새 말라 있었기에 저스틴은 자신 있게 말하였다.

"그래요? 그럼 점심 먹고 운동 또 해도 되겠네요?"

"하아?"

조금 불길한 느낌이 드는 베시의 말에 저스틴이 눈을 가늘게 떴다. 그것을 본 베시는 생글생글 웃으며 말했다.

"일단 복원실에 책을 옮기는 작업은 이걸로 끝내 주세요. 저스틴 군말대로 복원실 공간 확보를 좀 해야 할 것 같거든요. 대신 점심 이후에는 뒤뜰 정원에 있는 잡초 뽑기 부탁드려도 되죠? 이 정도는 점심 먹기 전에 하는 가벼운 운동 수준이니 잡초 뽑는 것도 쉬울 테니까."

방금 전까지 무거운 책을 수백여 권 이상을 옮긴 사내에게 베시는 또다시 무리한 요구를 하였다.

심지어 도서관 뒤뜰에 있는 정원은 과거에는 화려함과 크기로 명성 높았던 관광 명소 중 하나였다. 그곳의 잡초를 모두 제거하려면 잡초 뽑기에 숙련된 인력을 적어도 열 명 정도는 투입

해야 할 판이었다.

이네딧 부인이 알았다면 악랄해도 이렇게 악랄할 수 있냐며 통탄했을 수준의 도발이었다.

빈 낚싯대를 드리운 기분으로 베시는 고개를 까닥하였다.

자, 이 기사님은 이제 어떻게 나올까. 자신을 대체 뭐로 아느냐고 화를 낼까? 아니면 정원 손질할 인력도 없느냐고 빈정거릴까?

하지만 저스틴은 이번에도 베시의 예상과 전혀 다른 답을 내놓았다.

"그러죠."

"……네?"

어라, 이게 아닌데. 베시는 눈을 깜박거리며 저스틴을 올려다보았다.

이 남자는 별다른 말없이 순순히 고개를 끄덕일 남자가 아닌데?

비록 저스틴을 알게 된 지 얼마 되지 않았지만, 베시는 그가 이런 상황에서 싫은 소리를 백 마디 정도는 할 남자라고 생각하였다. 그러나 저스틴은 싫은 소리를 하기는커녕 담담하게 말했다.

"점심 먹고 할 필요 없이 바로 지금부터 작업에 착수하겠습니다. 혹시 그거 말고 내가 해야 할 게 더 있습니까?"

"어, 아, 그, 어, 없는데요."

너무나 당황한 나머지 베시는 말더듬이처럼 더듬더듬 대답을 하였다.

그 순간, 그녀는 저스틴의 눈에서 스치는 비웃음을 발견하였다.

'이게 당신 목적이었구나!'

그제야 저스틴의 의도를 파악한 베시의 얼굴이 딱딱하게 굳어졌다. 베시가 저스틴의 반응을 보기 위해 일부러 무리한 요구를 한 것처럼 저스틴 역시 일부러 베시를 당황하게 만들 행동을 취하고 있는 것이었다.

이 고분고분한 태도는 결국 저스틴 나름대로의 심술인 셈이었다.

호오, 그래. 이렇게 나오겠다 이거지. 하긴 이렇게 안 나오고 너무 빨리 포기 선언을 하면 시시하지. 베시는 속으로 코웃음을 쳤다.

"흠, 당분간은 제초 작업에만 신경 써 주시면 될 것 같아요. 그것도 워낙 시간이 걸릴 일이라서."

당신이 과연 언제까지 버틸 수 있을까. 베시가 눈빛에 은근한 도발을 담자, 그것을 알아차린 저스틴은 코웃음을 쳤다.

"알겠습니다. 그럼 지금부터는 뒤뜰에서 잡초를 뽑도록 하죠."

저스틴은 하루 만에 제초 작업을 끝내서 베시를 더욱 당황스럽게 만들어 주리라 결심하였다.

베시는 미처 몰랐겠지만, 그에게는 제초 작업도 결코 낯설거나 고된 게 아니었다. 베시의 도발에 기꺼이 넘어가 준 그는 작업용 장갑 한 짝도 챙기지 않은 채, 성큼성큼 걸어 나갔다.

"아, 저—"

장갑이라도 챙겨 가라고 말해 주려던 베시는 저스틴이 순식간에 밖으로 나가 버리자 한숨을 쉬었다.

그를 다시 불러 장갑을 던져 줄까, 생각했던 베시는 고개를 저었다.

스스로 도움을 거절한 남자가 뭐가 예쁘다고 신경을 써 줘야 한담. 그녀는 아까 전 자신이 뺨을 닦아 주려고 했을 때, 저스틴이 오만상을 썼다는 걸 기억하고 있었다. 무엇보다 그녀의 목적은 저스틴을 돕는 것이 아니라 괴롭히는 것이었다. 그러니까 더는 그에게 신경을 쓸 필요가 없다.

그렇게 결론 내린 베시는 저스틴이 깨끗하게 비운 물컵을 든 채, 제1열람실을 빠져나왔다.

복도로 나오니 이네딧 부인이 열심히 수세미질을 하는 소리가 들려왔다.

원래라면 푹신한 의자에 앉아 도서 관리를 할 부인이 중노동을 하고 있다는 생각에 마음이 적잖이 좋지 않았다. 가급적 빠른 시일 내로 일할 사람을 준비해야겠다는 생각이 들었다. 머릿속에 몇 가지 계획을 세운 베시는 컵을 휴게실에 돌려놓고, 복원실로 향하였다. 그곳에 쌓여 있을 장서 정리를 위해서였다.

"……어머?"

복원실 입구에 들어선 베시는 눈을 휘둥그레 떴다. 그곳에는 예상 밖의 풍경이 펼쳐져 있었다.

바닥에는 커다란 천이 깔려 있었고, 그 위에 책들이 질서 정연하게 놓여 있었다. 심지어 상태가 좋지 않은 책은 한쪽 구석에 따로 모여 있었다.

저스틴이 대충 책을 가져다 두었을 거라 생각했던 베시로서는 놀랄 수밖에 없었다.

본래 책은 습기와 열기에 약했기에 귀중한 서적은 원단이나 보호지로 감싸 변질을 방지하는 게 도서 관리의 기본이었다.

저스틴 하이네라는 기사가 그것을 미처 알았을 것 같진 않았다. 하지만 그는 스스로 생각하고 상황을 판단하여 이렇게 알맞게 책을 옮겨 둔 것이리라. 마치 자로 잰 것처럼 열을 맞춰 놓인 책들을 본 베시는 작게 웃고 말았다.

'저 기사님은 대체 뭐지?'

저스틴 하이네는 정말 얄미운 남자였다. 그가 만일 다른 귀족처럼 입으로 허세만 부리는, 그리고 사람을 무시하는 남자였다면 그냥 미워할 수 있을 것 같았다.

하지만 문제는 저스틴이 그런 남자가 아니라는 점이었다.

길에서 행패를 당할 뻔한 소녀를 위해 기꺼이 나서는 정의감, 자신이 하고 싶은 말은 절대 참지 않는 솔직함, 그리고 손수건을 두고 갔던 베시를 위해 일부러 쫓아와 주었던 다정함—

'응? 그게 다정한 행동이었나?'

저스틴의 좋은 점을 하나둘 생각해 보던 베시는 진지하게 고민하였다. 그 후에 자신에게 했던 말을 생각해 보면 딱히 저스틴은 다정한 남자가 아니었다.

응, 역시 다정한 건 아니니까 그건 빼자. 어쨌거나 그는 나쁜 사람이 아니었다. 정의감이 넘치고 예의 바르지만 입에는 독설을 달고 사는 힘 센 기사님.

저스틴을 그렇게 정의한 베시는 한숨을 쉬었다.

"……어쩌지? 얄미운데, 싫지는 않네. 저런 타입."

혼잣말을 중얼거린 베시가 한숨을 쉬었다. 정말 곤란했다. 저스틴이 그냥 밉기만 한 남자면 좋으련만, 그가 싫지는 않았으니까.

아무래도 이쯤에서 장난을 접고, 슬슬 진실을 밝혀야 할 것 같다는 생각이 들었다.

진짜 관장은 이네딧 부인이 아니라 베시라는 것, 그리고 자신이 저스틴을 시험해 보기 위해 일부러 거짓말을 했다는 것도.

어쩌면 그 사실을 알게 되면, 그때야말로 저스틴은 화를 낼지도 모른다.

그럼 그는 스스로 봉사 활동을 때려 치고, 이 도서관을 나가 버릴지도 모른다. 그렇게 된다면……

거기에 생각이 미친 베시는 멈칫하였다.

이상하게도 그렇게 되면 조금 아쉬울 것 같다는 생각이 들었다.

기왕 이렇게 된 거 정말 세 달은 도서관에 붙어서 일을 좀 해 주면 좋겠—

아니, 아니. 내가 지금 무슨 생각을 하는 거람? 저 남자가 나가면 오히려 그거야말로 매우 고마운 일이지.

스스로 한 생각에 깜짝 놀란 베시는 얼른 고개를 저었다.

아무래도 손이 노니, 머릿속에 잡생각이 드는 모양이었다. 이럴 때는 피곤할 정도로 일을 해서 불필요한 생각을 털어 내는 게 제일이었다.

이곳에 있는 장서 정리를 오늘 안에 끝내리라 결심한 베시는 얼른 복원실 안으로 들어갔다.

저스틴이 책을 워낙 잘 옮겨 준 덕에 작업하는 게 한결 편할 것 같았다.

"어디 보자."

베시는 우선 가장 가까운 곳에 있는 책 한 권을 집어 올렸다. 그리고 휘리릭, 책장을 넘겨 가며 책 보존 상태를 확인하며 중얼거렸다.

"음, 일단 이건 쓸 만하겠네. 이 부분만 좀 손보면 되겠고…… 그리고 이건…… 무리. 절대 무리네. 응? 이건 2층에도 같은 책이 있지 않았나? 그럼 중복되는 책은……."

"관장님! 저, 저스틴 경이 뒤뜰로 가서 잡초를 뽑고 있는데요!?"

베시가 복원실에 있는 의자에 앉아 느긋하게 책들의 상태를 살펴보고 있는 사이, 이네딧 부인은 복원실로 뛰어 들어와 외쳤다. 숨을 헐떡이는 부인의 얼굴에는 당혹스러움이 가득하였고, 손에는 거품이 가득한 수세미가 들려 있었다. 베시는 바닥에 뚝뚝 떨어져서 얼룩을 만드는 수세미를 가리켰다.

"부인. 수세미에서 거품이—"

"지금 거품이 문제인가요!? 저스틴 경이 잡초를 뽑고 있다니까요! 쉬지도 않고요!"

"아, 네. 그거 제가 시켰어요. 잡초 좀 뽑아 달라고. 뒤뜰은 햇빛은 거의 안 들어서 열사병 걸릴 일은 없을 거예요. 날이 그렇게 더운 것도 아니고."

베시는 서너 장 이상이 뜯겨 나간 『인지언어학의 이해』라는 서적을 한동안 노려보다가 고개를 저은 뒤, 그것을 바닥에 내려놓았다.

"관장님! 어떻게 그러실 수가 있어요? 암만 그래도 저스틴 경이 혼자 저 많은 잡초를 다 뽑는 건 무리입니다!"

"괜찮아요, 괜찮아. 조만간 저스틴 군 '혼자' 일하지는 않게 될 거예요."

"네? 설마 사람을 구하신 건가요?"

이 도서관의 재정 상황이 그다지 넉넉하지 않다는 건 이네딧 부인 역시 알고 있었다. 그렇다고 해서 저스틴처럼 무상으로 자원봉사를 와 줄 사람이 있는 것도 아니었다.

그녀는 영 미심쩍다는 얼굴로 베시를 보았다. 하지만 베시는 이네딧 부인의 집요한 눈빛을 무시하고 태연하게 다른 책을 집어 들었다.

"부인은 일찍 퇴근하세요. 오늘은 계속 수세미질 하느라 피곤하셨을 텐데."

"아, 감사합니— 아니, 그것보다도! 내일부터는 저스틴 경 혼자가 아닐 거라니, 그게 무슨 말씀이시죠?"

"그런 게 있어요. 그러니까 너무 걱정하지 마세요."

"하지만 암만 그래도 저렇게 혼자 제초 작업을 시키시면, 저스틴 경이—"

"괜찮아요, 괜찮아. 전 딱히 저스틴 군을 괴롭히려는 게 아니라니까요."

베시의 뻔뻔한 그 거짓말에 이네딧 부인이 입을 쩍 벌렸다.

"관장님. 거짓말쟁이는 나중에 지옥에 가는 법이에요."

대체 왜 이걸 거짓말이라고 단정하는 걸까. 양심의 가책이라는 걸 느끼지 못하는 베시는 불만 어린 얼굴로 이네딧 부인을 바라보았다.

"걱정 마시라니까요, 부인. 제가 그냥 이유 없이 괴롭히는 건 아니에요. 물론 약간의 분풀이가 있긴 하— 아니, 아무것도 아니에요. 어쨌든 괜찮을 거예요. 그리고 애초에 이 정도로 앓는 소리를 내면 이 도서관에 세 달이나 있을 수는 없을 걸요?"

베시는 의미심장한 눈빛으로 이네딧 부인을 올려다보았다.

'제 말이 무슨 뜻인지 아시죠?'

……라고 묻는 것처럼.

그게 무슨 말이냐고 반문하려던 순간, 이네딧 부인은 멈칫하였다.

어느새 몇 개월간 은빛 매 기사들이 이 도서관에서 저질렀던 짓들이 그녀의 머릿속을 스쳐 지나갔다. 그리고 그것을 견디지 못한 사서들이 모두 울며 도망쳤다는 사실 역시.

그런 짓을 벌였던 은빛 매 기사들이 과연 새 관장이 마녀라는 사실 하나 때문에 순순히 물러설까?

게다가 자원봉사를 위해 온 기사는 그들의 천적인 하얀 사자 기사단의 부단장이 아닌가. 어쩌면 은빛 매 기사들은 저스틴을 괴롭히기 위해 이제부터 뻔질나게 이 도서관을 드나들지는 않을까?

이네딧 부인은 다시 책에 시선을 고정하고 있는 베시를 가만히 쳐다보았다. 그녀의 얼굴은 무표정하였고, 이네딧 부인은 그녀가 대체 무슨 생각을 하고 있는 것인지 종잡을 수가 없었다.

애초에 평범한 중년 여성인 그녀가 베시 같은 괴팍한 마녀의 생각을 짐작하는 것은 어려운 일이었다.

불안이 가득한 눈으로 베시를 보던 이네딧 부인은 작게 고개를 저었다.

이러니 저러니 해도 이제 이 도서관의 관장은 베시 에일이었다. 그녀는 조금 독특한 사람이어도 나쁜 사람은 아니었다.

아니, 적어도 은빛 매 기사들처럼 질 나쁜 짓을 저지를 사람으로는 보이지 않았다. 그렇기에 이네딧 부인은 베시가 하는 일을 지켜보자는 결론을 내렸다.

"하아. 알겠습니다. 관장님 뜻이 그러시다면 일개 사서인 제가 더 이상 드릴 말씀은 없습니다. 하지만!"

이네딧 부인의 갑작스러운 고함에 책만 보고 있던 베시가 놀라 고개를 들어 올렸다. 이네딧 부인은 꼿꼿하게 허리를 펴고 베시를 엄한 눈빛으로 보고 있었다.

"관장님. 제가 보기에 관장님은 저스틴 경을 '괴롭히려고' 하는 의도가 다분한 일을 시키고 계세요."

"네에? 아니라니까요, 저는 정말—"

"그런 분이 저스틴 경에게 장서 옮기는 일 다음에는 잡초 뽑기 같은 중노동을 시키세요?"

거짓말하면 정말 지옥 간다니까요. 이네딧 부인이 엄한 눈으로 베시를 바라보았다. 베시는 입술을 삐쭉거렸다.

"저스틴 군이 할 수 있다고 했단 말이에요."

"보나 마나 관장님이 먼저 약 올리셨겠죠."

안 봐도 그 모습이 눈에 선하다는 이네딧 부인의 말에 베시는 말문이 막히고 말았다.

"관장님?"

"……적당한 타이밍에 불러들일게요. 그리고 일도 너무 어렵지 않게 시킬게요."

이래서야 누가 상사이고, 부하인지 모르겠다는 생각이 들었다. 물론 이네딧 부인은 베시보다 더 오래 산 연장자이니 그녀의 의견에 귀를 기울일 필요가 있었지만.

"좋아요, 관장님. 현명하신 분이니 알아서 잘하시리라 믿겠습니다. 그리고 주제넘겠지만 한 가지만 더 말씀을 드리겠습니다."

"으아, 또 있어요?"

마치 엄마의 잔소리에 진절머리를 내는 소녀처럼 베시가 얼굴을 팍 찌푸렸다. 하지만 이네딧 부인은 물러서지 않았다.

"제가 어제오늘 사이로 지켜보니 저스틴 경은 비록 서툴긴 하나 최선을 다해 일하고 계시더군요. 관장님이 저스틴 경을 신중하게 판단하려고 하는 건 이해합니다. 하지만 최선을 다하는 저스틴 경의 마음을 짓밟는 처사는 결코 옳지 않은 일입니다."

학교 선생님 같은 이네딧 부인의 말투에 베시는 저도 모르게 양손을 가지런히 무릎 위로 모았다. 그녀가 경청하고 있다는 걸 본 이네딧 부인은 한결 누그러진 어조로 말을 이었다.

"관장님. 저는 언제나 진심에는 진심으로 답해야 한다고 생각해요. 저스틴 경이 최선을 다해서 봉사 활동에 임하고 있으니, 관장님도 그분의 진심을 헤아려 주세요."

"……아니, 딱히 저스틴 군의 진심을 의심하고 뭐 그런 건 아니—"

"그럼 이제 슬슬 진실을 밝혀 주셔야죠. 이 도서관의 진짜 관장이 누구인지를."

역시나. 이미 예상했던 말에 베시는 깊고 짧게 한숨을 내쉬었다.

"관장님도 생각하고 있으신 바가 있겠지만, 어쨌든 사람을 속이는 건 좋지 못한 일이에요. 관장님 마음도 불편하실 거고요."

딱히 마음이 불편하지는 않았지만, 베시는 분위기에 맞추어 고개를 끄덕였다.

"그거 보세요. 그러니까 오늘— 은 관장님도 바쁘실 테니까 내일쯤에는 반드시 저스틴 경을 불러 알려 주세요."

그렇게 말한 이네딧 부인은 "아시겠죠?"라고 확인 사살까지 하였다. 베시가 기계적인 동작으로 고개를 끄덕거리자 이네딧 부인은 만족한 얼굴로 복원실을 빠져나갔다.

부인이 시야에서 사라지자마자 베시는 가지런히 모아 두었던 다리를 쩍 벌리며 고개를 뒤로 젖혔다.

이네딧 부인의 잔소리는 듣기 싫었지만, 그녀의 말이 사실이라는 것 역시 알고 있었다.

싱숭생숭한 기분으로 이네딧 부인의 말을 곱씹어 보던 베시는 자리에서 벌떡 일어서서 복원실을 빠져나왔다.

복도에는 뒤뜰로 향하는 커다란 창문이 있었기에 한창 제초 작업에 열중하고 있는 저스틴의 모습이 한눈에 보였다.

어쩐 일인지 그는 제법 능숙한 손놀림으로 잡초를 뽑아내고 있었다. 심지어 그사이 어디서 찾아낸 건지 장갑이며 호미 같은 도구까지 완벽히 구비해 둔 상태였다.

저 남자, 사실 물건 소환 마법 같은 걸 쓸 줄 아는 건 아니겠지?

그녀는 창틀에 기대어 물끄러미 바라보았다.

저스틴이 한가득 쌓인 잡초더미를 포대 자루에 쑤셔 넣는 모습을 보던 베시의 입가에 어느새 미소가 걸렸다. 역시 싫지는 않단 말이지.

사실 뒤뜰에 무성한 잡초는 사실 베시조차 '마법으로 어떻게 해 버리는 게 낫겠네.'라고 생각하는 수준이었다.

귀족이 아니더라도 대부분은 저 우울하고 지저분한 뒤뜰을 마주한 순간, 얼른 몸을 돌려 버리고 말 것이다. 그래서 이번 일을 시키면 반발이 제법 거세리라 생각했었다.

하지만 저스틴은 군말 없이 작업에 임하고 있었다.

비록 베시의 심술에 지지 않겠다는 오기 때문이라고 하더라도 그 마음가짐과 근성은 정말 훌륭한 것이었다.

창가에 턱을 괸 채, 베시는 저스틴을 한동안 지켜보았다. 손놀림이 얼마나 경쾌한지 지저분하던 정원의 한구석이 순식간에 깨끗해져 있었다.

"……얄미워라."

얼굴 괜찮고, 집안 훌륭하고, 실력도 나쁘지 않은 남자가 이런 소소한 일조차도 잘하다니. 치사해. 그렇게 투덜거리면서 베시는 저도 모르게 슬그머니 미소를 지었다.

자신이 어느새 기분 좋게 웃고 있다는 걸 눈치채지 못한 채, 그녀는 그렇게 한동안 창가를 지켰다.

* * *

"끝! 났네."

신이 난 베시는 발을 동동 구르며 자리에서 벌떡 일어섰다.

그녀의 얼굴에는 말로 표현할 수 없는 기쁨과 개운함이 어우러져 있었다.

어느새 복원실 한구석에는 쓸 수 있는 책과 쓸 수 없는 책이 완벽하게 구분되어 나누어져 있었다.

저스틴이 온종일 옮겨 온 책을 베시는 단 반나절 만에 분류해 버린 것이었다.

이네딧 부인이 보았다면 저스틴보다도 베시가 더 엄청난 괴물이라고 고개를 절레절레 저었을 게 틀림없었다.

제 완벽한 일 처리에 만족한 베시는 기지개를 켜며 가볍게 목 운동을 하였다. 굳어 있던 뼈 마디마디에서 욱신거리는 통증이 느껴졌기에 베시는 입을 열어 투덜거렸다.

"아, 죽겠다. 파나세아(Panacea)한테 연락해서 근육통에 잘 듣는 약 좀 보내 달라고 미리 말 좀 해 놓을까."

크게 혼잣말을 중얼거린 베시는 얼른 주머니에서 수첩과 펜을 꺼내들었다. 파나세아는 세계 최고의 약 제조 솜씨를 지닌 마녀인 동시에 베시의 친구이기도 하였다. 베시는 그녀에게 약을 구걸하는 편지를 짧게 적어 내려갔다.

「안녕, 잘 지내지? 약이 좀 필요하니까 근육통 약 좀 보내줘.」

달랑 한 줄만 적은 편지, 아니 뻔뻔한 메모를 완성한 베시는 그것을 새 모양으로 접으며 복원실을 빠져나가 근처 창가에 섰다.

'오랜만에 접었더니 헷갈리긴 했는데, 이게 맞겠지?'

베시는 제 손안에 있는 종이 새를 곰곰이 살펴보았다. 그것은 얼핏 보기에는 평범해 보이는 종이 새였다. 하지만 마녀가 다른 마녀와 연락을 주고받기 위해 쓰는 특수한 종이접기 기술로 만든 것이었다. 덕분에 종이 새는 편지를 받을 마녀가 어디에 있건 간에 반드시 그 마녀 앞으로 도착하였다.

한동안 그것을 이리저리 살펴본 베시는 제 종이 새가 아주 완벽하다는 것을 깨닫고 씩 웃었다. 그대로 종이 새를 창밖으로 날려 보내려던 베시는 문득, 뒤뜰의 어둠 속에서 무언가가 꿈틀거리며 움직이고 있다는 것을 깨달았다.

뭐야, 여우가 숨어들어 온…… 거라고 보기에는 덩치가 크네. 혹시 붉은 늑대(Scarlet Wolf)는 아니— 응? 잠깐만? 저거 설마 저스틴 하이네?

뒤뜰에 있는 것이 흉포하기로 소문난 붉은 늑대가 아닌가 의심하던 베시는 화들짝 놀랐다.

혹시라도 자신이 잘못 본 게 아닌가 싶어서 눈을 가늘게 뜨고 어둠 속을 한참 노려보던 베시는 뒤뜰에서 움직이는 것이 저스틴이라는 것을 재차 확인하였다.

베시는 당황하여 위를 올려다보았다. 하늘은 이미 칠흑처럼 어두웠다. 작업에 집중하여 베시 역시 알아차리지 못했지만 아무리 보아도 통상적인 퇴근 시간을 훌쩍 넘긴 시간이 분명하였다.

대체 왜 저 남자가 아직도 저기 있는 거지?

창문에 얼굴을 바짝 들이민 베시는 저스틴이 무얼 하고 있는지 유심히 살펴보았다.

변변찮은 조명등 하나 없는 뒤뜰에서 저스틴은 여전히 제초 작업에 몰두하고 있었다. 그것도 매우 진지하고 심각하게.

누가 보면 등 뒤에서 칼을 들이밀고 '당장 이 뜰의 잡초를 모두 뽑지 않으면 죽이겠다!'라고 협박당하고 있는 게 아닐까 싶을 정도였다.

당혹스러움과 어이없음을 느끼며 베시는 그런 저스틴의 모습을 한동안 바라보았다.

어느새 저스틴의 옆에는 그의 허리춤에 닿을 법한 큰 포대가 여러 자루 놓여 있었다.

'설마, 설마…… 지금 반나절 동안 저걸 다 한 거야?'

베시는 입을 쩍 벌렸다.

물론 베시 역시 반나절 동안 몇백 권 이상의 서적 분류 작업을 전부 끝마치기는 하였지만 베시의 경우에는 손에 익은 일을 한 것이었기에 큰 어려움은 없었다.

하지만 저스틴의 경우에는 상황이 달랐다. 공작가의 귀한 막내 도련님이 생전 제초 작업 같은 걸 해 보았을 리가 없었다.

그런데도 그는 단 하루 만에 혼자서 일을 전부 해치운 것이다.

"……하."

베시는 웃음도 감탄사도 아닌 짧은 소리를 흘렸다. 완벽하게 졌다는 생각이 들었다.

자신이 아무리 무리한 요구를 하더라도 저스틴은 눈썹을 한 번 꿈틀거린 후, 아주 완벽하게 모든 일을 끝내 놓을 것만 같았다.

이래서야 괴롭히고 자시고 할 것도 없었다. 애초에 심술은 괴롭히는 맛이 있는 대상에게나 먹히는 것이었다. 이렇게까지 심술부리기 어려운 상대를 만난 건 스물여섯, 그녀의 삶에서 처음 있는 일이었다.

"어쩜 좋아. 저 남자를."

베시는 팔짱을 끼고 창틀에 기대었다. 잘 보이지는 않지만 계속 쉴 새 없이 움직이는 저 남자는 흙투성이일 게 틀림없었다. 그것을 물끄러미 보고 있던 베시는 묘한 기분을 느꼈다.

평소에는 검을 쥐고 있을 저 손이 지금은 잡초나 쥐고 있다니.

베시가 보기에 저스틴 하이네는 기사로서의 자긍심이 높은 남자였다. 그런 남자가 잡초를 뽑는 허드렛일을 하는 게 부끄럽지 않을 리 없었다. 그런데도 저스틴은 아무 말 없이 베시의 지시에 따라 주었다.

다른 상대에게라면 그다지 미안하다는 마음이 들지 않았을 것 같지만, 어째서인지 베시는 저스틴에게 조금 미안해지고 말았다.

"……이제 정말 이쯤에서 그만둘까?"

베시가 중얼거리며 고민에 빠진 사이. 어느새 저스틴은 마지막 잡초를 제거한 뒤, 몸을 일으켰다. 잡초를 담은 포대의 입구를 단단히 묶어 봉한 저스틴은 한 손으로 가볍게 포대를 구석진 곳으로 던져 정리하였다.

일을 전부 끝낸 그는 손을 탈탈 털며 아직 불이 켜져 있는 창가로 향해 고개를 돌렸다.

베시는 저스틴과 눈이 마주치자마자 깜짝 놀라 복원실로 도망치듯 들어와 버렸다. 입구 근처 의자에 털썩 주저앉은 베시는 고개를 갸웃하였다.

어? 내가 왜 지금 피한 거지? 베시는 스스로 제 행동의 의미를 알 수 없어서 고개를 갸웃하였다.

딱히 나쁜 짓을 한 적도 없고, 아니 나쁜 짓을 했다고 한들 베시는 남 앞에서 당황하거나 크게 동요해 본 적이 없었다.

그런데 지금 이 순간, 저스틴을 몰래 보고 있었다는 사실이 그녀를 매우 허둥지둥하게 만들었다.

그 이유를 알 수 없었던 베시는 허공을 바라보며 천천히 눈을 깜박였다.

왜일까. 대체 왜 이런 기분을 느낀 거지? 아니, 애초에 이 기분은 뭐지?

그녀가 혼란을 느끼며 머리를 감싸 쥐고 있는 사이, 정중하게 문을 두들기는 소리가 들려왔다.

"베시. 납니다. 들어가겠습니다."

허락이 떨어지기도 전에 저스틴은 아무 망설임 없이 벌컥 문을 열어 버렸다.

덕분에 의자 위에서 혼자 난리를 치고 있던 베시는 허둥지둥 자세를 바로잡았다.

"실례—."

예의상 실례한다는 말을 한마디쯤 하려던 저스틴은 복원실 안의 모습을 보고 깜짝 놀란 얼굴로 말을 멈추었다.

이런 쪽으로는 문외한인 그가 보기에도 이곳에 있는 책이 완벽하게 분류된 상태라는 걸 알 수 있었다.

"당신, 설마 이 시간까지 이걸 정리한 겁니까?"

믿을 수 없다는 얼굴로 묻는 저스틴을 향해 베시는 아무렇지 않은 얼굴로 고개를 끄덕였다.

"네. 방금 전에 다 끝냈어요."

그 대답에 저스틴은 매우 의심스럽다는 얼굴로 베시를 바라보았다.

이 여자는 정말 위기감이라는 게 없나?

조금 전 베시의 모습을, 아니 정확히는 베시처럼 보이는 그림자를 보았을 때 저스틴은 앞뒤 생각할 겨를 없이 이곳으로 달려왔다.

벌써 깊은 밤이었다.

아무리 성내라고 하더라도 여성이 혼자 있기에는 적합하지 않은 시간대였다. 게다가 도서관 바로 옆에는 은빛 매 기사단의 훈련장이 있었다.

저스틴은 다른 건 몰라도 은빛 매 기사들이 이 도서관에 있던 사서들에게 저질렀던 만행은 익히 알고 있었다. 특히나 여자 사서들에게 그들이 어떤 짓을 벌였는지를.

그랬기에 저스틴은 달려왔던 것이었다.

베시가 혼자 있을지도 모르는 이곳으로, 그녀의 그림자를 쫓아.

그렇게 걱정스러운 마음을 안고 달려와 보니 베시는 태평한 얼굴을 하고 앉아있었다. 마치 무엇이 문제인지 전혀 모르겠다는 표정이었다.

저스틴은 저도 모르게 미간을 찌푸렸다. 대체 이 여자는 왜 이렇게까지 위험한 걸까. 도저히 신경을 안 쓸래야 안 쓸 수 없지 않은가.

"그럼 지금까지 여기 혼자 있었던 겁니까?"

저스틴의 물음에 베시가 어깨를 흠칫 굳혔다. 본능적으로 이 대화는 피해야 한다는 생각이 들었다. 순순히 그렇다고 답하면 이네딧 부인의 잔소리 폭탄에 버금가는 정신 공격이 저를 기다리고 있을 것만 같았으니까.

"아아! 그나저나 저스틴 군은 여긴 웬일이에요?"

다소 억지스럽다고 생각하면서도 베시는 얼른 말을 돌렸다.

"퇴근 시간은 분명 내가 제대로 알려 주었잖아요. 7시가 되면 바로 가도 된다고. 설마 하니, 기사님께서 회중시계 하나 없어서 시간을 모른 건 아니죠?"

딱히 저스틴의 화를 북돋으려는 것은 아니었다. 하지만 어째서인지 입 밖으로 나오는 말은 스스로 생각해도 베베 꼬인 말이었다.

아차, 한 베시는 살짝 저스틴의 눈치를 살폈다. 어쩌면 이번에야말로 저스틴이 화를 낼지도 모른다는 생각을 하며.

하지만 저스틴은 화를 내지 않았다. 오히려 평소보다 더 차분하고, 조용한 어조로 말했다.

"압니다. 제 퇴근 시간이 7시인 거, 그리고 지금이 7시가 지났다는 것도. 하지만 내가 스스로 선택하여 이 시간까지 이곳에 있었던 것이니 신경 쓰지 마십시오. 이 문제로 제가 당신이나 관장님에게 폐를 끼칠 일은 없으니까. 그것보다 내 질문에 답해 주십시오."

차라리 화를 내거나 대놓고 빈정거린다면 그걸 트집 잡아 말을 돌릴 수라도 있겠지만, 이성적으로 대화를 하려는 상대에게는 그럴 수조차 없었다.

베시는 괜스레 머쓱한 기분으로 대답하였다.

"……네, 혼자서 여기서 일하고 있었어요. 방금 전에 일 다 마쳤고요."

"제정신입니까."

베시가 얌전히 대답을 하기가 무섭게 저스틴의 입에서 곱지 않은 말이 튀어나왔다.

'이것 봐! 내가 이 남자 이렇게 나올 줄 알았어!'

베시는 발끈하였다.

"잠깐만요, 대체 왜—"

"이 바로 옆에 뭐가 있는지 알고는 있는 겁니까? 그리고 지금이 몇 시인지 당신이야말로 알고 있는 겁니까?"

저스틴은 복원실 한구석에 놓여 있는 낡은 탁상시계를 가리켰다. 시계의 시침은 어느새 9라는 숫자를 가리키고 있었다.

"음, 꽤 늦긴 했네요. 오늘 저녁은 어쩌지."

시계를 확인한 베시가 심각하게 중얼거린 말에 저스틴은 기가 막혔다.

그녀가 얼마나 무신경한지 알려 주기 위해 시간을 확인해 보라 했건만, 정작 그녀의 입에서 나온 건 태평한 저녁 걱정이었다.

"그깟 저녁이 문제입니까. 한 끼 정도 굶어도 안 죽습니다."

"무슨 소리예요! 난 아무리 일이 바빠도 끼니는 절대 안 굶어요!"

마치 정말 큰일이라도 생긴 것처럼 베시는 버럭 소리를 질렀다.

"사람은 말이죠. 하루에 세끼는 거르지 말고 꼭 먹어야 해요. 일이 바쁘다? 시간이 없다? 그래도 일단 먹어야 해요. 배가 불러야 마음이 너그러워지고 생각에 여유가 생기는 거라고요. 일을 할 때도 칼로리를 얼마나 많이 소비하는데요? 그 손실된 칼로리를 다시 얻으려면 밥은 거르—"

"알았습니다. 당신이 얼마나 먹는 걸 중요하게 생각하는지 알겠습니다."

조용히 삼시 세끼 찬양론을 듣던 저스틴은 서둘러 그녀의 말을 막았다. 이대로 두었다가는 아예 끝없는 연설까지 벌일 것 같았다.

물론 저스틴 역시 직업 특성상 식사의 중요성에 대해서는 매우 공감하였지만, 지금 중요한 문제는 그것이 아니었다.

"그놈의 식사에 대한 이야기는 나중에 합시다. 지금 내가 하고 싶은 말은 그게 아니니까."

이런 특이한 여자는 살다 살다 처음 본다 생각하며 저스틴은 가볍게 미간 사이를 문질렀다.

덕분에 그의 손에 묻어 있던 흙이며 먼지가 얼굴에 묻었지만, 저스틴은 물론 베시조차 그것을 눈치채지 못했다.

"……그럼 뭔데요. 난 저스틴 군이 왜 화를 내는지 모르겠어요."

"화낸 적 없습니다."

"거짓말. 지금 말투 완전 화난 것 같거든요?"

"내 말투는 원래 이렇습니다. 그러는 베시야말로 왜 이렇게 사사건건 시비입니까."

"사사건건 시비? 저스틴 군이야말로 왜 이렇게 까칠해요? 혹시 점심 굶었어요?"

베시는 고개를 갸웃하였다. 그 말에 저스틴은 어이없다는 듯, 한동안 침묵한 뒤 입을 열었다.

"……내가 지금 굶어서 당신한테 괜한 화풀이를 하는 거라고 생각하는 겁니까?"

"아니, 뭐 꼭 그렇다기보다도—"

"나는 지금 화가 난 게 아니라 어이가 없는 겁니다. 이 늦은 시간까지, 바로 옆에는 시정잡배나 다름없는 짓을 벌이는 어떤 무리가 있는 곳에, 혼자 있었던 바보 같은 당신의 행동에 말입니다. 대체 여자가 얼마나 생각이 없으면 그렇게 경솔한 겁니까."

저스틴의 입에서 술술 나온 말에 얼굴을 찌푸리려던 베시는 잠시 멈칫하였다.

얼핏 들으면 그냥 베시에게 싫은 소리를 하는 것처럼 들렸지만, 곰곰이 생각해 보니 결국 그 잔소리는 '걱정'에서 비롯된 것이었다. 그것을 깨닫고 나니, 묘한 기분이 들었다.

"저기, 저스틴 군."

"뭡니까."

"내가 늦게까지 혼자 여기 있었던 게 신경이 쓰인다는 건…… 날 걱정했다는 건가요?"

베시가 조심스레 꺼낸 말에 저스틴은 움찔하였다. 하지만 그의 얼굴 어디에서도 동요의 기색은 보이지 않았다.

"걱정 아닙니다. 그냥 당신의 그 경솔한—"

"아, 알았어요! 알았어, 그래요. 걱정 아니라고 해요."

이대로 두었다간 대화가 계속 원점을 맴돌 뿐이라고 생각한 베시는 얼른 저스틴의 말을 끊었다.

자신은 고집으로 남에게 져 본 적이 없건만, 눈앞의 이 기사님 역시 고집이 만만치 않다는 걸 이미 알고 있었으니까.

"딱히 일부러 늦게까지 남은 건 아니에요. 오늘까지 여기 있는 책 정리를 끝내야지 생각하고 일하다 보니까 이 시간이 된 거죠."

아무리 이네딧 부인이라는 보조 인력이 있다 해도 그녀에게 힘든 작업을 시키거나 야근을 강요할 순 없었다. 베시는 애초부터 인력이 보충될 때까지는, 이런 일은 자신이 전부 도맡을 생각이었다. 이러니저러니 해도 이 도서관의 관장은 베시였으니까.

하지만 저스틴은 그 말에 얼굴을 찌푸리며 입을 열었다.

"아무리 일에 열중을 했어도 시간 정도는 제대로 확인해야 하지 않습니까. 애초에 관장님이 정시 퇴근을 하셨는데, 당신이 아직까지 도서관에 남아 있다는 건 이상하지 않습니까."

으아, 맞다. 이 남자 이네딧 부인이 관장이라고 알고 있는 상태였지. 베시는 순간적으로 당황하고 말았다.

"혹시 관장님이 하신 명령입니까? 오늘까지 여기 있는 일을 전부 끝내라고 그녀가 그랬습니까?"

그렇게 묻는 저스틴의 기세가 묘하게 흉흉하였다. 베시가 고개를 끄덕이기라도 하면 당장 이네딧 부인의 집에 쳐들어가서 거칠게 항의를 할 것처럼. 베시는 얼른 고개를 붕붕 저었다.

"아뇨! 부인은 절대 저에게 그런 말 안 하세요."

베시는 선량한 이네딧 부인이 악독 관장으로 오해받을까 봐 얼른 덧붙였다.

"아, 아까 저스틴 군이 그랬잖아요. 스스로 선택해서 이 시간까지 일한 거라고. 나도 마찬가지예요."

"나는 괜찮지만, 당신은 그러면 안 되지 않습니까."

아니, 대체 왜? 일반적으로 생각해 보면 자원봉사자가 지정 시간을 넘어서까지 일하는 쪽이 더 문제가 아니던가.

아무리 저스틴이 자신을 관장이 아닌 일개 사서로 알고 있다고 하더라도. 어쨌거나 도서관의 정식 사서가 추가 근무를 하는 것에는 아무 문제가 없었다.

베시가 도저히 이해 못 하겠다는 얼굴로 고개를 갸웃하자 저스틴이 말했다.

"설마 정말 내 말을 이해 못 하는 겁니까? 늦은 시간에 여성 홀로 귀가하는 건 위험합니다. 이런 간단한 것까지 설명해 줘야 합니까?"

"……저기, 저스틴 군. 결국 나 걱정된다는 말이죠, 그거?"

"아닙니다. 누가 당신 걱정을 한다는 겁니까."

베시의 지적에 저스틴은 미간을 팍 찌푸렸다. 무언가를 말하려던 베시는 그 순간, 저스틴의 얼굴에 잔뜩 묻어 있는 흙덩이를 발견하였다.

"애초에 아무리 이 수도의 치안이 나쁘지 않은 편이라고 해도, 늦은 시간에는 되도록 바깥출입을 삼가는 것이…… 내 말을 듣고 있는 겁니까, 베시?"

사춘기 소녀를 엄하게 꾸짖는 아버지처럼 잔소리를 하던 저스틴은 베시가 입꼬리를 실룩거리며 웃음을 참고 있다는 걸 알고, 얼굴을 찌푸렸다.

"아, 응. 드, 듣고 있어요."

계속 말하라며 고개를 끄덕이면서도 베시는 입술을 꾹 깨물고 있었다.

그녀의 반응에서 무언가를 감지한 저스틴은 미간에 주름을 잡은 채 물었다.

"내 얼굴에 뭐가 묻었습니까?"

"으음, 그게…… 푸, 아하하하!"

아니라고 말하며 장난을 치려던 베시는 결국 크게 웃음을 터트리고 말았다.

이 남자는 일할 때마다 얼굴에 뭘 묻히는 취미라도 있는 걸까.

분명 낮에도 그가 얼굴에 먼지며 그을음을 잔뜩 묻히고 있었다는 사실이 떠올랐다.

심지어 지금 흙먼지가 묻어 있는 곳은 아까 낮에 더러움이 묻어 있던 곳과 거의 비슷한 위치였다.

"베시, 왜 그러는 겁니까, 대체?"

저스틴이 미간을 찌푸릴 때마다 얼굴에 묻은 흙이 덩달아 실룩거리며 움직였다.

도저히 못 참겠다며 베시가 깔깔거리고 웃자, 저스틴은 조금 속으로 놀라고 말았다.

'이렇게 소리 내서 웃을 줄도 아는 여자였나.'

이제까지 저스틴이 본 베시의 웃는 얼굴은 어딘지 모르게 심술 맞은 마귀할멈 같은 혹은 못된 계략을 꾸미는 악당 같은 모습뿐이었다.

하지만 지금의 베시는 마치 천진난만한 10대 소녀처럼 보였다. 그 웃는 모습을 물끄러미 보고 있자니, 화를 내고 싶은 마음조차 들지 않았다.

다른 때 같으면 자신을 보고 웃는 상대에게 철저하게 응징을 가했을 텐데도.

"어디에 묻었습니까."

베시는 여전히 키득거리면서 이마를 가리켰다. 저스틴은 무심하게 손등으로 이마를 문질렀다.

그러자 오히려 손등에 있는 새로운 흙이 이마에 묻고 말았다.

그것을 본 베시는 또 한 번 웃음을 터트렸다. 무표정한 얼굴로 빈정거리길 좋아하는 기사가 이렇게 망가지는 모습을 보니 유쾌하기 짝이 없었다.

"……아직도 안 닦였습니까."

저스틴이 약간 짜증스럽게 묻자 베시는 여전히 웃음이 가득한 얼굴로 주머니 안에서 손수건을 꺼내 들었다.

"저스틴 군 손, 지금 엄청 지저분한가 봐요. 오히려 더 묻었어요."

그것을 들고 그대로 저스틴에게 다가가던 베시는 멈칫하였다.

아까 낮에 있었던 일이 다시 떠오른 탓이었다. 그때도 분명 저스틴은 다가간 자신에게 면박을 주지 않았던가.

조금 시무룩해진 베시는 들고 있던 손수건을 다시 주머니 안에 집어넣으려고 하였다.

경계심이 부족하다느니 뭐라느니 그런 잔소리를 더는 듣고 싶지 않았다.

하지만 그녀가 손수건을 다시 주머니에 넣기 전에, 손에서 손수건을 휙 사라져 버렸다.

당황하여 보니 어느새 저스틴이 베시의 손수건을 가져가 멋대로 얼굴을 닦고 있었다.

"저스틴—"

"손수건은 감사히 빌려 쓰겠습니다."

"내가 언제 빌려준다고 했어요?"

"지금 수건을 나에게 내밀었잖습니까. 아, 다 닦였는지 좀 봐주시죠."

기가 막혀하는 베시를 향해 저스틴은 얼굴을 들이밀었다. 갑작스럽게 가까워진 거리에 베시는 당황하여 무심코 뒤로 물러설 뻔하였다.

참 이상한 남자였다. 자신이 다가섰을 때는 빈정거린 주제에 자신은 아무렇지 않게 이렇게 가까이 다가오다니. 도저히 이 남자와의 거리를 종잡을 수가 없었다.

"아직 남아 있습니까?"

베시가 아무 대답이 없자 저스틴이 재촉하듯 다시 한 번 물어왔다. 퍼뜩 정신을 차린 베시는 저스틴의 왼쪽 관자놀이에 아직도 흙이 묻어 있다는 것을 깨달았다.

"조금 남아 있네요. 이쪽으로, 아니, 거기 말고요. 아, 그거보다 조금 더 위— 아니, 너무 위잖아요. 아, 진짜!"

자신이 말하는 장소를 요리조리 비켜나가자 짜증이 난 베시는 결국 저스틴의 손을 덥석 잡은 채로 왼쪽 관자놀이를 가리켰다.

"여기예요. 이쪽으로—"

잘 닦아 보라고 말을 하려던 베시는 멈칫하였다. 자신이 무의식중에 저스틴의 손을 잡고 있다는 사실을 깨달았기 때문이었다.

머쓱해진 그녀는 얼른 저스틴의 손을 놓아 버렸다. 아무래도 이번에는 저스틴에게 싫은 소리를 제대로 한마디 듣게 될 것 같았다.

그러나 저스틴은 아무 말 없이 베시가 가리킨 곳을 수건으로 쓱쓱 닦았다.

"다 닦였습니까?"

"아, 네."

내심 저스틴의 잔소리를 각오하고 있던 베시는 예상외의 상황에 당황하면서도 고개를 끄덕였다.

"감사합니다. 이 수건은 더러워졌으니 새 걸로 사서 돌려드리죠."

"아니, 꼭 굳이 그럴 필요는 없는데."

베시는 저스틴의 손에 들린 손수건을 힐끔거렸다. 그것은 아카데미에서 가사 수업을 받을 때 베시가 서툰 솜씨로 만든 것이었다. 손재주가 썩 좋지 않은 그녀가 만든 손수건은 상당히 투박하였기에 정중한 보답을 받을 만한 물건은 아니었다.

"신경 쓰지 않아도 괜찮아요. 그거 어차피 내가 만든 거라 그렇게 좋은 것도 아니고."

"당신이 만든 것이었습니까. 어쩐지 모양새가 영 엉성하다 싶었는데."

왜 이 남자는 꼭 이렇게 불필요한 한마디를 덧붙일까.

베시는 조금 눈을 가늘게 뜨고 저스틴을 흘겨보았다. 베시가 그러거나 말거나 저스틴은 손수건을 정중하게 챙겼다. 그리고 시계를 힐끔 본 후, 입을 열었다.

"베시. 이제 당신 일은 다 끝난 겁니까?"

갑작스러운 저스틴의 질문에 베시는 의아해하면서도 고개를 끄덕였다.

"그럼 갑시다. 집 근처까지 바래다주겠습니다."

"네? 아뇨, 그럴 필요는 전혀 없는데! 그냥 혼자 갈 수 있어요."

생각하지도 않은 저스틴의 친절에 베시는 격렬하게 거부반응을 보였다. 베시가 자신의 제안을 거절할 거라고는 생각 못했던 저스틴은 얼굴을 찌푸렸다.

"아까 내가 했던 말 기억 안 납니까. 난 분명 말했습니다. 이 늦은 시간에 여성 홀로 다니는 건 위험하다고. 내가 당신을 위험하게 둘 것 같습니까?"

저스틴이 무심한 얼굴로 덧붙인 마지막 말에 베시는 눈을 천천히 깜빡였다.

만일 다른 상황에서 이런 말을 들었다면 상당히 낭만적으로 느껴지는 말이었으리라. 하지만 저스틴의 그 말이 딱히 달콤한 뉘앙스를 품고 있진 않았다.

"……나를 딱히 좋아하지 않으시는 것 같은데, 친절하네요, 저스틴 군은."

"기사라면 약자와 주군을 보호하는 것이 당연한 겁니다."

아, 그런 건가. 베시는 잠시 생각에 잠겼다.

생각해 보면 저스틴은 처음 만났을 때도 생면부지의 평민 소녀를 돕기 위해 기꺼이 귀족 무리와 언쟁을 벌였던 남자였다.

물론 그 후에는 그 평민 소녀에게도 무허가 판매를 지적하며 겁을 주는 차가움을 보였지만.

"당신에게는 나는 보호해야 할 약자인가요?"

이상한 기분이 들었다.

베시는 10살 때 이후로 단 한 번도 누군가에게 '보호받아야 할 대상'이 된 적이 없었다.

그녀는 이명을 가진 위대한 마녀였으며 이디아니움이 자랑하는 최고의 학자 중 하나였다. 그뿐만이 아니라 각 나라에 힘 있는 친구가 여럿이 있었고, 어려울 때는 힘이 되어 줄 마녀들 역시 많이 알았다.

베시는 누군가를 지킬 수 있는 동시에, 자신을 지킬 수 있는 여자였다. 당연히 아카데미에서도 아무도 베시를 보호받아야 할 대상으로 여기질 않았고, 검술 실력이 뛰어난 남자 학우들조차도 때로는 그녀를 자신보다 강한 존재로 대하였다.

그런 그녀에게 지금과 같은 저스틴의 말은 아주 낯선 것이었다.

"그렇습니다. 나보다 약하면 모두 약자죠."

저스틴의 대답에 베시는 눈을 휘둥그레 떴다. 이번에도 자신이 예상한 것과는 전혀 다른 대답이 돌아왔다.

그녀가 생각한 대답은 고작해야 '당신은 여자답지 않아도 어쨌든 성별은 여자이지 않습니까' 같은 대답이었다.

"……저스틴 군, 내가 알기론 당신이 이 제국에서 제일 강한 기사라던데. 그런 논리면 이 나라에 있는 사람은 다 약자 아닌가요."

"아닙니다. 나보다 신분이 높거나 적어도 비슷한 수준이라면 약자라고는 할 수 없겠죠."

아하, 그런 의미였구나. 베시는 그제야 알 수 있었다.

저스틴이 말한 약자는 단지 그보다 힘이 약하다거나 검술 실력이 부족한 사람을 말하는 게 아니었다.

"혹시라도 귀가 도중 운이 나빠 전에 은빛 매 기사들과 마주하게 된다면 당신은 큰 곤란을 겪을 겁니다."

베시는 저스틴과 처음 만났던 때를 떠올렸다. 보통 다른 귀족이라면 모른 체 넘어갔을 그 장소에 저스틴은 난입하였다.

당시에는 그저 곤란에 처한 평민 소녀를 위해 그랬다고 생각했다. 하지만 지금 저스틴이 한 말을 통해 베시는 깨달았다.

그가 도우려던 대상에는 '베시'도 포함되어 있다는 것을.

어떤 부당한 대우를 받았을 때 정당하게 항의할 수 없는 사람, 위험한 일을 당했을 때 자신을 제대로 방어할 수 없는 사람.

그 모든 사람이 저스틴에게는 보호해야 할 대상, 약자인 것이리라.

"……."

역시 저스틴 하이네는 이상한 남자다.

그녀는 이제까지 한 번도 이런 귀족을, 기사를 본 적이 없었다.

마녀의 마법을 이용하기 위해 하얀 달밤을 찾아왔던 귀족이나 왕족은 모두 탐욕스러웠으며 아카데미에서 보았던 귀족이나 기사 지망생들은 대부분 오만함과 거만함으로 뭉친 무례한 자들이었다.

그런 자들을 수도 없이 보았던 베시는 자신이 은연중에 귀족에게 편견을 갖고 있었다는 걸 인정할 수밖에 없었다.

세상에는 그런 자들이 아니라 저스틴 하이네 같은 이런 괴상한 기사도 있다는 사실을.

"당신의 규칙은 아주 복잡하네요."

베시가 감탄처럼 내뱉은 말에 저스틴은 담담하게 답했다.

"복잡하지 않습니다. 무엇보다 내가 제대로 기억하고, 내가 지키고 있으니 상관없습니다."

그의 대답에서는 곧은 신념이 느껴졌다. 동시에 자신에 대한 믿음도.

베시는 저스틴을 여러 감정이 어린 눈으로 바라보았다. 당신 같은 기사가 많다면 내 어린 시절도 꽤 괜찮았을 텐데. 하지만 베시는 고개를 절레절레 저었다. 이미 지난 일이었다.

저스틴은 베시의 표정이 조금 어두워졌다는 것을 눈치채지 못한 채, 복원실을 휘이 한 번 둘러보았다.

"확인 차원에서 한 번 더 묻겠습니다. 오늘 일은 이제 다 끝난 겁니까?"

더는 저스틴의 호의를 거부할 마음이 들지 않았기에 베시는 순순히 고개를 끄덕였다.

"그럼 이제 쓸데없는 대화는 집어치우고, 슬슬 출발하죠. 이곳에서 밤을 샐 게 아니라면 말입니다."

저스틴은 어느새 시침이 10에 가까워지고 있는 시계를 가리켰다. 자신이 생각한 것보다 훨씬 더 시간이 지났다는 걸 깨달은 베시는 허둥지둥하였다. 이 시간에 영업하는 식당이 있으려나?

"당신 코트를 휴게실에 뒀으니까 챙겨서 미리 나가 있어요. 난 문단속하고 바로 나갈게요."

저스틴은 베시의 말에 "그러죠."라며 고개를 끄덕였다.

"굼벵이처럼 꾸물거리지 말고 빨리 나오십시오. 전 기다리는 건 질색이니까."

말을 마친 저스틴은 복원실을 빠져나갔다. 그 뒷모습을 못마

땅하게 보던 베시는 곧 피식 웃어 버리고 말았다.

역시 저 이상한 기사가 얄미운 남자인 건 분명하다고 생각하며.

* * *

친하지도 않은 상대와 단둘이서 걷는 밤길만큼 어색한 게 세상에 또 있을까.

베시는 코트 주머니에 손을 쑤셔 넣은 채, 발에 닿는 작은 돌멩이를 툭툭 걷어찼다.

도서관을 나선 이후 베시는 단 한 마디도 하지 않았고, 저스틴 역시 입을 꾹 다물고 있었다.

두 사람 사이의 어색한 침묵이 깨진 것은 저스틴이 걸음을 멈춘 순간이었다.

"베시, 당신 집은 어느 방향입니까?"

"아, 저쪽 길에서 쭉 가면 나오는 미렌피아 거리에 있어요."

현재 베시가 살고 있는 집은 크리스가 마련해 준 공저(公邸)가 아니었다. 크리스가 마련해 준 공저는 고위 공무원들의 주거지구에 있었기에 베시는 그곳에 사는 걸 극구 사양하였다.

대신 중산층의 평민들이나 유학생들이 주로 거주하는 주거지역에 있는 작은 주택을 하나 얻었다. 작은 주택이라고 하더라도 베시가 혼자 살기에는 충분한 크기의 집이었다.

"미렌피아, 라."

저스틴이 잠시 무언가를 생각하는 것처럼 턱을 만지작거리자 베시는 얼른 입을 열었다.

"저스틴 군은 저쪽으로 가야 하죠? 이제 멀지 않으니까 나 혼자 가도 괜찮아요."

베시는 귀족 거주 지구로 나 있는 갈림길을 힐끔 보았다. 저스틴과 헤어지면 그녀는 밤늦게까지 영업하는 식당을 찾아 가볍게 주변을 한 번 돌아볼 생각이었다.

"바로 집에 들어갈 겁니까?"

"아, 그건 아니고 잠깐 문을 연 식당을 찾아 볼 거예요."

베시는 얼떨결에 순순히 대답하였다. 그러자 저스틴이 얼굴을 팍 찌푸렸다. 그제야 자신이 너무 정직하게 말했다는 걸 깨달은 베시는 헉, 하며 입을 손으로 가렸다. 그래도 저스틴의 따가운 눈총을 피할 수는 없었다.

"그렇게 식사가 하고 싶으면 집에 바로 들어가면 되지 않습니까."

"차려 먹기 귀찮단 말이에요."

베시는 한숨을 푹 내쉬었다. 그동안 줄곧 아카데미 기숙사에서 생활했기에, 그녀는 혼자 사는 게 이렇게까지 귀찮을 줄은 미처 몰랐다.

물론 기숙사에서 청소나 빨래 정도는 스스로 했지만, 적어도 그곳에서는 지금처럼 혼자 집을 관리하거나 식사를 준비할 필요는 없었다.

곧 가정부라도 하나 고용해야 하는 게 아닐까. 하지만 혼자 사는 집에 무슨 가정부씩이나? 차라리 진짜 공무원 관저로 이사할까. 거기는 전용 고용인도 있는 것 같던데.

귀찮음에 진 베시는 심각하게 고민하기 시작하였다. 그러자 그녀의 그 얼굴을 '무슨 일이 있어도 밖에서 저녁을 먹고 가겠어!'라고 오해한 저스틴은 눈썹을 꿈틀거렸다.

"……알겠습니다, 그럼 갑시다."

"응? 어디요?"

"당신이 그랬잖습니까. 식당에 갈 거라고. 갑시다. 저녁 먹으러."

"……저스틴 군, 나랑 같이 저녁 먹을 생각이에요?"

마치 세상에서 두 번째로 싫어하는 말을 들은 사람처럼 베시가 얼굴을 찌푸렸다.

"네, 갈 겁니다. 그렇지 않으면 당신 혼자 미친 사람처럼 밤거리를 헤맬 것 같으니까."

"미친 사람?!"

어쩜 표현을 해도 저렇게 안 예쁜 표현만 골라할 수 있지?

사람의 신경을 벅벅 긁다 못 해 불태우는 저스틴의 단어 선택 능력에 베시는 또다시 분개하였다. 저스틴은 베시가 자신을 노려보거나 말거나 고개를 까닥하였다.

"따라오시죠. 미렌피아 거리 쪽에 아는 식당이 하나 있습니다."

그렇게 말한 저스틴은 앞장서서 성큼성큼 걸어 나가기 시작하였다.

귀족 도련님이 평민 거주 지구에 아는 식당이 있다고? 베시는 어리둥절한 얼굴로 저스틴의 뒷모습을 바라보았다.

"빨리 안 오고 뭐합니까?"

어느새 저만치 앞서간 저스틴이 빨리 오라며 성화였다. 그의 재촉을 받은 베시는 저도 모르게 간다고 대답하며 그의 뒤를 따랐다.

* * *

베시와 저스틴이 저녁 식사를 하기 위해 향한 곳은 베시의 집에서 그리 멀지 않은 곳에 있는 작은 가게였다.

저스틴의 추천과 보증이 붙어 있는 곳인 만큼 음식의 맛은 썩 나쁘지 않았다. 다만 테이블이 몇 개 없고, 가게 위치가 비교적 외진 곳에 있어서인지 손님은 그렇게 많지 않았다. 게다가 간판조차 제대로 걸려 있지 않은 가게라 아는 사람이 아니라면 일부러 찾아올 리 없을 것 같았다.

그래도 베시는 그 조용한 분위기며 괜찮은 음식 맛이 꽤 마음에 들었다.

"여기는 어떻게 알았어요?"

수프를 후르륵 마셔 버린 후, 베시가 물었다.

아무리 생각해도 이곳은 귀족이 찾을 만한 그런 식당은 아니었다. 베시가 세라를 만났던 '줄리아의 애플파이' 같은 가게는 디저트 가게이기에 간혹 귀족이 찾는 경우가 있지만, 식당은 경우가 달랐다. 귀족들은 검증된 레스토랑이 아니면 절대 찾질 않았다.

그러니 저스틴이 이곳으로 자신을 데려온 것이 꽤 신기하게 느껴졌다.

"……전에는 이 근처에 살던 친구와 자주 왔습니다."

저스틴의 조용한 대답에서는 쓸쓸한 기색이 느껴졌다. 전에는? 베시는 직감적으로 저스틴이 이 화제를 달가워하지 않는다는 걸 깨닫고 얼른 말을 돌렸다.

"그렇구나. 그나저나 이 양 꼬치구이, 꽤 맛있네요."

베시는 자신이 집어 든 꼬치에 꽂힌 고기를 크게 베어 물었다.

입을 우물우물하며 베시는 꼬치를 휙 접시 위에 내던졌다. 조금 전까지 있던 커다란 고깃덩이는 이미 그녀의 입안에 있었다.

저스틴은 주스를 마시며 그런 베시를 물끄러미 쳐다보았다. 그 시선을 눈치챈 베시는 제 얼굴에 뭐라도 묻은 건가 싶어 입 주변을 손등으로 쓱 닦았다. 숙녀가 취할 행동은 아니긴 했지만, 베시는 전혀 신경 쓰지 않았다.

저스틴은 벌써 두 접시째 신나게 꼬치구이를 해치우는 베시를 약간 경이로운 시선으로 바라보았다. 저게 대체 어디로 다 들어가는 걸까.

저스틴의 눈에 비치는 베시는 다른 여성과 크게 다르지 않은 체구였다. 아니, 소매 아래로 드러난 가녀린 손목을 보면 오히려 다른 여성보다 조금 더 마른 편에 속하는 것 같았다.

그런 베시가 아직 한창 성장기인 어린 기사들처럼 신나게 음식을 먹어치우는 모습은 꽤 신기하였다.

"……왜 그렇게 남 먹는 모습을 유심히 봐요? 먹는 사람 불편하게."

"그렇습니까? 그런 것치고는 굉장히 잘 먹는 것 같은데."

저스틴은 베시가 혼자 비운 접시를 가리켜 보였다. 저스틴이 조용히 주스만 들이켜고 있는 모습을 봤던 베시는 약간 머쓱해졌다.

"뭐예요. 지금 나 많이 먹는다고 뭐라고 하는 거예요?"

"아뇨. 그렇지 않습니다. 오히려 잘 먹어서 보기 좋다고 생각하던 중입니다."

"어, 아, 네?"

생각지도 못한 저스틴의 말에 베시는 눈을 휘둥그레 떴다.

이 남자, 지금 빈정거린 게 아니라 진심으로 저 말을 한 것 같은데?

"저번에도 생각했지만 당신은 음식을 무척 행복한 얼굴로 먹는군요. 좋은 일이라고 생각합니다."

'저번? 대체 언제를 말하는 거지?'

한동안 고민하던 베시는 저스틴이 말한 '저번'이 줄리아의 애플파이에서 만났던 때를 뜻한다는 걸 깨달았다. 그러고 보니 그때도 분명 저스틴은 베시의 먹는 모습을 물끄러미 보고 있었다. 마치 지금처럼.

저스틴이 나쁜 듯 없이 한 말이라는 걸 안 베시의 표정이 한결 부드러워졌다.

"그런가? 보통 다들 맛있는 걸 먹을 때는 행복한 얼굴을 하지 않나요? 난 기숙사 식당에서도 내가 좋아하는 메뉴가 나오는 날에는 신이 나서—"

무심코 이디아니움 아카데미 시절을 이야기하려던 베시는 멈칫하였다.

저스틴은 갑자기 말을 멈춘 베시를 의아하다는 얼굴로 보았다. 자신의 행동이 수상해 보이리라 깨달은 베시는 서둘러 말을 맺었다.

"엄청 많이 먹었거든요. 아하하."

"그렇습니까. 저는 딱히 그렇게까지 좋아하는 음식은 없어서 당신의 그런 생각이 신기하군요."

아, 다행이다. 기숙사라는 말에는 별 신경을 안 쓰네. 안심한 베시는 살짝 마른 목을 축이기 위해 물컵을 쥐었다.

하지만 베시가 물을 입에 한 모금 먹는 순간, 저스틴이 입을 열었다.

"기숙사 식당이라고 하는 걸 보면, 전에는 기숙사 생활이라도 했던 겁니까."

컵 너머로 보이는 저스틴의 청록색 눈이 예리하게 빛나고 있다는 걸 깨달은 베시는 속으로 마른침을 삼켰다. 하지만 그녀는 곧 일반 학교에도 기숙사가 있는 학교는 제법 있다는 걸 떠올렸다.

"아, 네. 여기 오기 전에는 학교에 있는 직원 기숙사에서 생활했거든요. 그 학교에서는 사서로 근무했고요."

"어디에 있는 어떤 학교였습니까?"

단순한 호기심인지, 아니면 무언가 다른 의도를 품고 있는 것인지는 몰라도 저스틴의 목소리가 꽤나 예리하였다.

베시는 머릿속에서 생각나는 대로 학교 이름과 위치를 대충 지어내서 대답하였다. 어차피 외국에 있는 학교니 어떤 이름을 대건 저스틴이 알 리가 없었으니까.

"그렇군요. 그럼 관장님과는 어떻게 알게 된 사이인 겁니까?"

대답 한 번이 끝날 때마다, 새로운 질문이 날아들었다. 마치 취조당하는 사람이 된 기분이었기에 베시는 얼굴을 찌푸렸다.

"내가 꼭 대답을 해야 하는 건가요?"

"아뇨, 그럴 필요는 없습니다. 단지 제가 궁금해서 물었을 뿐이니까요."

저스틴은 생각 외로 순순하게 물러섰다. 베시는 저스틴의 눈이 마치 탐색하듯 자신에게 머무르고 있다는 사실을 깨달았다.

이 남자는 대체 나에게서 뭘 알아내려고 이러는 걸까.

"왜 저에 대해 궁금한데요? 비록 세 달이긴 해도 당분간 같은 곳에서 일할 상대니까?"

뿔테 안경 너머로 베시의 눈동자가 반짝 빛났다. 식당의 싸구려 조명 때문인지, 그녀의 푸른 눈이 마치 석양이 지는 하늘같은 빛을 품고 있었다.

안경알 너머의 그 아름다운 눈을 감상하며 저스틴은 무심하게 대답하였다.

"그런 걸로 해 두죠. 단순한 호기심."

"그런 거면 그런 거고, 아니면 거면 아닌 거지, 그런 걸로 해 두자는 건 또 뭐예요?"

"……단순한 호기심입니다. 그냥 그뿐입니다."

베시가 말꼬리를 잡고 늘어지자 저스틴은 무뚝뚝하게 말을 정정하였다. 누가 봐도 단지 그 뿐만은 아닌 게 분명했는데도.

베시의 눈이 장난이 동한 고양이처럼 빛났다. 이렇게 꼬치꼬치 자신에 대해 캐묻는 건 뭔가 재미있는 이유라도 숨겨져 있는 게 아닐까 싶었다.

그럼 어디 한 번 나도 이 기회에 저 이 기사님의 속내나 좀 캐볼까? 어떤 방법이 좋으려나?

재빨리 머리를 굴린 베시는 손뼉을 딱 쳤다.

"아! 생각해 보면, 저스틴 군을 위한 환영회를 아직 못했네요. 이 자리에서 가볍게 환영회나 할까요?"

"아닙니다. 그런 거창한 대접은 필요 없—"

"여기요오! 추가 주문 부탁해요."

손을 들어 점원을 다시 부르는 베시를 본 저스틴은 어리둥절하였다. 이미 충분히 음식은 먹은 것 같은데, 또 뭐가 필요하기에 사람을 부르는 걸까.

벌써 몇 번이나 음식을 옮긴 점원 역시 이제는 슬슬 베시가 두렵다는 얼굴로 다가왔다.

"이 시기에 가장 풍미가 좋은 술은 뭐죠? 다퀴에서 나는 산딸기술? 아니면 로호산 포도주인가?"

"아, 요새는 우니코의 사과꽃 술을 즐기시는 분이 많습니다, 그 지방 사과가 한창 제철이라서요. 하지만—"

사실 우니코의 특산품 중 하나인 사과꽃 술은 알콜 농도가 매우 높아서 애주가들 사이에서 인기가 높았다.

다만 그 은은한 향과 달콤한 맛에 취해 한 잔, 두 잔을 들이켜다 보면 어느새 고주망태가 되어 있는 경우가 많았다. 그래도 숙취가 별로 없기에 일부러 그 만취 상태를 즐기려고 하는 마니악한 사람들도 있었다.

그것을 잘 알고 있는 점원은 저스틴과 베시에게 사과꽃 술의 무시무시한 부작용에 관해 설명하려 하였다. 그러나 베시는 단번에 점원의 말을 끊어 버렸다.

"그럼 사과꽃 술을 한 병 주세요."

베시의 주문에 점원은 당황스러운 얼굴을 하고 베시와 저스틴을 번갈아 보았다.

점원의 시선이 무엇을 의미하는지 알 리 없는 저스틴은 태평하게 물로 목을 축이고 있었다.

점원은 정말 괜찮겠냐는 말 대신 '보통은 남자가 여자에게 작업걸 때, 사는 술인데…….'라는 의미를 담아 베시를 한 번 더 보았다.

그 뜻을 알아챈 베시가 씩 웃으며 고개를 끄덕였다.

"가볍게 마실 생각이니까 작은 병으로 주세요."

사과꽃 술은 결코 가볍게 마실 수 있는 술이 아니었다. 하지만 점원은 테이블 위에 무수히 쌓인 접시를 보고 이 사람이라면 정말 가볍게 사과꽃 술을 마실 것 같다 생각하였다.

에이, 모르겠다. 괜찮겠지. 남일이라 태평히 생각한 점원은 곧바로 사과꽃 술 한 병과 잔 두 개를 찾아 가져다주었다.

베시는 술을 찰랑찰랑하도록 따른 뒤, 하나는 제 앞에 두고 다른 잔은 저스틴 앞에 두었다.

그것을 본 저스틴은 얼른 잔을 앞으로 밀어냈다.

"베시, 나는 술은……."

안 마실 겁니다, 라고 저스틴이 말하는 것보다도 더 빠르게 베시는 선수를 쳤다.

"어머, 혹시 저스틴 군은 술에 약해요?"

믿을 수 없다는 얼굴로 베시는 눈을 휘둥그레 떴다. 그 시선에 은근한 업신여김이 곁들여져 있다는 것을 깨달은 저스틴은 얼굴을 찌푸렸다.

사실 저스틴이 술에 약하다는 건 주변 사람들에게는 유명한 이야기였다. 성인식 때 마신 술 한 잔 때문에 식 도중에 쿨쿨 잠들어 버린 적도 있었으니까.

그래서 저스틴은 동료들과의 술자리에서도 절대 술을 입에 대지 않았다. 하이네 공작가의 막내아들인 그에게 술을 강요하는 사람은 아무도 없었기에 이제까지는 아무 문제도 없었다.

"딱, 히 그렇진 않습니다."

정직하게 약하다고 말하면 될 것을, 저스틴은 거짓말을 하고 말았다.

평소에는 자신이 술을 못한다는 걸 부끄럽게 여긴 적이 없는 그였다. 그게 뭐 대수라고. 다른 사람 앞이라면 오히려 당당하게 인정했을 텐데, 이상하게도 베시 앞에서는 유독 오기가 났다.

"그래요? 그렇다면 다행이고요. 만약 술에 좀 약한 편이라도 너무 걱정하지 마세요. 사실 사과꽃 술이면 그렇게 센 술은 아니거든요. 어린애들도 마실 수 있을 정도라니까요."

사과꽃 술이 어떤 술인지 잘 알고 있는 베시는 싱긋 웃으며 거짓말을 하였다. 조금 전 그 점원이 들었다면 '대체 어느 동네 어린애들이 알콜 농도 38도의 술을 마시냐!'라고 반박했을 게 분명했다.

하지만 술에 대해 잘 알지 못하는 저스틴은 베시의 말이 거짓말이라는 것도 모른 채 "그렇습니까."하고 납득하였다. 그는 조심스럽게 잔을 들어 올려 손목을 한 번 빙글 돌리고, 잔에서 풍겨 오는 술의 향기를 맡아 보았다. 그러자 마치 어린 소녀가 마실 것 같은 달콤한 사과 주스 같은 향이 저스틴의 코를 파고들었다.

이거라면, 정말 괜찮을지도 모른다. 무엇보다 잔도 이렇게 작으니, 한 잔을 마신다고 해서 바로 취기가 오르지는 않을 것이다.

그 달달한 향내에 저스틴은 완전히 방심하고 말았다.

"원래 술을 즐기지는 않지만, 딱 한 잔만 마시도록 하겠습니다."

"어머, 그렇구나. 후후. 사과꽃 술 정말 맛있어요. 한 번 마셔 보면, 완전 새로운 세계가 열릴 걸요. 그럼 당분간 동료로 함께 생활할 저스틴 군을 위하여 건배!"

장난스럽게 베시가 유리잔을 들어 올려 보였다. 저스틴은 그 유리잔에 가볍게 제 손에 들린 잔을 맞부딪혔다. 챙, 하는 맑은 소리와 함께 잔에 담긴 술이 천천히 일렁거렸다.

저스틴은 조금 걱정스레 잔을 내려다보았지만 베시는 건배를 마치자마자 망설임 없이 잔 속에 든 술을 입안으로 흘려보냈다.

"음! 오랜만에 마시는데 역시 맛있네요. 우니코에서 나오는 사과로 만드는 건 뭐든 최고라니까요."

기분이 한껏 좋아진 얼굴로 베시가 자신의 빈 잔에 다시 술을 채웠다.

베시가 아무렇지 않게 두 잔째 술을 들이켜자, 저스틴의 안에서 묘한 경쟁심이 타올랐다.

'저렇게 아무렇지 않게 마시는 걸 보면 정말 약한 술인 모양이군.'

저스틴은 큰맘을 먹고 잔에 담긴 술을 단번에 들이켰다.

그 순간, 목구멍을 타고 흘러내려 가는 쓰라린 감각에 저스틴이 눈을 부릅뜨고 말았다.

"……!"

내가 지금 마신 게 술인가 아님 독극물인가.

마치 불덩이를 삼킨 것 같은 고통 때문에 놀란 저스틴은 그만 사레가 들고 말았다.

곧 그의 입에서 쉴 새 없이 기침이 터져 나왔다. 점원이 무슨 일인가 싶어 주방에서 고개를 삐쭉 내밀 정도였다. 베시도 화들짝 놀라 물컵을 내밀었다.

"잠깐, 저스틴 군? 괜찮아요? 물 좀 마셔요."

"괜, 괜찮습……."

전혀 괜찮지 않은 목소리로 저스틴은 말을 잇지도 못한 채 기침만 하였다.

베시는 설마하니 저스틴이 이 정도로 술에 약할 줄 몰랐다는 생각을 하며 그의 옆으로 다가갔다.

작성 시작, 작게 중얼거린 베시는 저스틴의 등에 '기침이 가라앉는다.'라고 휘갈기듯 적었다. 그녀는 등을 쓱쓱, 쓸어내리는 흉내를 내며 "좀 괜찮아요?"라고 물었다.

"아, 네. 괜찮—아졌습니다."

기침이 멎은 저스틴은 깊게 숨을 들이마시고 고개를 한 번 갸우뚱하였다. 예의상 괜찮다고 말한 것인데도 이상하게 정말 몸이 괜찮아졌다. 저스틴은 그것을 의아하게 생각하면서 자신의 목울대를 쓰다듬었다.

"미안해요. 저스틴 군이 이렇게까지 술이 약한 줄도 모르고 권했네요."

베시는 당황하여 사과를 하였다. 그녀의 생각보다 저스틴은 훨씬 더 술에 약한 것 같았다.

안 되겠네, 이거. 아무리 짓궂은 장난을 즐기는 그녀라도 사람의 목숨에 관계되는 장난을 칠 생각은 없었다.

"남은 건 내가 마실 테니까, 이리로 주세요."

그렇게 말한 베시가 저스틴을 향해 손을 내밀었다. 저스틴은 아직 반 이상이 남아 있는 술잔으로 시선을 돌렸다. 옅은 하얀 빛이 감도는 술의 표면에 자신의 일그러진 얼굴이 비치고 있었다.

베시는 아주 쉽게 벌컥벌컥 들이켜는 술을 자신은 고작 몇 모금 마시고 이렇게 힘들어하다니.

굉장히 쓸모없는 생각이라는 걸 알면서도 그의 자존심은 매우 상처받았다.

한동안 곰곰이 무언가를 생각하던 저스틴은 술잔을 다시 손에 쥐었다.

전쟁터에 나가는 것보다도 더 비장한 각오가 느껴지는 얼굴로.

그를 잘 아는 다른 기사들이 보았다면 성에 일급 암살자가 침입했다 착각할 정도의 기세였다.

베시는 어리둥절한 얼굴로 굳은 얼굴의 저스틴과 그의 손에 들린 술잔을 번갈아 보았다.

"저스틴 군? 뭐하는 거예요? 안 마셔도 되니까 술잔 내려놔요."

"술잔을 받으면 첫 잔은 다 마시는 게 예의이지 않습니까."

그렇게 말한 저스틴은 눈을 질끈 감더니 단숨에 술잔의 내용물을 들이켰다. 베시가 미처 말릴 틈조차 없었다.

꿀꺽, 꿀꺽. 저스틴의 목젖이 크게 위아래로 움직였다.

술이 약한 저스틴에게는 마시기 상당히 버거울 텐데도 그는 그것을 모두 목구멍 속으로 흘려보냈다.

아슬아슬한 곡예를 보는 것 같은 기분에 베시는 저도 모르게 얼굴을 찌푸렸다. 으아, 하는 괴상한 탄성을 내며.

이윽고 텅 빈 저스틴의 술잔이 테이블 위에 탁, 놓였다.

"괘, 괜찮아요?"

설마 이 기사님, 눈 뜬 채로 기절하거나 그러는 건 아니겠지?

베시가 불안하게 묻자 저스틴은 고개를 끄덕였다.

"괜찮습니다. 아까는 놀라서 사레에 걸린 것뿐입니다."

제법 의연한 태도로 대답한 저스틴은 입을 헹구어 내기 위해 물을 들이켰다.

입안에서 알코올 특유의 싸한 맛과 사과의 달콤한 향이 동시에 감도는 것이 영 마음에 들지 않았다. 그리고 입 근처를 손등으로 한 번 쓱 닦아 냈다.

맛없는 정어리 파이를 강제로 먹은 아이 같은 얼굴을 한 채.

베시는 그런 저스틴이 귀엽다는 생각을 하면서 자신도 모르게 픽 웃었다. 저 오만상을 쓴 얼굴을 보고 있자니 문득 아카데미에서 매년 열리던 신입생 환영회가 떠올랐다.

술 못 마시는 애들은 꼭 저렇게 맛없어 죽겠다는 얼굴로 술을 마시곤 하였다.

보통 신학기는 팬지 꽃이 자욱한 꽃내음을 뿜어낼 때부터 시작이었다.

그때는 밤바람이 차지도, 싸늘하지도 않았다. 덕분에 길거리에서 술병을 쥐고 흥겹게 노래를 부르고 있는 학생, 아니 학생이라는 이름의 주정뱅이를 발견하는 것도 흔한 일이었다.

그런 친구들은 대부분 길바닥에서 코를 골며 자다가 순찰하는 경관들에게 붙잡혀 아카데미 입구에서 창피를 당하기도 하였다.

사실 꽃향기가 짙은 가운데, 작은 펍 창문 사이로 들려오는 것은 웃음소리와 술잔을 맞부딪치는 소리만이 아니었다.

주제를 놓고 언쟁을 벌이는 소리, 졸업생 중 누가 어떤 일을 하였다는 이야기, 누가 누구에게 관심이 있을 거라는 억측이 난무하는 헛소리들.

상당히 시끄럽고 불필요한 소란이었다. 그런데도 베시는 매해 봄마다 반복되는 그 소란이 싫지 않았다.

떠들썩한 소란 속에서는 혼자라는 생각이 쉽게 지워졌다. 그래서 술집 한구석에서 홀로 앉아 조용히 술을 즐기며 기대와 희망에 들떠 있는 신입생들을 지켜보고는 하였다.

내년에는 그들 중 과연 몇 명이나 남아 있을지를 생각하며, 아주 즐겁게.

꽃향기가 자욱한 어느 밤을 떠올리자 괜스레 가슴 한구석이 울컥하였다.

아카데미를 떠나면서 베시는 자신이 이곳을 그리워할 일은 없다고 생각하였다.

베시에게 그곳은 집이 아니었다.

그녀는 마녀였으니까.

하지만 그래도 10여 년 가까이 살아온 그곳에 정이 생기지 않을 리가 없었다.

젠은 무사히 교양 수업을 수료하였을까. 시나 교수님은 요새도 양말을 짝짝이로 신고 다니시려나. 휴게실 벽난로 근처 자리에는 이제 누가 앉을까. 자주 가던 펍의 복숭아 맥주 맛은 여전하려나.

자신이 가벼운 마음으로 두고 왔던 것들을 떠올리는 베시의 표정이 약간 쓸쓸하게 변하였다.

"베시."

그때, 혼자 생각에 잠겨 있던 베시를 향해 저스틴이 그녀의 이름을 불렀다.

베시는 턱을 괴고 있는 자세 그대로 시선만 움직여 저스틴을 보았다. 평소처럼 무표정한 얼굴을 한 기사가 그녀의 이름을 다시 한 번 불렀다.

"베시."

이 남자 좀 봐. 취했나? 왜 이렇게 사람 이름을 불러 댄담? 베시는 그런 불만을 느끼면서도 친절하게 대답해 주었다.

"왜요? 무슨 할 말 있어요?"

"당신은, 어째서 도서관에 온 겁니까?"

갑작스러운 질문에 베시는 눈을 천천히 깜빡였다.

내가 도서관에 온 이유? 그거야 능구렁이 같은 망할 황태자 놈의 수작 때문이지. 하지만 그것을 입에 곧이곧대로 담을 수 없었기에 베시는 빙긋 웃었다.

"말했잖아요. 관장님이랑 아는 사이라서 따라서 이쪽으로 옮겨 온 거라고."

"하지만, 도서관에는 좋지 못한 소문이 있었습니다. 실제로 그 소문 중 많은 부분이 사실이기도 했습니다. 그런데도 왜 하필 베이론의 국립도서관에 온 겁니까."

아무리 관장이 친한 사이라고 하더라도 굳이 그런 위험을 감수할 필요가 있느냐는 저스틴의 물음에 베시의 미소가 더욱 깊어졌다.

"글쎄요."

모호한 대답을 흘리며 베시는 다시 술잔을 집어 올렸다. 아까부터 저스틴이 어째서 자신에게 이런 사적인 질문을 던지는 것인지 알 수 없었지만, 지나치게 많은 말을 하다가는 꼬리가 밟힐 우려가 있었다.

도서관의 새 관장이 사실은 베시 에일이라는 꼬리를.

"베시. 당신이…… 이곳에 온 이유는, 혹시—"

저스틴의 목소리가 조금 낮아졌다. 그 목소리에서는 무언가를 짐작한 것 같은 기색이 느껴졌다.

"혹시 뭐요?"

저스틴의 입에서 과연 무슨 말이 튀어나올까, 생각하며 베시는 술을 들이켰다.

이 남자는 언제나 예상 밖의 말로, 그리고 생각보다 핵심에 가까운 말로 자신을 즐겁게 해 주었다.

그렇다면 이번에도 꽤나 재미있는 말을 해 주지 않을까.

베시가 그런 기대를 담아 저스틴을 바라보았지만, 그는 아무 말 없이 고개를 숙이고 있었다. 무언가를 고심하고 있는 것처럼.

술잔을 비운 베시는 조금 느긋하게 저스틴의 다음 말을 기다렸다.

그러나 한동안 기다려도 묵묵부답. 아무리 저스틴이 신중하게 생각하고 있다 쳐도 무언가가 이상했다.

어라, 설마? 불길한 예감에 베시는 저스틴의 이름을 불러 보았다.

"저스틴—"

흔들, 흔들. 마치 오뚝이 인형이 움직이는 것처럼 불안하게 저스틴의 몸이 흔들렸다. 베시의 부름에 답하려는 것처럼 저스틴은 고개를 움직였지만 그 움직임은 둔했다.

심지어 눈은 반쯤 감겨 게슴츠레했다. 그것은 누가 봐도 취한 얼굴이었다. 그것도 만취.

사과꽃 술 한 잔에 취했구나, 당신! 고작 한 잔에 이렇게 가다니. 이래서야 취하게 만든 뒤, 이것저것 캐묻고 재밌는 장난도 치려던 계획이 엉망이 되었지 않은가.

만취한 상대를 향해 그런 뻔뻔한 생각을 하며 베시는 저스틴을 향해 한숨을 내뱉었다.

"취했네요, 당신."

"안, 취했…… 습니다. 베—시."

취한 상태에도 저스틴은 고집을 부렸다. 자신은 절대 취하지 않았다며 그는 고개를 저었다. 하지만 혀 꼬부라진 소리로 계속 베시의 이름을 불러 대는 시점에서 설득력이 없었다.

“취한 거 맞아요. 주정뱅이는 원래 다 자기가 안 취했다고 하거든요?”

“아닙, 니다.”

절대 아니라고 저스틴은 고개를 저었다. 자신은 취하지 않았다. 그것을 증명하기 위해 그는 밀려오는 졸음에 대항하였다.

그러나 차츰, 차츰 그의 눈이 감겨 갔다. 그러더니 이내 그의 커다란 몸이 테이블에 쿵, 하는 소리와 함께 무너졌다.

베시는 가느다란 손가락 끝으로 저스틴의 단단한 어깨 끝을 쿡쿡 찔러보았다.

물론 반응은 없었다.

“……저스틴 군, 자요?”

베시의 부름에도 저스틴의 몸은 미동조차 하지 않았다. 가벼운 숨소리가 들리는 걸 보아서는 잠든 게 분명하였다.

어쩔 수 없지. 오늘은 이쯤 해 두고, 집에나 갈까. 기지개를 펴며 굳은 근육을 재차 풀던 베시는 저스틴을 힐끔 보고 멈칫하였다.

‘잠깐만, 가만있어 봐. 이 커다란 덩치를 대체 어떻게 집까지 보내지?’

베시가 그런 고민을 하는 찰나, 저스틴이 쓰러지는 소리에 놀란 점원이 근처로 다가왔다.

선량한 점원은 테이블에 엎어진 저스틴을 보며 안타까운 얼굴을 하였다. 그리고 곤란한 얼굴을 한 베시에게 물었다.

"……저, 근처 숙소를 추천해 드릴까요?"

베시는 눈을 깜박이며 점원을 올려다보았다.

웬 숙소 추천? 하지만 곧 그녀는 점원이 그 말을 무슨 의도로 했는지 깨닫고 요란한 웃음을 터트렸다.

"아하하하! 아니에요, 그럴 필요 없어요."

우니코의 사과꽃 술은 일종의 '작업용 술'이기도 했다. 사과꽃 술을 상대에게 보내는 것은 주로 당신과 함께 밤을 보내고 싶다는 은유로 사용되기도 하였다. 사과 꽃의 꽃말이 '유혹'이라는 점에서 보면 참으로 꽃말과 잘 어울리는 술인 셈이었다.

물론 베시는 저스틴에게 그런 의도로 사과꽃 술을 먹인 적이 없었다. 그냥 자신이 좋아하는 술이라 주문한 것뿐이었다.

점원의 불필요한 참견에 베시는 화를 내지도 않았다. 그저 히죽히죽 웃을 뿐이었다.

물론 그 웃음의 이유는 순수하게 이 상황이 웃겨 참을 수 없기 때문이었다.

숙소라니? 사과꽃 술에 한 잔에 이렇게 취해 버린 기사님이랑 내가 밤을 보낸다고?

베시는 마치 자신이 순진한 귀족 아가씨를 속이는 못된 바람둥이가 된 것 같다는 생각에 낄낄거리며 손가락을 튕겼다.

"계산서 주세요."

그녀의 말에 점원은 괜한 소리를 했다는 표정을 짓더니 곧 계산서를 내밀었다.

적혀 있는 가격은 베시가 먹어 치운 음식이며 술 가격 때문에 가벼운 금액은 아니었다. 그래도 베시는 본래 식대보다 넉넉한 돈을 내밀었다. 점원은 곤란하다는 표정을 지으면서도 감사하게 팁을 받아 챙겼다.

"부축을 도와드릴까요?"

점원이 아직도 테이블에 쓰러져 잠들어 있는 저스틴을 보고 그렇게 물었다. 덩치가 제법 있는 사내를 베시 같이 마른 여성이 짊어지고 가는 것은 무리라 여겼기 때문이었다. 하지만 베시는 고개를 저었다.

"괜찮아요. '제 발로' 보낼 거예요."

네? 하고 점원이 얼빠진 소리로 되묻기도 전에 베시는 몸을 돌렸다. 그리고 저스틴에게 다가가서 그의 몸을 조심스럽게 흔들었다.

"저스틴 군. 일어나 봐요."

물론 깊게 잠든 남자가 그렇게 쉽게 고개를 깰리는 없었다.

베시는 어쩔 수 없다는 생각을 하며 다시 한 번 저스틴의 등에 손가락을 가져다 댔다.

"작성 시작— 작성 끝."

마법은 순식간에 완성되었다.

베시가 적은 내용은《제 발로 걸어서 하이네 공작가의 저택 앞까지 갈 것》

그녀가 적은 마법이 발동되는 것과 동시에 저스틴은 자리에서 벌떡 일어섰다. 여전히 그의 눈은 꼭 감겨 있었지만, 몸은 자연스럽게 움직였다.

점원은 어리둥절하여 그 광경을 바라보았지만, 베시는 싱긋 웃을 뿐이었다.

잠이 든 채 움직이는 기사와 그런 기사를 한 걸음 뒤에서 지켜보는 마녀는 가게를 빠져나왔다. 등 뒤에서 "아, 안녕히 가세요."라는 어리둥절한 목소리가 곧 문 닫히는 소리에 묻혔다.

베시를 집까지 바래다준다는 의욕에 넘쳤던 저스틴은 마치 기계인형이 몸을 움직이는 것처럼 절도 있는 동작으로 걸었다.

그 모습이 상당히 유쾌하였기에 베시는 팔짱을 끼고 구경까지 할 정도였다.

하지만 몇 걸음 채 가지도 못하고, 저스틴은 가게 간판에 부딪혔다. 그것도 엄청나게 세게.

쿵—!

제법 요란한 소리가 커다랗게 울렸다.

소리로 짐작하건대 제정신으로 부딪혔다면 제아무리 저스틴이라도 아프다고 얼굴을 찌푸렸을 수준이었다. 그 때문에 저스틴이 부딪힌 간판은 엄청난 소리와 함께 조금 기울어졌다. 하지만 오히려 저스틴은 멀쩡해 보였다.

그것을 본 베시는 무섭도록 튼튼한 남자라고 혀를 내두르는 동시에 고민에 빠졌다.

"……아, 저게 문제구나."

저스틴이 제 발로 움직이도록 마법을 건 건 좋았으나 눈도 못 뜬 상태에서 움직이니 장님이 사방을 헤매고 다니는 것과 다를 바가 없었다.

베시는 머리를 긁적였다. 이대로 저스틴을 보내기에는 그의 가는 길이 상당히 위험해 보였다. 아무래도 누군가가 옆에서 그가 집까지 무사히 들어가는 모습을 지켜봐 줘야 할 것 같았다.

그리고 지금 이 상황에서 그것이 가능한 건 단 한 명, 베시뿐이었다.

하지만 베시는 그 역할을 누군가에게 떠넘겨 버리고 싶었다.

옆에서 저스틴의 길잡이를 해 주는 게 귀찮기도 했지만, 무엇보다도 하이네 공작 가문의 저택까지 가야 한다는 사실이 싫었다.

공작가까지 가서 운 나쁘게 하이네 공작 부인과 마주치기라도 한다면, 그래서 저스틴이 왜 이리 만취한 상태인지 설명을 해야 한다면—

끔찍한 상상에 베시는 고개를 절레절레 저었다.

생각만 해도 정말 몸서리치게 싫은 상황이었다. 그렇다고 해서 자신 때문에 저 꼴이 된 저스틴을 알아서 가라며 버리고 갈 수도 없었다. 저러다가 진짜 험한 일에 휘말리기라도 하면 기분이 좀 찝찝하겠다, 싶었으니까.

그래도 역시 귀족의 집에는 가고 싶지 않다. 그러나 버리고 갔다가는 난리가 날 텐데.

베시의 안에서 일말의 양심과 평소의 뻔뻔함이 격한 대립을 벌였다.

아직까지는 뻔뻔함이 조금 우세하였다.

"음, 저 기사님을 어쩐다. 역시 두고 갈까."

양심을 버리는 쪽으로 베시의 마음이 조금 굳혀진 찰나였다.

"뭐야, 여기 있었네."

낮익은 목소리가 베시의 옆에서 들려왔다. 고개를 돌리자 낡은 모자를 깊게 눌러쓴 키 작은 소년의 모습이 눈에 들어왔다.

베시는 반가움과 놀라움이 뒤섞인 목소리로 소년의 이름을 불렀다.

"어라? 에릭? 이 시간에 무슨 일이야?"

"아, 잠깐 알려 줄 게 있어서 당신 집에 갔는데 없더라고. 그래서 집에 가려고 하는데, 낮익은 빨간 머리가 보여서 말이야."

어린 소년답지 않게 날카로운 에릭의 시선 끝에는 베시의 붉은 머리칼이 탐스럽게 늘어져 있었다.

크리스가 갓 핀 장미같이 아름다운 색이라고 곧잘 칭찬하던 그 머리칼은, 달이 고개만 내민 밤에도 선명한 빛을 자랑하고 있었다. 에릭은 고갯짓으로 저스틴을 가리켜 보였다.

"이 시간까지 데이트야? 팔자 좋네, 신입 관장님."

"그래 보여?"

내가 까마귀를 잘못 고용했던 것인가. 내 까마귀는 장님이란 말인가. 그런 생각을 하며 베시는 에릭을 따라 저스틴에게로 시선을 돌렸다.

술에 취해 정신을 잃은 하얀 사자 기사는 여전히 벽을 향해 전지하려는 헛된 노력을 하고 있었다.

평상시의 그를 알고 있는 사람이 보았다면 웃다 기절했을 만큼 우스꽝스러운 모습이었다.

그런 만큼 만일 에릭의 눈에 지금 베시와 저스틴의 모습이 데이트 중인 남녀로 보였다면 베시는 진지하게 계약 해지까지 고민했을 터였다. 에릭은 어깨를 으쓱하였다.

"전혀."

다행이다. 내 까마귀가 눈먼 까마귀는 아니었구나. 안도와 동시에 베시는 얼굴을 찌푸렸다.

"그럼 왜 그런 말도 안 되는 걸 물었어?"

"아무리 당신 같은 사람이라도 수도에서 가장 인기 많은 기사님이랑 이 시간까지 같이 있으면 좀 두근거리지 않을까 싶어서."

"전혀."

베시는 픽 웃었다. 인기 많은 기사님과 함께 있어서 두근거리지 않느냐니.

세상살이에 능통한 것처럼 구는 애어른 소년 입에서 나온 것 치고는 참 귀여운 말이었다.

"그래서 나한테 할 말이란 건 뭐야?"

에릭은 저스틴이 다시 한 번 간판에 몸통 박치기를 하는 것을 흥미롭게 지켜보다가 한 박자 느리게 입을 열었다.

"아, 내일 움직일 거야. 미리 준비해 놓는 게 좋다고 생각해."

주어와 목적어가 생략된 정보 전달, 아니 경고였다. 하지만 베시는 에릭이 말한 상대가 누구일지 눈치채고 곧바로 웃었다.

"어머. 생각보다 느리게 움직이시네. 금방이라도 달려올 줄 알았는데."

"그쪽도 신중하게 움직일 수밖에 없잖아."

"완전 바보는 아닌가 보네."

"그거야 당연하지. 어쨌든 그 사람도 나름대로 직위를 가지고 있으니까. 그리고 그동안 당신에 대한 조사를 한 것 같더라고. 아마 이제 내가 당신에 대해 알고 있는 정도는 그쪽도 알고 있을 거야."

"그래? 그럼 아무것도 아는 게 없다는 말이네."

"……무슨 뜻이야, 그건?"

"말 그대로의 뜻."

"내가 당신에 대해 아는 게 없다는 거야?"

어린 소년의 눈에 날카로운 빛이 서렸다. 정보 수집은 에릭의 특기인 동시에 밥벌이 수단이었다.

마녀의 까마귀가 된 이유 역시 그의 뛰어난 정보 수집 능력이 이유였으니까.

하지만 정작 자신을 고용한 그 마녀가 에릭의 정보 수집 능력을 과소평가하는 듯한 발언을 내뱉자 불만을 느낄 수밖에 없었다.

"베시 에일. 베이론 제국의 수도 다스티 출신. 작은 서점을 운영하던 부모님은 당신 나이로 여덟 살 때 타계. 그 후 친척집에 맡겨짐. 열 살에 혼자 하얀 달밤으로 이주. 이명의 마녀가 된 후, 열네 살의 어린 나이에 이디아니움 아카데미의 입학. 그리고 인문학, 그중에서도 기록학 분야의 학위를 최연소로 얻은 후, 차석으로 졸업."

"오오. 열심히 조사했네? 근데 내 이름, 내 출신, 내 가족력, 내 학력 외에 대해 아는 게 있긴 해?"

의기양양한 얼굴로 베시의 개인 정보를 줄줄 읊어 가던 에릭의 표정이 굳어졌다.

"……보통 사람이 대상이라면 그 정도면 충분한 정보야."

"난 보통 사람이 아니라 마녀잖아. 고작 그것 가지고 날 조사했다고 말한다면 너나 '그쪽'은 나에 대해 아무것도 모르는 거나 마찬가지거든?"

베시는 피식 웃었다. 에릭이 말한 내용, 그러니까 학자인 베시 에일의 정보를 수집하는 건 그다지 어려운 일이 아니었다.

비록 친오빠가 붉은 늑대 기사여도 베시 본인은 평민이었다. 그러니 그녀의 정보를 감출 수 없었고, 감출 필요도 없었다.

하지만 마녀로서의 베시가 상대라면 말이 달라지리라.

그녀의 마법이 어느 정도로 강한 것인지, 그리고 그 마법의 한계가 무엇인지, 에릭은 알지 못할 게 분명했다.

아니, 에릭이 아니라 다른 사람들 역시 마찬가지였다.

베시와 같은 마녀가 아닌 이상, 그녀의 능력을 온전히 이해하고 알 수 있는 사람이 이 나라에 있을 리 없었다.

그들은 이명을 둘째치고, 베시가 마녀 사이에서 불리는 별칭(Nickname)조차 알지 못할 테니까. 그것을 잘 아는 베시는 놀리듯 에릭을 향해 물었다.

"그럼 내 이명이 뭔지는 알아?"

"그건……."

머뭇머뭇 입을 열었던 에릭은 곧 다시 입을 닫았다.

눈앞에 있는 마녀의 이명. 그런 걸 자신이 알 수 있을 리가 없었다. 물론 그것은 에릭이 무능하기 때문은 아니었다.

마녀의 이명이라는 것 자체가 워낙에 귀중한 정보였기 때문이었다.

사실 마녀의 이명, 즉 그녀들의 또 다른 이름은 마녀의 목숨과도 같았다.

마녀들끼리는 서로를 이름이나 이명이 아닌 별명으로 불렀다. 모든 마녀는 자신의 이명을 신뢰할 수 있는 동료 마녀나 가족, 혹은 연인에게만 알려 주었다.

그도 그럴 것이 마녀의 '이명'을 아는 사람은 일생에 단 한 번, 마녀에게 아무런 대가를 지불하지 않고도 그녀에게 명할 수 있었다.

자신이 원하는 것을 이루기 위한 강제적인 명령을.

"에릭. 난 딱히 네 능력을 의심하는 건 아니야. 넌 정말 유능한 까마귀야. 하지만 나에 대해 '조사'했다고 말하고 싶다면 적어도 내 이명 정도는 알아내야 할걸. 쉽지 않겠지만."

그 말에 자존심이 조금 상한 에릭은 베시를 살짝 흘겨보았다.

그녀가 스스로 말한 대로 자신을 얕잡아 보는 게 아니라는 건 알았지만, 그것과 분한 마음은 별개의 문제였다.

망할 마녀. 말 한 마디, 한 마디가 얄미운 여자였다. 언젠가 누군가에게 이명이 들통 나서 코라도 꿰여 버려라. 에릭은 속으로 악담을 퍼부었다. 물론 겉으로는 절대 티를 내지 않으며.

"어쨌든 고마워. 안 그래도 일손이 필요했는데, 좋은 정보를 들었네."

제 까마귀가 속으로 이를 갈거나 말거나 베시는 기분 좋은 얼굴로 히죽거리고 있었다.

"뭐? 일손?"

난데없이 그게 무슨 소리란 말인가. 에릭은 방금 전 자신이 알린 정보가 베시가 필요로 하는 '일손'과 어떤 식으로 연결이 될지 상상조차 하지 못했다.

자신이 무언가 잘못된 정보라도 전달한 게 아닐까 순간적으로 의심했을 정도였다.

하지만 에릭은 곧 고개를 저었다. 내가 실수를 할 리가 없다. 그렇다는 건 그저 저 얄미운 마녀가 술이라도 취해서 헛소리를 하는 게 아닐까.

"베시. 아까 내 말 제대로 들은 거 맞아? 내일 그쪽에서 당신을 공격하러 올—"

지도 모른다, 그렇게 말하려던 에릭은 자신을 향해 날아오는 것을 반사적으로 받아 들었다.

손바닥에서 느껴지는 차가운 감촉. 동그란 은화 한 닢이었다. 영문을 알 수 없었기에 에릭은 그 은화에서 시선을 떼고 베시를 힐끔 보았다.

베시의 가느다란 손끝이 아직도 길바닥을 헤매고 있는 저스틴에게 향해 있었다.

"저 기사님이 안전하게 집으로 갈 수 있도록 인도해 줘. 움직이는 건 제 발로 할 수 있을 테니까. 위험하다 싶을 때만 옆에서 잡아당겨 주면 될 거야."

"당신이 직접 가지 그래? 수도 제일의 기사님과의 달밤 데이트라니, 낭만적이고 좋잖아?"

에릭이 소년답지 않게, 느물거리는 미소를 지으며 베시를 보았다. 베시는 짜증이 가득 배인 얼굴로 고개를 저었다.

"싫어."

"왜?"

"저 기사님 하이네 공작가의 막내아들이잖아. 거기 되도록 마주치고 싶지 않은 사람이 있어. 특히나 지금은 더더욱."

베시는 세라 부인의 얼굴을 떠올렸다. 아무리 사람 좋은 그녀라고 하더라도 제 시동생을 고주망태로 만들어 데리고 온 베시에게 좋은 얼굴을 할 리가 없다. 남의 눈치를 그다지 신경 쓰지 않는 그녀건만, 그 친절한 여인이 자신을 차가운 눈으로 보면 그다지 기분이 좋지 않을 것 같았다.

그런 베시의 생각을 알 리 없는 에릭은 어리둥절한 얼굴로 물었다.

"뭐야, 무슨 잘못이라도 저질렀어?"

"그런 거 아니거든. 그리고 나, 귀족 싫어. 그러니까 되도록 귀족 거주 지구에도 가고 싶지 않아."

단호한 베시의 말투에 에릭은 조금 의외라는 얼굴을 하였다. 그리고 잠시 생각에 잠겼다가 곧 고개를 끄덕였다. 그는 조사를 통해 단편적으로나마 그녀의 과거를 알고 있었다. 그랬기에 베시가 왜 그토록 귀족을 혐오하는지 이해할 수 있었다. 에릭 역시 베시와 비슷한 이유에서 귀족을 썩 좋아하지는 않았으니까.

하지만 그것과는 별개로 베시의 명령은 마음에 들지 않았다. 에릭은 입을 삐죽이며 대꾸했다.

"베시. 난 당신의 까마귀지 잡일꾼이 아니야."

소년이 모자를 꾹 누르며 중얼거리는 말에 베시가 웃었다. 그게 그거거든, 이라 되받아치며.

물론 에릭은 그 말에 반박하는 어리석은 짓은 하지 않았다. 소년은 마녀의 무서움을 잘 알고 있는 현명한 까마귀였다. 게다가 여기서 입씨름을 벌여봐야 득이 될 게 없다는 것도 알고 있었다.

나만 피곤해질 짓은 하지 말자고 생각하며 에릭은 베시에게 받은 은화를 주머니에 대충 쑤셔 넣었다.

베시는 그런 에릭을 향해 만족스러운 표정을 지으며 한 가지 더 부탁을 하였다.

“참, 내일이나 모레 사이로 실버 대거에 찾아가고 싶어. 표면적 의뢰는 아니니까 진짜랑 만날 수 있는 시간대를 알려 줘.”

베시의 말에 에릭은 다시 한 번 눈을 커다랗게 떴다. 표면적 의뢰가 아니다.

진짜와 만날 수 있는 시간대를 알고 싶다.

그 말이 의미하는 것이 어떤 것인지, 에릭은 잘 알고 있었다.

실버 대거는 낮과 밤의 영업이 전혀 달랐고 그에 따라 업무를 맡는 소장도 달랐다.

낮에는 베시가 '표면적 의뢰'라고 부르는 의뢰들— 즉, 사람 찾기나 불륜 조사 같은 가벼운 업무가 중심이라면, 밤은 불법적인 의뢰들이 중심이었다.

누군가를 은밀하게 세상에서 지우려는 계략, 자신의 라이벌을 곤경에 빠트리려는 어두운 수작. 그 어떤 일이라도 돈만 받으면 해결해 주는 것이 바로 밤의 업무였다.

그리고 사실 실버 대거의 중심 업무는 모두 밤에 이루어지는 것들이었다.

대체 마녀가 왜 밤에 실버 대거를 찾으려고 하는 것일까.

그녀라면, 마음만 먹는다면 본인이 직접 방해가 되는 존재들을 지우거나 해하는 것도 가능할 터였다. 에릭의 안에서 대체 베시의 목적이 무엇일지 알고 싶다는 순수한 호기심이 일었다.

에릭이 대답을 망설이는 사이에도 베시는 의미심장한 얼굴로 히죽거리고 있었다. 그 모습을 물끄러미 보던 에릭은 결국 그 호기심을 입 밖으로 내지 않았다.

심술 맞은 마녀가 순순히 대답해줄 리 없다는 걸 잘 알고 있었으니까. 에릭은 콧등을 긁적이며 대답했다.

"내가 데리러 올게. 어차피 당신 거기 주소도 모르잖아."

"좋아. 그럼 모레 와. 시간대는 언제일 것 같아?"

에릭은 잠시 생각에 잠겼다. 실버 대거의 진짜 소장이 있을 시간대를 짐작해 본 그는 곧 "자정."이라고 대답하였다.

"정시에 데리러 올게. 그때는 지금처럼 딴짓하느라고 집 비우지마."

얘도 잔소리네. 이네딧 부인도 그렇고, 저스틴 군도 그렇고 다들 왜 이렇게 나한테 잔소리를 하고 싶어 안달이람. 베시는 불만스러워 하면서도 알았다고 답했다.

그사이 에릭은 아직도 방향을 못 잡고 있는 저스틴 쪽으로 걸어갔다.

"자자, 형씨. 기사 형님. 거기는 길이 아니야. 이쪽이라고."

조금 건방진 말투로 방향을 지적하며 에릭이 저스틴의 소매를 잡아당겼다. 술에 취해 의식이 없는 저스틴은 순순히 에릭의 인도를 따랐다.

얼마 전에 있었던 일을 생각한다면 기묘한 풍경이었다.

도둑 소년을 잡으려던 기사가 이번에는 그 도둑 소년에게 잡혀 있는 모습이라니.

그 웃긴 광경을 눈 안에 잘 새겨 두어야겠다고 생각이 들었다. 당사자인 에릭은 한숨을 쉬며 물었다.

“베시. 대체 얼마나 마신 거야, 이 사람?”

“한 잔 먹였어, 한 잔. 원래 술 약한가 봐.”

그거야 그 한 잔이 좀 독한 술이긴 했지만, 베시는 그것까지는 말하지 않았다. 말할 필요도 없었고.

“한 잔?”

에릭은 전 대륙에서 가장 독하다고 소문난 술, ‘글라스하트’를 열병이라도 들이켠 줄 알았다며 다시 투덜거렸다.

“술을 못 마시는 양반이 왜 굳이 술을 마신 거야?”

“아, 그건 내가 약을 좀 올렸거든. 술 좀 먹이고 싶어서 도발했는데, 생각보다 거기 너무 잘 넘어오더라구, 그 기사님이.”

“……베시. 당신, 대체 술 먹여서 이 사람한테 무슨 짓을 하려고 했던 거야?”

에릭의 눈에 베시를 업신여기는— 아니, 베시를 몹쓸 사람 취급하는 경멸이 담겼다. 심지어 소년이 내뱉은 대사도 보통 것이 아니었다. 일반적으로 그것은 여자를 취하게 한 뒤, 나쁜 짓을 하려는 못된 남자가 듣는 대사가 아니던가.

베시는 자신이 질 나쁜 치한이 된 것 같은 기분을 느끼며 항변을 시작했다.

"까마귀. 그게 무슨 말이야? 누가 들으면 내가 그 기사님 덮치려고 술 먹인 줄 알겠다."

"아니었어?"

"……차라리 죽고 싶을 만큼 고통스럽다는 마녀의 저주, 한 번 받아 볼래?"

베시는 제 손가락을 마치 펜을 움직이듯 굴리며 가벼운 협박을 하였다. 에릭의 얼굴이 삽시간에 수국처럼 새파랗게 변했다.

"농, 농담이었어! 그냥 농담 좀 했을 뿐이잖아! 그리고 보통 일부러 술을 먹였다고 하면 좀 그런 음흉한 꿍꿍이를 의심하게 되는 거 아니야?"

"어머, 까마귀. 내 어디가 그런 음흉한 꿍꿍이가 있게 생겼어? 잘 좀 봐 봐."

억울하다는 얼굴로 베시는 양손을 펼쳐 보였다. 물론 에릭은 똑똑했기에 거짓말을 하였다.

"응. 미안. 내가 실수했어."

쿵—

에릭이 살기 위한 거짓말을 하는 사이, 저스틴은 다시 한 번 벽을 뚫기 위해 노력하고 있었다.

진짜 돌겠네. 에릭은 입을 삐죽이며 저스틴의 몸을 잡아당겼다. 베시는 웃겨 죽겠다는 얼굴로 키득거리고 있었다.

"뭐, 일단 그럼 내일 보는 걸로— 아."

다시 걷기 시작하는 저스틴의 뒤를 따라가며 작별 인사를 하던 에릭이 갑자기 발길을 멈추었다.

그리고 몸을 반쯤 돌려 베시를 불렀다.

"한 가지 더, 있었어. 전해 줄 정보가."

베시가 말해 보라는 뜻으로 고개를 끄덕이자 에릭은 모자챙을 만지작거렸다.

"이건 아직 정보라고 할 수준은 아니지만 황가에 관련된 거라 당신도 알아야 할 것 같아."

"무슨 일인데?"

까마귀의 목소리에 제법 진지한 기색이 서려 있다는 걸 눈치챈 베시의 얼굴도 제법 심각해졌다.

에릭은 주변을 가볍게 한 번 둘러보았다. 주변에 다른 통행인이 없다는 걸 재차 확인한 후에야 그는 목소리 톤을 낮추어 입을 열었다.

"사실 당신이 수도에 오기 전에 말이지. 성에서 보조 의사 추가 임용이 있었어. 그것도 일주일 사이에 세 번이나."

"세 번!?"

에릭의 말에 베시의 눈이 휘둥그레졌다. 보통 보조의라는 건 한 번 뽑으면 오랫동안 추가 임용이 없는 자리였다.

물론 주치의에 비하면 비교적 자주 뽑는 편이긴 해도 적어도 3년 단위의 임용이었다. 그러니 일주일도 안 되는 기간 동안 세 번이나 보조의 임용 공고가 있었다는 건 분명 이상한 일이었다.

"첫 번째 합격자와 두 번째 합격자에게 문제가 있어서 세 번째 시험을 치른 거라고, 담당 집행관은 둘러댔다고 했어. 하지만 이상하잖아? 비록 보조라고는 해도 의사는 성에서 가장 중요한 공무원이야. 애초에 문제가 생길 여지가 있는 후보가 서류 심사를 통과했을 리가 없잖아."

"……그건, 수상하네. 분명."

"응. 그리고 한 가지 더."

에릭은 베시에게 다가섰다. 저만치서 저스틴이 벽을 뚫고 걸어 나가려고 애를 쓰고 있었지만, 둘 다 그것은 눈곱만큼도 신경 쓰지 않았었다.

"공식적으로 움직이는 건 아니지만 최근 한 약재상에서 로젠베리를 대량으로 구입한 사람이 황궁 시종장이었다는 이야기가 있어."

"로젠베리? 헤에. 어마어마한 걸 사들이시네."

에릭의 입에서 나온 익숙한 단어에 베시는 팔짱을 끼고 생각에 잠겼다.

로젠베리라는 것은 장미 모양의 딸기로 생긴 건 아주 맛있게 생긴 주제에 신맛과 쓴맛이 너무 강해 식용으로는 거의 쓰지 않는 열매였다. 하지만 그 시고 쓴 열매는 강한 독을 해독할 때 최고의 효능을 발휘하였다.

세상에 존재하는 독이 1000가지라면 로젠베리는 그중 999가지의 독을 해독할 수 있다는 말이 존재할 정도였다. 그러다 보니 로젠베리는 상당히 비싼 약재에 속했다.

열매 한 알의 가격이 금괴 1개에 은괴 1개를 추가로 더해야 할 정도로.

"뜬소문일 가능성은? 시세 조작 때문에 그런 이야기가 돌 때도 제법 있잖아?"

베시는 일단 반론을 제시해 보았다. 실제로도 특정 물품의 시세를 조작하기 위해, 상인들이 밀약을 맺고, '성에서 대량으로 구입 중!'이라는 소문을 은밀하게 퍼트리는 때도 있었다. 유행이라는 것도 어느 정도는 그런 것의 영향을 받아 형성되기도 하였다.

하지만 에릭은 고개를 저었다.

"반 듀벨 황가는 선대 황제 문제도 있어서 독 문제에 예민한 편이긴 하지만, 요새 확실히 이상한 움직임이 보여. 다른 것들은 아직 확인이 끝나지 않아서 말해 줄 수 없지만, 몇 가지 더 수상한 정황이 포착된 게 있어."

"흐음. 언제쯤이면 조사가 전부 끝날 것 같아?"

"넉넉하게 일주일 정도는 기다려 줘. 사실 이것도 원래는 말하지 않을까 하다가 그래도 일단 알고 있는 게 나을 것 같아서 꺼낸…… 이크, 저 기사님 또 저길 가네! 그럼, 일단 그렇게 알고 있어. 모레 봐!"

그렇게 외친 에릭은 몸을 돌렸다. 벽을 뚫으려던 저스틴이 급

기야 발로 벽을 걷어차고 있었다.

보통 사람 같으면 발이 다칠 까봐 걱정이 되겠지만, 저스틴의 경우에는 반대로 벽이 부서질까 염려가 되었다.

에릭은 모자를 한 손으로 꼭 눌러 쥐고 달려 나가, 저스틴을 큰길로 인도하였다.

베시는 자리에 가만히 서서 그 모습을 한동안 지켜보았다.

이윽고 그들이 완전히 시야에서 사라졌을 때, 중얼거렸다.

"황실에서 로젠베리 대량 구입이라."

선황을 독살로 잃은 황가에서 모든 독을 해독할 수 있다 불리는 약재를 사들이는 건 이상한 일은 아닐지 모른다. 게다가 황가에서 해독 작용의 약재를 미리 준비해 두는 것은 드문 일도 아니었다.

하지만 하필 특정한 시기에 비공식적으로 로젠베리를 사들이고 있다는 것은 분명 묘한 일이었다.

말로는 설명할 수 없는, 거의 본능적인 감각에 가까운 불안감이 베시의 가슴속을 때렸다.

아직 자신의 눈이 닿지 않은 곳에서 무슨 일이 벌어지고 있는 것만 같다는 생각이.

베시는 고개를 들었다.

어두운 밤하늘에는 작은 별들과 가는 달만이 조용히 빛나고 있었다. 그녀가 잊으려고 했던 무언가를 떠올리게 만드는 달빛이었다.

아직 완전히 여물지 않은 달빛 아래서, 붉은 머리의 마녀는 한동안 그렇게 생각에 잠겨 있었다.

* * *

최악이었다. 머리는 아프지 않았다. 속은 쓰리지 않았다.

하지만 기분은 최악이었다.

아침에 일어나니 자신의 방에서 눈을 뜬 것까지는 좋았다. 이상하게 몸 구석구석에서 통증이 느껴져 살펴보니 푸르다 못해 시커먼 멍이 들어 있는 것부터 무언가 심상치 않았다.

심지어 하이네 공작가의 집사는 '도련님은 어제 대문에 기대어 앉아 주무시고 계셨습니다.'라고 말하며 걱정스러운 얼굴을 했다.

그를 그렇게 걱정한 것은 집사뿐만이 아니었다. 큰형, 형수, 심지어 작은형과 조카조차도, 모두 저스틴에게 너 나 할 것 없이 물었다.

대체 어제 무슨 일이 있었던 거냐고.

하지만 그들에게 저스틴은 단 한 마디도 답해 줄 수 없었다.

자신 역시 대체 무슨 일이 있었는지를 알지 못했으니까.

그가 기억하는 것은 베시가 자신을 말리는 데도 불구하고 굳이 사과꽃 술 한 잔을 원샷 했고, 그 다음부터는—

아무것도 기억이 나질 않았다.

마치 머릿속에 새카만 안개가 낀 것처럼 기억은 희미했고, 몸은 욱신욱신 아파 왔다.

저스틴은 그렇게 최악의 기분인 채, 도서관으로 향할 수밖에 없었다.

일단 베시를 만나 어제 무슨 일이 있었던 것인지 물을 생각이었다.

그렇게 서둘러 도서관에 도착한 그가 마주한 것은, 의자에 기대어 앉아 심각하게 생각에 잠겨 있는 베시의 모습이었다.

이제 책장이 텅텅 빈 제1열람실은 평소보다 을씨년스러운 모습이었고, 그곳에서 혼자 멍하니 앉아 있는 베시의 모습도 상당히 쓸쓸해 보였다.

그것이 묘하게 눈에 밟혔기에 저스틴은 얼른 기운 없이 앉아 있는 베시에게 다가가서 인사를 건넸다.

"베시. 좋은 아침입니다."

"응, 좋은 아침…… 하아."

저스틴이 모처럼 먼저 건넨 인사에도 베시는 대답을 끝까지 하지 않고, 한숨을 푹푹 쉬어 댔다.

여느 때 같으면 얼굴을 찌푸리며 잔소리를 했을 저스틴은 잠시 멈칫하였다.

"무슨 일이 있습니까?"

혹시라도 정말 이 여자의 한숨이 나와 관련이 있는 게 아닐까.

가능성이 희박하다고 생각하면서도 저스틴이 조용히 물었다. 그러자 내내 망설이던 베시가 큰 결심을 한 얼굴로 입을 열었다.

"있죠, 저스틴 군."

그녀는 겨울 하늘처럼 파란 눈동자로 가만히 저스틴을 올려다보며 머뭇거렸다.

저스틴은 끈기 있게 그녀의 입에서 나올 다음 말을 기다려 주었다. 하지만 내내 망설이던 베시는 결국 착잡한 얼굴로 고개를 저었다.

"아니에요. 아무것도 아니에요."

에이, 설마 알 리가 없겠지, 이 기사님이.

최근 성의 보조의가 바뀐 것에 대해 아는 게 있느냐 물으려던 베시는 한숨을 쉬었다.

전날 밤, 에릭에게 들었던 두 가지 정보는 베시에게 여러 가지 고민을 남겼다. 덕분에 그녀는 밤새도록 생각과 추측을 거듭하느라 눈도 제대로 붙이지 못한 상태였다. 조금만 더 수중에 정보가 있다면 여러 계획을 세울 수라도 있을 텐데, 문제는 아직 그녀가 갖고 있는 정보와 인맥이 너무 적었다.

베시가 수도에 온지는 이제 불과 여드레. 지금 상황에서 그녀가 무엇을 물을 수 있는 상대는 까마귀 에릭, 그리고 사서인 이네딧 부인과 눈앞의 이 남자, 저스틴 하이네정도 였다. 물론 크리스와 빅터라는 인맥도 있었지만, 그들과 접촉하기 위해서는 본성으로 향해야 한다는 성가심이 따랐다.

그러니까 지금 베시가 가장 손쉽게 성에 관한 고급 정보를 물을 수 있는 상대는 바로 공작 가의 자제이자 하얀사자 기사단의 부단장인 저스틴이었다. 그러나 아무리 생각해도 저스틴이 베시에게 그것을 순순히 알려 줄 리가 없었다.

두 사람 사이가 그렇게 친밀하거나 서로에 대한 신뢰가 돈독한 것이 아니었으니까.

그렇게 생각한 베시는 저스틴에게 물으려던 말을 삼킨 것이었다.

하지만 그런 베시의 생각을 알 리 없는 저스틴은 미간을 찌푸렸다.

"뭡니까. 하고 싶은 말이 있으면 하십시오."

이제까지 하고 싶은 말을 사양 없이 잘도 하던 여자가 갑자기 왜 이런단 말인가. 저스틴이 재촉했건만, 베시는 고개를 저었다.

"아니에요, 괜찮아요."

"그럴 거면 대체 왜 처음부터 의미심장하게 운을 뗀 겁니까. 사람 신경 쓰이게."

안 그래도 전날 밤의 기억이 없어 기분이 불쾌하던 저스틴이 짜증스럽게 툭 말을 내뱉었다.

그 곱지 않은 어조에 베시는 입술을 삐죽거렸다.

"그렇게까지 말할 건 없잖아요. 나는 당신을 생각해서 그냥 말 안 하기로 한 건데."

베시는 '당신이 말해 줄 리 없는 일이라 그냥 묻지 않는다'는 뜻에서 한 말이었지만, 그걸 알 리 없는 저스틴은 그 말을 전혀 다른 뜻으로 받아들이고 말았다.

"나를 위해서?"

저스틴은 베시의 말을 따라 중얼거리고, 무언가를 깨달은 얼굴을 하였다.

"베시. 설마 어젯밤에 무슨 일이 있었던 겁니까?"

"네? 아, 어젯밤."

저스틴의 입에서 갑자기 나온 단어에 어리둥절한 얼굴을 하였던 베시는 곧, 술에 취해 곧바로 쓰러지듯 잠들었던 저스틴의 모습을 떠올렸다.

이 남자, 이래 가지고 기사단 생활은 잘하나 모르겠네. 베시는 혀를 끌끌 차며 저스틴을 안쓰러운 눈으로 바라보았다.

모든 기사가 술을 잘 마실 필요가 있는 건 아니었지만, 대부분은 어느 정도 술에 면역이 있는 편이었다.

전쟁터에서는 술이 고통과 두려움을 일시적으로 잊게 해 줄 뿐만이 아니라 겨울에는 추위를 잊게 도와주기 때문이었다. 기사에 따라서는 힙 플라스크(Hip Flask)를 아예 상시 소지하고 다니는 이도 있었다.

"저스틴 군은 진짜 술이 약하더라고요. 세상에 어쩜 사과꽃술 한 잔으로 그렇게 돼요?"

베시는 여전히 안타까운 눈으로 저스틴을 올려다보았고, 사과꽃 술이 독주라는 걸 아직도 모르는 저스틴은 입을 꾹 다물었다.

이제까지 술 못 마신다는 걸 한 번도 부끄럽게 여겨본 적이 없는 그였다. 그러나 베시 앞에서는 유독 그 사실이 자존심이 상했다.

"……자주 안 마셔서 약할 뿐입니다."

묘하게 변명 같은 그 말에 베시는 속으로 살짝 웃었다. 그는 얄미운 고집불통 기사님이었지만, 이런 모습은 조금 귀엽게 느껴졌다. 베시의 그 눈빛이 거슬린 듯 저스틴은 작게 헛기침을 하였다.

"흠. 어쨌거나 대답이나 해 주시죠. 어제는 뭐가 어떻게 된 겁니까? 오늘 아침에 일어나 보니 내 몸이 온통 멍투성이던데."

"아, 그건—"

당신이 자면서 걷느라 온몸으로 길거리의 간판을 다 때려눕혀 그렇답니다, 라고 말하려던 베시는 멈칫하였다.

어라. 가만 생각해 보니 이 상황을 잘 이용하면 저스틴의 입에서 쓸 만한 정보를 꺼내 볼 수 있을지도 모른다. 베시는 얼른 머릿속으로 계략을 꾸며보았다.

일단 저스틴은 어제 술에 취했다. 이건 사실.

그리고 그 술에 취한 저스틴은 갑자기 술주정을 부리기 시작하였다. 이건 거짓.

베시는 그런 저스틴을 어르고 달래며, 이것도 거짓.

그가 집까지 갈 수 있도록 해 주었다. 이건 사실.

거짓과 사실을 적절히 머릿속에서 섞은 베시는 얼른 표정을 다듬었다. 최대한 지친 것처럼 보이도록.

"정말 기억 안나요, 저스틴 군?"

"……유감스럽게도 전혀."

"하아. 그렇구나. 어제 당신 정말 장난 아니었어요."

베시의 말에 저스틴이 눈썹을 꿈틀거렸다.

"장난이 아니었다니, 뭐가 말입니까?"

"그게…… 술에 취한 저스틴 군이 말이죠. 갑자기 술주정을 부리기 시작했거든요."

거기까지 말한 베시는 타이밍을 재며 말을 한 번 끊고는 한숨을 푹 쉬었다.

정말 완벽한 연출이었다.

그것을 본 저스틴은 도저히 믿을 수 없다는 얼굴로 물었다.

"제가 술주정을 부렸다고요?"

"정말 기억 안 나나 보네요. 네, 당신 술주정― 조금 너무해요."

베시가 고개를 옆으로 살짝 기울이고 눈을 내리깔았다. 마치 어젯밤에 저스틴은 차마 상상도 할 수 없을 정도로 엄청난 사건이 벌어졌던 것처럼.

"저스틴 군은 무리하게 술 한 잔을 전부 들이켰어요. 그러고 나서 계속, 계속 저를 불렀죠. 베시, 베시, 라고."

베시는 눈을 감았다. 지금 한 말은 딱히 거짓이나 과장이 아니었다.

전날 밤, 저스틴이 얼마나 나직하게 베시의 이름을 속삭였던가.

그녀가 일반적인 감성의 소유자였다면 그 듣기 좋은 목소리로 불리는 자신의 이름에 가슴이 참 많이 뛰었을 터였다.

현실은 그렇게 달콤하지 않았지만.

"저스틴 군은 저를 굉장히 열정적으로 보았어요. 다른 사람이 보았다면, 마치 당신이 절 좋아하는 게 아닐까, 하는 생각이 들 정도로."

베시의 입에서 나온 단어에 저스틴이 한쪽 눈썹을 꿈틀거렸다.

뭐? 내가 이 여자를 좋아하는 것처럼 보였다고? 저스틴이 기가 막혀 짧게 비웃음을 흘렸다. 그것을 모르는 척하며 베시는 연기를 계속하였다.

"저는 저스틴 군이 너무 취한 것 같아, 걱정되어서…… 저스틴 군에게 괜찮으냐고, 물으려고 손을 이렇게 뻗었는……데."

좋아, 여기서 잠깐 멈추자. 그편이 더 분위기가 사니까.

"저스틴 군이 그런 제 손을 이렇게……!"

무대에 선 연극배우 같은 과장된 동작으로 베시가 제 손을 잡는 흉내를 내었다. 저스틴은 표정 변화 하나 없이 그런 베시의 동작을 지켜보았다.

베시는 가만히 고개를 숙였다가 시선을 위로 올려 저스틴을 바라보았다. 그리고 무표정한 저스틴을 향해 무언가를 호소하는 것 같은 눈빛을 보냈다.

잠시 두 사람 사이에 말 없는 침묵이 맴돌았다.

베시는 저스틴의 무표정한 얼굴을 보면서 그가 지금 대체 무슨 생각을 하고 있을지 생각해 보았다.

눈치 빠른 이 남자라면 내가 거짓말을 하고 있다는 걸 눈치채지 않았을까? 그럼 지금 저 얼굴은 화가 난 얼굴인 걸까? 아니면 아예 내 장난을 상대할 가치도 없다고 생각하고 무시해 버리지는 않을까.

여러 가능성을 염두에 둔 채, 베시는 커다란 눈동자를 천천히 깜빡였다.

베시의 겨울 하늘같은 눈동자를 물끄러미 보던 저스틴이 살짝 눈을 내리깔았다.

남자치고는 길고 풍성한 속눈썹이 가늘게 뜬 그의 눈매를 한층 더 근사하게 만들었다.

그것이 참 보기 좋다는 생각을 하던 찰나였다.

"그렇습니까. 아무래도 제가 베시에게 큰 실례를 범한 모양이군요."

저스틴의 입에서 나온 말에 베시는 눈을 휘둥그레 떴다. 어? 믿어? 진짜로? 거짓말인 거 조금은 티를 냈는데도?

"미안합니다, 베시."

"네? 아, 아뇨. 뭐, 그렇게까지는."

별로 없는 양심이 쿡쿡 쑤셔 오는 걸 느끼며 베시가 얼른 고개를 저었다.

그러자 저스틴이 베시의 앞으로 뚜벅뚜벅 다가와 의자의 양쪽 팔걸이에 제 손을 가져다 대었다.

순식간에 가까워진 거리에 베시는 저도 모르게 등을 꼿꼿이 폈다.

조금이라도 저스틴과 거리를 벌리려는 것처럼.

하지만 베시의 그런 행동은 아무 소용이 없었다. 여 보란 듯 저스틴이 상체를 앞으로 숙이자 두 사람의 거리는 훨씬 더 가까워졌다.

의자에 앉은 채 베시는 그대로 얼어붙었다.

"당신이 차마 말하지 못하는 걸 보니, 어젯밤의 나는 정말 파렴치한 무례를 저지른 모양입니다."

숨소리마저 들릴 것 같은 거리에서 저스틴이 조용조용하게 속삭였다. 베시는 그의 청록색 눈동자가 사냥감을 구석에 몰아넣은 짐승처럼 번뜩이는 것을 느꼈다.

"내가 당신에게 강제로 키스했습니까? 아니면 그것보다 더 심한 행위를 강요했습니까?"

평소에도 다른 사람보다 톤이 낮아 귀에 잘 울리던 그의 목소리가, 더더욱 낮게 울려왔다. 추운 것도 아니건만 소름이 오싹

돌았다.

베시는 눈에 힘을 주었다. 조금이라도 방심하면 이 남자에게 통째로 잡아먹힐 것 같다는 생각이 들 정도로 피부에 닿는 공기가 따가웠다.

"저스틴 군, 비켜요."

놀란 티를 내고 싶지 않았기에 베시는 일부러 평소보다 차가운 목소리를 냈다. 하지만 저스틴은 물러서지 않았다.

"말해 주십시오, 베시. 어제, 나는 당신에게 무엇을 했습니까? 이렇게 당신을 만졌습니까?"

저스틴이 의자 팔걸이에 받치고 있던 한 손을 들어 올렸다.

곧 그의 커다란 손에 베시의 부드러운 뺨이 닿았다. 생각지도 못한 그의 행동에 베시의 얼굴이 굳어졌다. 그의 손이 마치 작은 고양이를 어루만지는 것처럼 다정스레 움직였다.

머릿속이 하얗게 변한 베시가 입술을 작게 벌렸다. 저스틴이 의미심장한 눈빛으로 그 입술을 내려다보고 있었다.

이 남자를 밀어내야 한다. 그렇게 생각하면서도 몸이 움직이질 않았다.

마치 나쁜 마법에 걸리기라도 한 것처럼.

처음 만났던 그 날과 똑같았다.

그사이 저스틴의 손가락이 천천히 베시의 입술로 향하였다. 그의 단단하고 뜨거운 손끝이 입술 주변을 쓸어내리듯 어루만졌다. 제 입술이 파르르 떨리는 것을 스스로 느낄 수 있었다.

"베시."

아까보다도 더 낮은 저스틴의 목소리에 베시가 움찔하였다. 무언가가 벌어질 것 같은 긴장감에 가슴이 조여 왔다.

설마 이대로—

베시가 그런 생각을 하던 때였다.

"아얏!"

갑작스러운 통증에 베시가 저도 모르게 비명을 질렀다.

"거짓말은 못된 겁니다. 알고 있습니까?"

다정스레 베시를 어루만지던 저스틴의 큰 손이 어느새 베시의 입술을 꼬집고 있었다. 베시가 아프다며 몸부림을 치자 저스틴이 천천히 손을 뗀 뒤, 뒤로 물러섰다.

"저스틴 군!"

베시가 조금 빨개진 입술을 감싸고 떽 소리를 지르자 저스틴은 코웃음을 쳤다.

"그러니까 누가 거짓말을 하라고 했습니까. 자업자득입니다."

"왜 거짓말이라고 생각하는 건데요?! 거짓말이 아닐 수도 있잖—"

"아무리 만취했어도 내가 그런 허튼짓을 할 리는 없습니다. 당신에게 욕정이 생기지 않으니까."

신에게 맹세라도 할 수 있다며 저스틴은 어깨를 으쓱하였다. 그 확신 앞에 베시는 할 말을 잃었다.

"명색이 기사인데 말 좀 가려 하지 그래요?"

한참 후에야 입을 연 그녀는 그의 말꼬리를 잡는 게 고작이었다. 그러자 저스틴은 순순히 그녀의 말을 따랐다.

"그렇군요. 정정하죠. 베시. 난 당신에게 매력을 느끼지 않으니 파렴치한 실수를 저지를 리가 없습니다."

아, 이 남자는 정말. 베시는 잔뜩 부아가 치밀었다.

저스틴을 놀려 주려다가 되레 자신이 된통 당한 셈이었다. 이 분한 마음을 어떻게 해야 하지.

"그래도 한 가지는 감사하죠. 고맙습니다, 베시."

갑작스러운 그의 인사에 베시는 화를 내던 것도 잊고 고개를 갸웃하였다.

"뭐가요?"

"다른 건 모르겠지만, 내가 집까지 돌아갈 수 있었던 건 당신 덕일 테니까 고맙다는 겁니다."

그 솔직한 인사에 베시는 조금 전까지 저스틴에게 느꼈던 분노가 조금 수그러드는 걸 느꼈다.

이러니저러니 해도 그녀는 저스틴 하이네의 이런 점이 마음에 들었다. 상대와 장소를 가리지 않는 이 솔직함이.

"별말씀—"

베시가 저스틴을 향해 가볍게 답을 하려던 찰나, 밖에서 요란스러운 소리가 들려왔다.

깜짝 놀란 베시는 문가를 힐끔 쳐다보았다. 저스틴 역시 얼굴을 찌푸리며 문 근처를 노려보았다.

부서져라 문을 여는 소리, 바닥을 분풀이하듯 내밟는 거친 발걸음 소리 여럿, 모두 도서관에는 어울리지 않는 소음이었다.

곧, 누군가가 목청이 터져라 떠드는 소리가 들려왔다.

"어이, 평민 출신의 새 관장! 당장 나오지 못하겠어!?"

어이쿠. 드디어 왔다. 머저리 기사!

베시는 저도 모르게 휘파람을 부르고 싶은 기분으로 히죽 웃었다. 저스틴 역시 그 목소리에 짐작이 간다는 얼굴로 한숨을 쉬었다.

"랜돌프 노튼 경이군요."

그러고 보니 오빠도 분명 그런 이름으로 그 머저리 기사를 불렀었지. 베시는 자신의 오빠인 빅터가 새하얗게 질린 얼굴로 알몸으로 춤을 추던 기사를 바라보던 것을 떠올렸다.

"아는 사이예요?"

베시의 질문에 저스틴은 정말 싫어 죽겠다는 얼굴로 고개를 끄덕였다.

"아는 사이라고 하고 싶지는 않지만, 일단은. 그는 은빛 매 기사단의 부단장이니까요."

"네!? 부단장?"

베시는 생각지도 못한 말을 들은 충격과 놀라움에 입을 떡 벌렸다.

저 목소리만 큰 게 부단장이라고? 믿을 수가 없었다. 아무리 은빛 매 기사단이 신분과 연줄의 영향이 큰 곳이라고 하더라도 저런 품위 없는 게 부단장이라니.

"그렇게 겁낼 필요 없습니다. 대단찮은 자니까."

아무래도 저스틴은 놀라는 베시를 보고, 그녀가 두려워한다고 오해한 게 분명하였다.

분명 보통 사람이라면 그럴 법도 했다. 은빛 매 기사단의 부단장이 심상치 않은 분위기로 들이닥친다면 잔뜩 겁먹을 테니까.

문제는 베시는 보통 사람은 아니라는 점이었다.

"제가 나가 보죠."

그렇게 말한 저스틴은 베시가 미처 말릴 틈도 없이 성큼성큼 걸어 제1열람실을 빠져나갔다.

문이 닫히고 나서도 베시는 한동안 저스틴의 말을 곱씹어 보았다. 하지만 아무리 생각해도 그녀의 안에서 '목소리 큰 머저리 기사=부단장'은 맞지가 않았다.

베시는 이럴 줄 알았으면 에릭에게 은빛 매 기사단에 대한 정보부터 미리 받아 둘 걸 그랬다는 작은 후회를 하였다. 물론 이제 와서 후회한 들 어쩔 수 없는 문제였다.

사실 베시는 은빛 매 기사들에게는 1g의 관심도 없거니와 도서관 보수 때문에 해야 할 일이 많아, 그들을 신경 쓸 틈 따윈 없었다. 지금도 이런 일만 아니라면 굳이 신경 쓰고 싶지는 않은 자들이었다.

베시는 재빨리 후회를 털어 버리고, 천천히 걸어가서 문을 조심스럽게 열었다. 상황이 어떻게 돌아가고 있는지를 알기 위해서였다.

열린 문틈 사이로 여러 가지 소리가 한 번에 쏟아져 들어왔다.

“어이구? 이게 누구신가? 지금쯤이면 집에서 한참 놀고먹고 계셔야 할 저스틴 경이 아닌가? 이 다 쓰러져 가는 도서관에는 대체 무슨 일이신가?”

우렁찬 목청으로 비아냥거리는 것은 머저리 기사, 아니 랜돌프 경이었다.

베시는 고개를 삐죽 내밀었다. 저스틴의 등에 가려 랜돌프의 모습은 보이지 않았지만 다른 은빛 매 기사들의 모습은 보였다.

비겁하게 패거리를 몰고 왔군. 쪽수로 밀어붙이다니. 하여간 기사란 것은.

베시는 주먹을 불끈 쥐었다. 당장이라도 마법을 사용해서 놈들을 이곳에서 쫓아내고 싶었지만, 그녀는 ‘더 큰 계획’을 위해 충동을 억눌러야만 했다.

“안녕하십니까, 랜돌프 경. 경이야말로 집에서 한동안 놀고먹으셔서 정보가 많이 늦으셨나 봅니다. 당분간 저는 도서관에서 재정비 작업을 돕는 봉사 활동을 하게 되었습니다.”

랜돌프의 빈정거림에 저스틴은 빈정거림으로 응수하였다.

“뭐라고!? 누가 집에서 놀고먹었다는 건가!”

"아, 실례했습니다. 생각해 보니 경은 놀고먹으신 게 아니라 수치심 때문에 한동안 바깥출입을 삼가신 거였군요. 경의 속살을 본 이가 그리 많지 않아 다행입니다. 제 귀에 소문이 닿을 정도로 퍼진 건 유감이지만."

저스틴의 물 흐르는 것 같은 빈정거림에 랜돌프의 얼굴이 누르락붉으락 변하였다. 그가 허리춤에 있는 검으로 손을 가져가자 얼른 다른 은빛 매 기사 한 명이 그것을 막았다.

"부단장님!"

제발 고정하라는 부하들의 만류에 랜돌프는 씩씩거렸다.

"흥! 시답잖은 소리는 집어치우고 당장 관장을 불러오게."

예상했던 랜돌프의 말에 베시는 피식 웃었다. 어쩜 저렇게 뻔하게 움직이는 걸까.

전날 밤 에릭이 미리 베시에게 충고한 대로였다.

갑자기 나타난 신임 관장의 정체를 조사한 랜돌프는 그녀가 평민 출신이라는 걸 알자마자 이곳으로 들이닥친 것이다.

베시는 팔짱을 끼고 생각하였다. 이대로 두었다가는 곧 저스틴에게 자신의 정체가 드러날지도 모른다.

하지만 그렇다고 밖으로 나서서 상황을 중재해도 자신의 정체가 드러날 가능성은 높았다.

결국 여기까지가 한계인가.

이제 저스틴에게 사실을 밝혀야 할 때가 온 것이었다.

베시가 나름대로 큰 결심을 하는 사이에도 문밖에서는 계속 저스틴과 랜돌프의 언쟁이 이어지고 있었다.

"어떤 용건으로 관장님을 찾으시는 겁니까."

"용건? 하! 그거야 당연히 그 주제도 모르는 평민 계집에게 본때를 보여 주려는 거지!"

우와. 천박해. 저질스러워. 어쩜 저렇게 레퍼토리가 내 예상이랑 하나도 안 틀릴 수 있지?

문틈에서 눈을 빛내며 대화를 엿듣고 있던 베시는 고개를 절레절레 내저었다. 명색이 기사단의 부단장이라는 자가 내뱉는 말은 암만 봐도 정의를 지키는 기사님이 아니라 삼류 악당이 할 법한 대사였다.

"그런 용건이라면 관장님과 만나게 해드릴 수 없습니다. 돌아가시죠."

저스틴은 감정이 느껴지지 않는 목소리로 침착하게 대응하였다. 하지만 랜돌프 쪽은 전혀 침착하지 못했다.

"뭐라고? 경이 대체 무슨 권리로 여길 막는 거지?"

"드디어 귀가 먹은 겁니까. 아님 그 머리가 역시 장식이었던 겁니까. 말씀드렸잖습니까. 당분간 이곳에서 봉사 활동을 하게 되었다고. 그러니 비록 임시여도 제 상사에 해당하는 관장님을 보호하는 것 역시 저의 일입니다."

"흥. 웃기는 소리군. 자네의 일은 황가와 나라를 수호하는 것이지, 평민 계집을 보호하는 게 아닐 텐데?"

"아니요, 제 일입니다. 제가 지키는 것은 베이론 제국. 즉, 전 모든 제국민을 보호할 의무가 있습니다. 그러니 관장님 역시 제가 보호해야 할 분입니다."

"하? 보호? 정체를 알 수 없는데다가 제 출신도 모르고 귀족에게 덤벼드는 마녀 따위를 보호하다니……. 하얀 사자 기사단의 부단장은 참 한가하기도 한가 보군!"

"……돌아가십시오."

그것은 빈정거림이나 조롱이 일체 없는 담담한 말투였다. 그러나 저스틴이 내뱉은 그 짧은 말에 베시는 온몸이 오싹해지는 것을 느꼈다. 그와 안 지 얼마 안 된 그녀가 들어도 알 수 있을 정도로, 그 목소리에 차가운 살기가 깃들어 있었기 때문이었다.

"뭔가, 저스틴 경? 설마 지금 그 계집 때문에 또 한 판 붙어 보겠다는 건가?"

랜돌프가 그런 저스틴의 반응을 부채질하는 것처럼 도발을 시작하였다. 베시는 이대로 두어서는 안 되겠다 싶은 마음에 일부러 큰소리를 내며 문을 열어젖혔다.

"아아, 힘들어 죽겠다아! 저스틴 경, 저 좀 도와주세요!"

갑자기 들린 베시의 목소리에 저스틴의 넓은 어깨가 흔들렸다. 그는 명백히 놀란 얼굴로 뒤를 돌아본 채 "베시?"라고 그녀의 이름을 불렀다.

베시는 싱긋 웃으며 문밖으로 빠져나와 천천히 걸어 나왔다. 그리고 얼빠진 얼굴을 하고 있는 은빛 매 기사들과 랜돌프는 보이지도 않는다는 것처럼, 저스틴에게 말했다.

"오늘은 1층의 모든 열람실 가구를 재배치할 생각이거든요. 그래서 지금 저 혼자 책장을 옮기려고 하다가 도저히 안 될 것 같아서……."

"알겠습니다, 베시. 하지만 지금은 일단 들어가십시오. 지금은—"

대체 왜 그런 쓸데없는 이야기를 지금 하냐는 것처럼 저스틴이 매서운 눈으로 베시를 보았다. 그는 어떻게든 그녀를 안전한 곳으로 돌려보내려고 했지만, 랜돌프가 그것을 그냥 둘 리 없었다.

"나왔구나, 이 마녀!"

랜돌프의 얼굴이 마치 붉게 익은 토마토 같았다. 그녀에게 당한 수모가 다시 머릿속에 떠오른 까닭이었다.

베시는 시선을 옆으로 살짝 돌려 과장되게 놀라는 동작을 취해 보였다.

"어머나."

"당장 무릎을 꿇고, 용서를 구해라!"

랜돌프는 상처받은 자존심을 회복하기 위해서 필사적이었다. 명색이 기사단의 부단장인 자가 알몸으로 성 밖에서 괴상한 춤을 추다니.

그 정신적인 대미지를 보상받기 위해서, 그는 당장 눈앞에 있는 괘씸한 마녀를 무릎을 꿇게 만들어야만 했다.

"아무리 황태자 전하의 은혜로 이런 다 낡은 도서관의 관장이 되었다고는 해도 네 출신은 천하기 짝이 없는 평민인 주제에 감히 나를 모욕해?"

황태자 전하의 은혜. 랜돌프의 입에서 그 말이 튀어나온 순간 베시는 자신의 얼굴이 저절로 일그러지는 것을 느꼈다. 랜돌프의 그 말이 너무 싫은 나머지 그녀는 자신이 도서관 관장이라는 사실이 강제로 밝혀졌다는 걸 신경 쓸 겨를조차 없었다.

아니, 대체 은혜는 무슨 얼어 죽을 은혜란 말인가. 그놈의 그건 차라리 관심을 빙자한 괴롭힘이라는 말이 어울렸다. 부아가 치민 베시가 랜돌프에게 뭐라고 빈정거려 줄까 생각하는 찰나였다.

"랜돌프 경. 경이야말로 말을 조심하시죠."

저스틴이 마치 그녀를 보호하려는 것처럼 앞으로 나섰다.

"뭐라고? 말을 조심하라니? 경이야말로 행동을 조심하게나! 지금 나는 그 계집과—"

"그 계집이 아닙니다. 방금 당신이 말한 대로 이분은 전하의 추천으로 이 도서관에 부임하신 관장님이십니다. 그러니 당신은 출신 성분을 운운하기 전에, 관장인 그녀에게 예의를 지켜야 할 겁니다."

한 치의 머뭇거림도 없는 유창한 언변에 베시는 작게 감탄하였다.

이 남자, 정말 기사가 맞는 걸까. 사실은 외교관이나 뭐 그런—

어라? 잠깐만. 어? 지금 저스틴 군 되게 아무렇지 않게 내가 관장이라고 말하지 않았나?

베시는 혼란을 느끼며 저스틴의 뒷모습을 바라보았다. 그녀의 시선을 느낀 저스틴은 고개를 살짝 돌려 베시를 마주 보았다.

그의 얼굴은 평소처럼 무뚝뚝하고, 시큰둥해 보였다. 하지만 그 어디에도 당황하거나 놀란 기색은 없었다.

마치 베시가 도서관의 관장이라는 걸 한참 전부터 알아차리고 있었다는 것처럼.

"호오. 그러셔?"

베시는 퍼뜩 정신을 차렸다. 어느새 랜돌프가 입에 기분 나쁠 정도로 음험한 조소를 품고 있었다.

베시는 머릿속에서 다른 생각을 쫓아내기 위해 가볍게 헛기침을 하였다.

지금은 다른 생각을 할 때가 아니었다. 이대로 두었다가는 좋은 핑곗거리를 잡은 기사들이 도서관에서 아주 깽판을 칠지도 모른다. 그럼 도서관 정리가 더더욱 늦어지고, 그럴수록 베시의 일이 더욱 늘어날 뿐이었다.

베시는 이미 머릿속으로 완벽한 도서관 재개장 계획을 세우고 있었다. 그렇기에 무슨 일이 있어도 여기서 은빛 매 기사단이 폭주하는 것을 막아야만 했다.

"아, 죄송하지만 기사님. 지금 저나 저스틴 경이나 좀 많이 바빠서 그런데 다음에 다시 찾아와 주실래요?"

"뭣? 감히 얻다 대고 오라 말라를—!!!"

베시의 말에 랜돌프가 포효하였다. 그는 단순하고 생각이 짧은 남자였다. 그것을 이른 단계에서 짐작하고 있던 베시는 자신의 계획이 아주 잘 풀릴 것이라 예상하였다.

좋았어, 작업 개시.

"그나저나 하얀 사자 출신의 기사님은 정말 대단해요. 과연 하얀 사자 기사단이 베이론 제국 최고의 기사단이라고 불릴 만하네요."

"하아?"

난데없는 베시의 칭찬에 저스틴은 기가 막혀 눈을 깜박였다. 은빛 매 기사단의 부단장이 부하들을 끌고 와 행패를 부리려는 위험천만한 상황에서 이게 대체 무슨 말이란 말인가.

"단 이틀 만에 수백 권의 책을 옮기고도 지치지도 않는다니. 역시 수도의 모든 여성이 흠모하는 기사님답다고 생각해요. 부단장이라는 분이 이리 멋진 분이시니 하얀 사자 기사단 분들은 다 저스틴 경처럼 굉장하겠죠? 역시 하얀 사자 기사단이야말로 이 제국 최고의 기사단이네요."

생글거리는 얼굴로 베시는 끊임없이 저스틴, 아니 하얀 사자 기사단을 칭찬하고 나섰다. 처음에는 그녀의 의도를 파악하지 못해 어리둥절하던 저스틴은 곧 깨달았다.

베시가 지금 일부러 은빛 매 기사들을 도발하고 있다는 것을.

"뭐라고? 하얀 사자 기사단이 최고라니 그게 무슨 말이야!?"

"베이론 제국의 최강이자 최고는 바로 우리 은빛 매 기사들이다!"

아니나 다를까. 베시의 의도대로 단순한 은빛 매 기사들은 금방 흥분하였다.

애초부터 도서관을 없애려는 목적이 '하얀 사자 기사단보다 큰 훈련장'을 갖고 싶다는 이유였던 이들이었다.

그런 이들 앞에서 대놓고 하얀 사자 기사를 칭찬하니, 은빛 매 기사들이 가만히 있을 리가 없었다.

그것은 부단장, 랜돌프 역시 예외는 아니었다.

"마녀. 너 지금 뭐라고 했냐? 뭐? 하얀 사자 기사단이 최고라고?"

랜돌프가 눈을 희번덕거리며 묻자 베시는 '왜 그러세요? 난 아무것도 몰라요오.'라는 얼굴로 고개를 끄덕거렸다.

"아아, 네. 저스틴 경이 매우, 매우, 매우 힘든 육체노동을 하면서도 지친 기색조차 보이지 않으시더라고요. 그리고 하시는 말씀이 '기사'라면 이 정도는 당연히! 할 수 있는 거라고 하시더라고요. 저스틴 경은 하얀 사자 기사단의 기사니까 물론 하얀 사자 기사단 분들이 대단하다는 이야기겠죠?

생글생글 웃으며 베시는 안경테를 쓱 밀어 올렸다.

만일 이 자리에 베시의 친오빠 빅터 에일이 있다면 이렇게 외쳤을 게 분명했다.

'이 가증스러운 것아!'

베시는 잘 알고 있었다. 귀족이라는 것이, 그리고 기사라는 것이 얼마나 자존심이 강한 존재인지. 그리고 그 자존심에 미세한 흠집이라도 생긴다면 그들이 어떻게 행동할 것인지를.

"웃기지 마라! 이 제국에서 가장 강하고 위대한 건 우리 은빛 매 기사들이다! 하얀 사자 기사가 하는 일을 우리가 못 할 리가 있겠느냐!?"

"에이, 거짓말. 아무리 그렇게 자신 있게 외치셔도 저스틴 경처럼은 못할걸요, 다들."

부들부들, 파르르— 랜돌프의 어깨와 다른 은빛 매 기사들의 몸이 심하게 흔들렸다. 넘어 왔네, 넘어 왔어. 베시는 회심의 미소를 지었다.

"좋아! 그렇다면 보여 주마! 우리가 하얀 사자 기사보다 우수하다는 것을! 어이, 마녀! 지금 당장 우리가 할 일을 말해라."

"아, 진짜 무리일 텐데. 기사님들이 도서관 내 모든 장서를 옮기고, 망가진 책장은 버리고, 있던 책장은 닦아 내는 작업을 할 수 있을 리가 없어요. 그냥 포기하고 돌아가세요."

생글생글 웃으며 베시는 고개를 살포시 움직였다. 그 눈빛이 '니가?'라는 업신여김으로 가득하다는 건 말할 필요도 없었다.

"제라드! 지금 당장 훈련장에 있는 다른 녀석들을 불러와라!"

은빛 매 기사단의 부단장께서 매우 호기롭게 외쳤다.

"마녀. 우리 은빛 매 기사들의 우수함을 보고 놀라지나 마라!

너는 이제 하얀 사자 기사보다 은빛 매 기사가 우수하다는 것을 머릿속에 새겨야 할 것이다!"

"에이. 그거야 오늘 하루 돕는 정도는 하실 수 있겠죠. 하지만 이 도서관 대청소까지 돕는 건 무리일걸요?"

"당연히 할 수 있다!"

"어머. 정말요? 하지만 힘드실 텐데—"

"흥, 못 믿겠다면 계약서라도 써 주지! 은빛 매 기사단의 부단장, 나 랜돌프 노튼의 이름으로!"

계약서 나왔다. 이름 걸겠다는 말도 나왔다. 게임 끝. 이제부터 넌 죽었어, 이 자식아. 베시의 입에 환한 미소가 떠올랐다. 그녀가 고대하던 순간이었다.

베시는 재빠르게 메모지와 볼펜을 꺼내 들었다. 그리고 랜돌프가 무슨 말을 하기도 전에 일방적인 계약서 작성을 끝내 버렸다.

"와! 역시 기사의 나라 베이론 제국의 기사다운 모습이네요. 자신의 말이 거짓이 아님을 증명하기 위해 계약서까지 쓰라 하시다니, 가히 기사의 표본이라 불릴 만하군요!"

마음에도 없는 베시의 말에 랜돌프는 히죽 웃었다. 그는 아직도 자신이 베시의 말에 놀아나고 있다는 것을 깨닫지 못하고 있었다.

의기양양한 얼굴로 사인을 마친 그는 "여기냐?! 여기부터 시작하면 되는 거냐?!"라고 외치며 제1열람실로 쳐들어갔다. 다른 은빛 매 기사들도 우르르 그 뒤를 따랐다.

그중에는 자신의 상사가 마녀의 교활한 농간에 넘어갔다는 걸 눈치챈 자도 있었지만 아무도 그것을 입 밖으로 내지는 않았다.

마녀와의 계약을 어긴다는 게 어떤 의미인지, 그들은 모두 알고 있었다.

은빛 매 기사들이 우당탕, 하는 요란한 소리와 함께 정리를 시작하자, 반대로 입구 근처는 조용해졌다.

적막에 가득 찬 복도에 남은 건 베시와 저스틴뿐이었다.

이네딧 부인을 일부러 성 밖으로 심부름 보내길 잘했다며 베시는 한숨을 푹 쉬었다. 이런 소동에 그 선량한 부인이 엮이게 하고 싶지는 않았으니까.

베시는 저스틴을 향해 고개를 돌렸다. 그가 자신을 보는 눈길이 따가웠기에 어색하게 웃을 수밖에 없었다.

"아, 음. 이미 눈치채고 있는 것 같긴 하지만, 이렇게 되었으니 일단 말할게요. 미안해요. 저스틴 군. 사실 관장은 이네딧 부인이 아니라 나예요. 내가 마녀고, 관장이에요."

마치 짓궂은 장난을 고백하는 아이처럼, 베시가 머쓱한 얼굴로 털어놓았다. 저스틴은 무심하게 고개를 끄덕였다.

"알고 있었습니다."

"응, 역시 그럴— 아니, 아니지! 대체 어떻게 알고 있었던 거예요? 언제부터?"

"이 도서관에 들어왔을 때는 의심하는 정도였고, 이튿날에는 거의 확신했습니다."

"잠깐. 그렇다면 거의 처음부터였다는 말이잖아요!? 이제까지 속인 거예요?"

자신을 힐책하는 베시의 말에 저스틴은 어깨를 가볍게 움츠렸다.

"베시, 당신이 지금 날 비난하는 겁니까? 그럴 자격이 없을 텐데."

아픈 구석을 찔린 베시는 윽, 하는 소리와 함께 입을 다물었다.

"그, 그럼 어떻게 알았어요? 혹시 크리스가 변덕을 부려서 알려 주기라도 한 거예요?"

"……전하는 알려 주시지 않았습니다. 하지만 힌트라면 주셨습니다."

"힌트?"

저스틴은 눈을 내리깔고 생각에 잠겼다.

베시와 처음 만났던 날. 크리스가 자신에게 도서관 관장을 은밀하게 보호하라고 명했던 그 날. 그는 뭐라고 했던가?

'참고로 좋아하는 색은 붉은색이네. 싱싱한 장미 같은…… 음, 그래. 크림슨 색상을 매우 좋아하지.'

싱싱한 장미 같은 붉은색. 그것은 바로 저스틴의 앞에서 눈을 동그랗게 뜨고 있는 마녀의 머리카락 색이었다.

저스틴은 손을 가만히 뻗어 그녀의 머리칼을 만졌다. 조금 전 제1열람실에서 그랬던 것처럼 거침없는 동작이었다.

놀란 베시의 어깨가 살짝 굳어졌다. 하지만 저스틴을 밀어내지는 않았다.

"전하는 원래부터 사람들에게 거짓 정보를 흘리는 걸 좋아하는 분이십니다. 그렇기에 저는 그분이 하는 말씀의 80%는 신뢰하지 않습니다."

그 말은 기사로서는 상당히 심한 문제 발언이었지만, 사람으로서는 옳은 판단이었다.

베시는 새삼 저스틴에게 감탄하였다. 황태자에 대한 충성심은 분명 존재하지만, 그렇다고 그를 완전히 믿지는 않는다니. 이 얼마나 능구렁이 황태자에게 알맞는 맞춤형 부하란 말인가.

"그럼 내가 관장이라 의심한 건 어째서인데요?"

"간단합니다. 조금 지켜보니 베시는 이네딧 부인을 전혀 어려워하지 않더군요. 오히려 그녀가 당신의 지시를 따르는 것처럼 보였습니다. 그건 당신이 그녀보다 지위가 높다는 뜻이죠. 물론 그것 말고도 몇 가지 더 이유가 있긴—"

"아, 됐어요. 그만, 그만. 됐어요. 완전 한 방 먹었네, 내가."

이런 패배감은 난생처음이라며 베시는 한숨을 쉬었다.

처음 봤을 때부터 재미있는 남자라고 생각했지만, 설마 이런 식으로 자신이 당할 줄은 상상도 못 했으니까.

"그러니까 말했잖습니까. 거짓말은 못된 거라고."

저스틴이 조금 전 했던 말은 이중적 의미를 품고 있는 말이었다.

그것을 이제야 깨달은 베시는 입술을 삐죽거렸다. 이 남자가 꼬집었던 입술이 아직도 아픈 것만 같았다.

"그래요? 그럼 거짓말쟁이 마녀가 있는 도서관에는 진절머리가 났겠네요? 당신을 속인 나에게 화도 많이 났을 테니까 봉사 활동은 이걸로 끝낼 건가요?"

이 남자의 성격이라면 황태자의 명령이건 뭐건 이대로 뒤도 돌아보지 않고, 이곳을 떠날 것 같았다.

하지만 저스틴은 베시의 말에 그렇다고도, 아니라고도 대답하지 않았다.

그는 그저 다시 한 걸음, 베시에게 다가갔다.

그들의 거리가 어느덧 아까보다도 더욱 가까워져 있었다.

마치 제1열람실에서 그랬던 것처럼, 숨소리가 닿을 것 같은 거리에서 둘은 서로를 마주 보았다.

"딱히 화나진 않았습니다. 처음부터 당신의 거짓말에 속지도 않았으니까 화낼 필요도 없습니다."

저스틴은 처음 이 도서관 입구에 들어섰던 때를 떠올렸다.

자신을 보고 놀라던 베시가 곧 싱글벙글 웃는 얼굴로 제 정체를 속이던 모습이 아직도 생생하였다.

심지어 심술을 좀 부려 보겠다며 이런저런 연기를 하던 것도.

만일 다른 사람이 상대였다면 당장 자신을 속이려 한 대가를 치르게 해 주었을 터였다.

그러나 어째서인지 그의 눈에는 자신을 완벽하게 속이고 있다고 생각하며 갖은 꾀를 부리는 베시가 이빨 없는 고양이처럼 귀엽게 보일 때가 있었다. 그래서 모르는 척을 해주었다. 베시가 저스틴의 당황하는 모습을 좋아하는 것처럼 저스틴 역시 베시의 눈이 휘둥그레지는 순간을 즐겼으니까.

"전 명령받은 대로 삼 개월 간 이곳에 있을 겁니다. 베시 당신이 원하건, 원하지 않건 상관없이."

"……그건 내가 싫다고 해도 있을 거란 말이죠?"

어쩐지 분한 마음에 베시가 묻자 저스틴이 한쪽 눈썹을 꿈틀거렸다.

"뭡니까? 설마 싫습니까?"

절대 그럴 리 없을 텐데. 저스틴이 은근한 압박이 담긴 눈빛으로 베시를 응시하였다.

싫다고 말하는 순간, 베시는 저스틴이 어떤 행동을 할지 생각해 보았다.

화를 낼까? 아니면 나도 당신이 있는 곳에는 있기 싫다고 나가 버릴까?

머릿속에 몇 가지 예상이 떠올랐지만, 그중 무엇 하나 정답이 없는 것 같았다.

애초에 이 남자의 행동은 도저히 종잡을 수가 없었다.

이제까지 저스틴은 그녀의 생각대로 움직인 적이 한 번도 없었으니까.

아아, 이제는 생각하기도 귀찮다. 될 대로 되라지. 자포자기한 베시는 한숨을 푹 쉬었다.

"내 대답이 필요한가요?"

저스틴은 고개를 저었다.

"사실 당신의 의사 같은 건 나에게 전혀 상관이 없긴 합니다."

아니, 그럼 대체 왜 묻는 거야? 어이가 없어진 베시가 저스틴을 노려보았다. 그는 그 눈빛이 아프지도 않다는 것처럼 천연덕스러웠다.

"하지만 대답이 궁금하니, 다시 한 번 묻죠."

그의 모양 좋은 입술 틈에서 나지막한 목소리가 흘러나왔다.

"내가 이곳에 필요합니까?"

은빛 매 기사들이 소란을 피우는 소리가 멀리서 들려오는 것 같은 기분이 들었다.

하지만 그 희미한 소리는 곧 저스틴의 눈빛에 지워졌다.

무엇이든 꿰뚫어 보는 것 같은 예리한 시선 앞에서 베시가 입을 작게 벌렸다.

"그거야, 물론—"

불만스러운 얼굴을 한 그녀의 대답에 저스틴이 미소 지었다.

베시의 입에서 이어진 말은 물론 그가 예상한 대답이었다.

당연한 일이었다. 지금 이 순간, 그 외에 다른 답은 있을 수 없었다.

이 도서관에는 심술쟁이인 기사님도 필요하니까.

〈다음 권에 계속〉